臺灣原住民文學選集

小說

一

孫大川 主編

目錄

總序：文學做為一種民族防禦

文／孫大川 paelabang danapan

一

介入書寫世界應該是臺灣原住民近半個世紀以來，最突出的文化現象。藉由文字書寫的形式，原住民終於能以第一人稱主體的身分說話，與主流社會對抗、溝通甚而干擾、豐富彼此的內涵，這實在是整體臺灣千百年來最值得讚嘆的事。我們終於能擺脫「半調子」的本土化口號，與島嶼的「山海世界」面對面的相遇。

原住民嘗試使用文字符號進行書寫，當然並不是現在才開始，早在和西班牙、荷蘭接觸的時代，即以拉丁羅馬拼音符號翻譯、記錄自己的族語。清代的漢語、日據時代的假名，甚至戰後初期國語注音的使用，都曾經是原住民試圖介入臺灣主流社會，渴望和外來者彼此認識、溝通的手段。可惜這些努力，都沒有形成一種結構性的力量，讓原住民的主體世界真實敞開。

對原住民或所謂少數民族而言，「介入」之所以困難，主要是因為介入的行動是兩面刃，是藉由離開自己來找回自己的一種冒險。原住民或少數者的聲音要被聽見，必須用主流「他者」的語言或符號來說話才行。說它是冒險，是因為這樣的介入極可能要付出自己文化、語言和認同流失的代價，清代的平埔族群就是明顯的例子，當代臺灣原住民面對著同樣的挑戰。不同的是，清代「土牛」界線的漢番隔離，以及日據時代特殊化的理蕃政策，使廣泛的中央山脈一帶和花東地區的原住民各族，即使到戰後，雖面對許多同化力量的衝擊，但仍大致保留了各自的族語、祭儀和風習。「介入」的風險雖然巨大，但底氣猶存。如何掌握臺灣內部政治、經濟、社會、文化和意識型態的變遷，以及國際大環境總體趨勢的發展，在夾縫中找回自己民族的能動性和創造力，正是這一代原住民族人共同的使命和實踐目標。

二

「介入」牽涉到許多不同的方面，也包含著各個不同層次的問題，文學創作當然是其中重要的一環。主體說話了，它是原住民自我的直接開顯，宣示自己的存在與權力。我們曾經說過，對原住民或少數民族來說，真正的介入是一種冒險，一種離開自己朝向他者的路。從目前有限的資料來看，具民族主體意識，藉他者語言說話的例子，並不是現在才開始[1]，早期受日文教育的泰雅族樂信．瓦旦、鄒族的高一生、卑南族的陸森寶、阿美族的黃貴潮（Lifok 'Oteng），以及戰後以漢語寫作的排灣族陳英雄（Kowan Talall）、鄒族的伐依絲．牟固那那、泰雅族的游霸士．撓給赫、魯凱族的奧崴尼．卡勒盛等等，都是藉他者的語言來說自己的故事。

一九八〇年代，原住民運動興起，接受比較完整漢語教育的原住民知識青年，有了更大介入書寫世界的實力。文學方面胡德夫、拓拔斯．塔瑪匹瑪、瓦歷斯．諾幹、莫那能、利格拉樂．阿𡠄和夏曼．藍波安等人，在文壇漸露頭角。不過，這段時期原住民的文學書寫大致上是零星的，也比較是伴隨政治運動的產物。一九九三年「山海文化雜誌社」成立，原住民文學的運動與隊伍，才逐漸以組織的型態集結、運作與成長。

---

1 這種語言混用的情況，在部落即興歌謠或所謂林班歌曲中，有著非常豐富的創作傳統，至今不衰。

我在一九九三年《山海文化雙月刊》創刊號的序裡這樣說：

「語言文字的問題，也是《山海文化》必須克服的難題。原住民過去沒有嚴格定義下的『書寫』系統，因此『雜誌』的呈現，對原住民原來的『言說』傳統，其實是一個極大的挑戰。通常，我們可以嘗試兩種策略：或用漢文，或創製一套拼音文字來書寫。《山海文化》的立場，願意並同時鼓勵這兩種書寫策略；而且為尊重作者本身所習慣使用的拼音系統，我們不打算先釐訂一個統一的拼音文字，讓這個問題在更充分地實踐、嘗試之後，找到一個最具生命力的解決方式。漢文書寫方面，在語彙、象徵、文法，以及表達方式的運用上，我們亦將採取更具彈性的處理原則。因為，我們充分理解到原住民各族皆有其獨特的語言習慣和表達手法；容許作者自由發揮，不但可以展現原住民語言的特性，也可以考驗漢語容受異文化的可能邊界，豐富彼此的語言世界。」

鬆開族語的顧慮，大膽介入漢語書寫，目的不是要拋棄族語，而是想激發原住民創作的活力。從現在的眼光來看，當時對語言使用的彈性策略，應該是有效的。《山海文化雙月刊》雖因經費困難而於二〇〇〇年停刊。但自一九九五年起至二〇〇七年止，「山海」共籌辦了七次原住民文學獎，其中兩次與中華汽車合辦，另五次皆由「山海」自辦。二〇一〇年之後，由於原住民族委員會的政策性支持，每年皆以標案的方式由「山海」承辦「原住民族文學獎」、「文學營」與「文學論壇」三項活動，至二〇二二年止共十三屆。二〇二三年之後，則由原住民族文化事業基金會續辦。

這一連串的文學推動措施，深化了原住民文學創作的質量，不但培育了三十多位成熟的作家梯隊，也拓寬了原住民文學的內涵和題材。作家們的成就，受到多方的讚賞，迭獲各大獎項的肯定。教學和研究的現場，文學外譯的挑選，都有我們原住民作家活躍的身影。

三

二〇〇三年，「山海」在臺北市政府文化局、國藝會的補助下，與「印刻」合作編輯了一套共七卷的《臺灣原住民族漢語文學選集》，大致總結了一九六二年至二〇〇〇年原住民作家主要的漢語書寫作品。詩歌、散文與小說卷皆以原住民作家的作品為收錄對象；文論的部分，則廣納各方學術研究的成果。這應該是原住民作家專屬的第一套選集，也是我們給臺灣文學跨世紀的禮物。細細閱讀那段時期的作品，除了少數如瓦歷斯．諾幹和孫大川等觸及了一些較為廣泛的議題外，原住民作家集中關注的焦點主要在三個方面：

首先，是對自身文化與社會崩解的憂慮。田雅各《最後的獵人》、《情人與妓女》所描述的場景，莫那能《美麗的稻穗》激昂、控訴的詩歌，以及孫大川《久久酒一次》對原住民黃昏處境的分析；這些文字一方面試圖激起族人的危機感，另一方面也提醒主流社會深切檢視自己長期以來所造成的結構性傷害，屈辱和悲憤成了原住民文學創作的養分。

其次，八〇年代原住民青壯世代的主體性覺悟，連帶意識到自己內我世界的荒蕪，戰後都市的流離，部落祭儀的廢弛和族語快速流失等等的困境，促使族人很快發現自己的原住民認同其實是空洞的、貧乏的。夏曼．藍波安九〇年代初的《冷海情深》、奧崴尼．卡勒盛的《野百合之歌》，以及霍斯陸曼．伐伐的《玉山魂》等等著作，都充滿了回歸祖土、灌溉自己荒涼的主體之意志與渴望。

最後，在與自己母體文化重新相遇的過程中，原住民作家找到了原住民原本就以「山海」為背景的文學傳統。它一方面明確地體認到臺灣所謂的「本土化」運動，並不只是一種政治性的認同，而是對島嶼山海空間格局的真實回歸，是人與自然倫理關係的重建。這種見識，幾乎普遍存在於原住民作家的字裡行間。

四

二〇〇〇年以後，之前的關注焦點雖然仍是作家們持續反省的主題，但觀點更深入了，寫作的技巧與手法也更加細膩。尤其值得欣慰的是參與的作者不但增多了，而且陸續有年輕的世代加入了寫作的行列。巴代大部頭系列的歷史小說，不再只是控訴和悲情，他雖然以原住民的視角做為敘事的主軸，但他讓更多的「他者」加入對話的情境。他對傳統巫術題材的運用，和奧崴尼．卡勒盛或霍斯陸曼．伐伐的《玉山魂》，有著完全不一樣的風格。在奧崴尼和伐伐那裡，傳統的巫術和禁忌是做為文化要素來鋪陳的；但，在巴代的《笛鸛——大巴六九部落之大正年間》、《檳榔．陶珠．小女巫——斯卡羅人》、《巫旅》等系列作品中，巫術則是催動故事情節的動力基礎。毫無疑問的，歷史的原住民詮釋，是原住民文學二〇〇〇年之後，最突出的寫作興趣。馬紹．阿紀的《記憶洄游．泰雅在呼喚 1935》以及里慕伊．阿紀以女性角度寫的《山櫻花的故鄉》，乃至於多馬斯．哈漾二〇二三年的新作《Tayal Balay 真正的人》，都是以不同的筆法、角度和切入點，思考歷史對原住民的意義。他們明顯受到線性時間系列的影響，對事件的解釋，徘徊於神話傳說和歷史考據之間。這是在奧崴尼和伐伐的類歷史小說中，幾乎看不到的現象。

前輩作家夏曼．藍波安，二〇〇〇年之後其創作力更為雄健。《航海家的臉》、《老海人》、《天空的眼睛》、《安洛米恩之死》、《沒有信箱的男人》等大作陸續出版，將海洋的書寫推向極致。他的《大海浮夢》，觸角及於南太平洋，其國際形象已型塑完成，他恐怕是目前臺灣最具國際知名度的作家，其生活實踐及「身體先到」的創作哲學，有著一般作家無法比擬的魅力。同樣地，瓦歷斯．諾幹也不遑多讓，他的《當世界留下二行詩》和微小說，不但是一種新的寫作形式之嘗試，也作為他推廣文學教育的實踐手段。而《城市殘酷》、《戰爭殘酷》與《七日讀》，則展現了瓦歷斯走向世界、探索更為廣泛的人生議題之旺盛企圖心。年輕世代的乜寇、Nakao、沙力浪、馬翊航、程廷、黃璽、林纓，以及參與歷屆原住民文學獎的寫手，有些作者雖還未集結出書，但都有亮麗的表現。他(她)們創作的興趣和關心的議題，已與主流社會共呼吸，性別、科幻、政治、醫療、生態、族語、部落變遷與都市經驗等等，都是原住民作家要去面對、處理的課題。因為族群的特殊視角，對這些議題的理解和想像，自然與主流社會有著不同的判斷。

五

簡單地回顧這半個世紀以來，臺灣原住民介入文學世界的情形，特別著重二〇〇〇年前後的對照，是想讓讀者對原住民文學發展的能動性能有一個概括的掌握。從集體到個人、時空環境的變化，都反映在原住民作家的作品中。不同於以往，這些作品一篇篇串連成一道民族的防禦線，取得另一種客觀的存在形式。

為保持原住民文學歷史發展的完整性，本選集盡可能收錄有明確作者掛名的最早作品，如鄒族高一生的〈春之佐保姬〉、〈獄中家書〉、阿美族黃貴潮的〈日記選粹〉和卑南族陸森寶的〈美麗的稻穗〉、〈思故鄉〉等[2]。但，為避免和二〇〇三年印刻版選集重複，我們不得不對若干作家的精彩作品割愛。

此套選集分《文論》三冊、《小說》四冊、《詩歌》二冊、《散文》三冊，共十二冊。《文論》由陳芷凡、許明智負責選文，陳芷凡撰寫導論；《小說》由蔡佩含、施靜沂負責選文，蔡佩含撰寫導論；《詩歌》由董恕明、甘炤文負責選文，董恕明撰寫導論。《散文》由馬翊航、陳溱儀負責選文，馬翊航撰寫導論。編選的過程，經過多次的討論，考慮文章的代表性、文學性、主題的開拓與篇數的平衡等等，為容納更多作品，小說以短篇為主，長篇則徵得作者的同意，做精彩片段的節選，並節制選錄。為鼓勵創作新手，我們也大量選錄參與各類文學獎的作品（包括山海及其他單位舉辦的獎項）。編輯的過程中，我們都驚嘆於原住民作家創作的熱情，短短的幾十年，卻能生產出這麼多質量兼備的作品，原住民多麼渴望訴說自己的故事啊。

感謝原住民族委員會夷將．拔路兒主委的全力支持，沒有他的首肯，我們根本無法進行這項工作。感謝聯經出版公司的林載爵兄及其編輯團隊的盡心協助，能與像聯經這樣具有學術聲望的出版公司合作出版，是原住民作家的福氣。謝謝山海的林宜妙以及所有參與選文、撰稿、校對、編輯的老師與同學們，你們的辛勞成就了這個有意義的工作。我們將這一切都獻給每一位原住民作家朋友，你們創作的無形資產會是原住民未來文化的活水源泉。

其實二〇〇〇年之後，一個與原住民文學平行的另一種書寫介入，也如火如荼地展開了。二〇〇〇年起包括族語教學、教材編撰和族語認證考試等族語復振措施，便一一浮出檯面。二〇〇五年教育部和原民會會銜函頒「原住民族語言書寫系統」，二〇一七年立法院更進一步通過「原住民族語言發展法」，二〇一九年原住民族委員會捐贈成立「財團法人原住民族語言研究發展基金會」……這些政策、法令和機構，使原住民族語「書面化」的可能性成為現實。用自己的族語進行文學創作的條件，有了一個新的契機；我們在藉「他者」的語言、文字說話、書寫之外，有了一個可以保存自己聲音的創作工具。最近不少人開始用這套系統整理部落祭儀、古謠與神話，嘗試建立自己民族的「古典」。這對當代原住民文學的發展，是一項非常重要的工程。與主流社會逐漸共

2 這當然是掛一漏萬的挑選，我們相信這方面仍有相當大的搜尋、增補之空間。

呼吸的原住民漢語文學，固然挑戰並突破了許多傳統原住民社會的禁忌與文化框框，但同時也不得不面臨前文所說的付出認同流失的代價。無法「返本」的「創新」是走不遠的，也容易迷失自己。此外，有愈來愈多作家，比如布農族的卜袞，全力投入族語創作的道路。也許我們可以期待有一天真的可以編輯另一套用各族族語書寫的文學選集，其內容包括祭儀、巫咒、古謠與神話，當然也包含發生在當下的愛情故事和生活點滴。

孫大川・簡介

paelabang danapan，一九五三年生，臺東下賓朗部落（Pinaski）卑南族。

比利時魯汶大學漢學碩士，曾任教於東吳大學哲學系、東華大學民族發展研究所、臺灣大學臺灣文學研究所、政治大學臺灣文學研究所。二〇〇九年擔任原住民族委員會主委，二〇一四年擔任監察院副院長，現為總統府資政、東華大學榮譽教授、臺灣大學、政治大學臺文所兼任副教授，以及臺東縣立圖書館總館名譽館長。

一九九三年孫大川創辦「山海文化雜誌社」，發行《山海文化》雙月刊，並籌辦原住民族文學獎，致力於搭建原住民族文學的舞臺，開拓以書寫為我族發聲的機會，亦是「原住民族文學」概念的最重要論述者。

著有《久久酒一次》、《山海世界——臺灣原住民心靈世界的摹寫》、《夾縫中的族群建構——臺灣原住民的語言、文化與政治》、《搭蘆灣手記》、《Baliwakes，跨時代傳唱的部落音符——卑南族音樂靈魂陸森寶》等書。並曾主編中英對照《臺灣原住民的神話與傳說》系列叢書十冊、《臺灣原住民族漢語文學選集》七冊，且與日本學者土田滋、下村作次郎等合作，出版日譯本《臺灣原住民作家文選》九冊等。

導論

文／蔡佩含

閱讀這些數十年來的小說時，雨林生態系繁盛豐饒的燦爛畫面，在我的腦海自然浮現。每篇小說都各自開展了獨特的樣貌，占據了最適合的位置：有的在樹冠頂上接收最炙熱的陽光，枝葉翠綠，金黃燦爛；已經累積數本長篇小說的作家，像是板根厚實的大樹，各自屹立；有些文字是曲折迂迴的藤蔓，有些則躲在潮溼陰暗的角落，自腐土綻放；率直的葉脈清爽舒心，絢麗綻放的花瓣則危險迷人。閱讀這些作品，有如置身小說叢林，感覺到原住民族文學的生氣盎然，作家們豐沛的寫作能量，成就了這獨特的小說生態系。

這次小說選的時間軸橫跨了約六十年，從陳英雄在一九六二年發表的〈覺醒〉，到最近程廷所著、甫獲臺灣文學獎的〈大腿山〉，總共收錄了四十三位作家的作品，包含十部長篇小說的節選十二篇、三十七篇短篇小說及六篇微小說，全書共計五十五篇。

小說選是以作家的年齡依序編排，讓寫作梯隊的世代差異能夠被約略顯現，並能從作品的誕生時間，映照出個別作家在不同階段的生命經驗，呈現一些原住民文學史的階序。而若將這些小說擺放在不同的議題軸線上，亦能看出語言使用的差異、寫作題材的不同以及性別觀點、族群文化、身分認同的諸多詮釋，跟臺灣社會環境的脈動和變革，都有相當程度的關聯。這篇導論，希望在時間軸之外，也讓類似題材的小說並置，藉此展現出不同作家經營小說的策略和美學風格，並方便讀者能從議題面來認識原住民族文學的多元。

陳英雄是個相當特殊的存在，他的《域外夢痕》出版於一九七一年，收錄了從六〇年代開始陸續發表的單篇小說，這本書也是原住民族文學史上第一本漢語文學作品。二〇〇三年《臺灣原住民族漢語文學選輯》收錄了〈雛鳥淚〉，以漢字拼讀排灣族語的書寫方式和題材，對當時的臺灣文壇來說相當具有獨創性。此次收錄的〈覺醒〉，從陳英雄最熟悉的警察角色作為敘事者，在警察付出愛和關心後，終讓曾加入共產黨的潘傑棄暗投明。這篇小說的情節架構是一典型的「反共文學」模板，即便充滿時代印記的「政治不正確」，但此篇作品的存在，反倒讓我們有機會重新反省臺灣文學史鮮少從原住民族的角度解讀五、六〇年代的反共小說，也總是僅把原住民文學的歷史軸線，限縮在八〇年代的原運之後。

夏本・奇伯愛雅的書寫向來以傳統祭儀為主軸，〈三條飛魚〉用一個對飛魚禁忌不甚熟悉的「我」作為敘事者，在拼板舟首航的過程中學習儀禮。此篇以小說的形式留下飛魚祭的儀式和精神，也在漢語句法中保留達悟語感與氣氛。

另外一篇祭儀書寫的重要作品，為霍斯陸曼・伐伐的《玉山魂》，這部長篇小說帶領讀者進入一永恆的時空，隨著自然的韻律節奏呼吸與生活，完成「人」這一生的所有時序與儀禮。小說承載了完整的布農族祭儀，開頭的前兩章〈最初〉及〈一個名叫Lumah的地方〉展現了以自然為核心的文化價值，連結布農語彙的文字譬喻亦有獨特的魅力。

以對抗殖民者的大小戰事為主軸的歷史書寫，泰雅族作家群為最多。游霸士・撓給赫的〈丸田砲臺進出〉收於一九九五年出版的《天狗部落之歌》，此篇小說以轉述外公第一次上戰場的經驗，用粗糙簡陋的武器與日本的精良部隊對抗。游霸士・撓給赫細緻描繪整場戰鬥的籌畫與過程，戰鬥的氣息在文字中醞釀，氣氛不寒而慄，讓讀者彷彿身歷其境，讀來過癮。

長篇小說《魂魄YUHUM》為泰雅族作家尤巴斯・瓦旦的首部作品，以漫長慘烈的司拉茂戰役做為整部小說的主軸，描述位於大甲溪上游的泰雅族司拉茂群（Slamaw）多次對抗日本政府，歷經日本軍隊的血洗屠殺、設宴算計、拉攏馬赫坡的頭目莫那魯道組成「蕃人奇襲隊」突擊，多次的抵抗和反擊，展現泰雅寧死不屈的精神。

林金玉的〈能加社之光：斯土、斯人、斯情之嘆詠〉以泰雅族能加社的帖木瑪弘及其親族為核心，回溯從清治至日治時期的大小戰役，砲火煙硝、生離死別及其中的血脈延續，小說站在制高點的敘事視角，將能加社的歷史完整呈現。

同樣寫高砂義勇隊，〈召喚〉及〈初見〉兩篇小說有各自側重的面向。周牛莒光從心理學及精神科現場的專業，為原住民族的小說創作另闢蹊徑，〈召喚〉運用創傷後壓力症、思覺失調症和阿美族傳統巫術對話，小說中在南洋戰場經歷戰爭及生離死別的曾祖父卡比，用夢境向曾孫拉藍訴說過去，也引出阿公法烙成為 Sikawasay 的故事，周牛描寫南洋戰場的筆觸生動，夢境與幻覺的虛／實交錯，也扣合了祭儀書寫的特色，小說雖是在講歷史傷痛，卻意外地安撫人心。

梁秀娜的〈初見〉則從女性視角出發，將日本統治下原住民女性的生活樣態細膩捕捉，小說描寫部落相戀的青年女子，因為日本人的蠻橫無理與南洋戰事而被迫分離，最後團聚的戀愛故事。奧崴尼．卡勒盛的〈渦流中的宿命〉，同樣座落在一九四五年高砂義勇隊「去打別人的仗」的時代，但將焦點放在與丈夫離別，獨自一人產下孩子的詩奈身上，女性的勇敢和為母的堅毅，透過全篇詩一般繚繞的語言，發揮得淋漓盡致，亦充滿哀傷的美感。

馬紹．阿紀的《記憶洄游：泰雅在呼喚1935》除了處理日本在部落留下的殖民遺緒議題，亦展開了跨國洄游，小說以Sayun為敘事軸線，在與日本北海道的愛努族進行交流時，意外發現曾外祖父的日本血緣，進而尋覓這段歷史，節錄的〈Mewas美娃思〉與〈bu' 箭〉恰好是整部長篇小說的重要轉折。

拓拔斯．塔瑪匹瑪從八〇年代開始寫小說，是原住民文學的先驅作家之一，此次選錄〈夕陽蟬〉與〈馬難明白了〉兩篇。〈夕陽蟬〉是一篇時空座落在未來的科幻小說，敘述有關當局將山地保留區與都市切分開來，希望吸引原住民自願放棄身分，但若保留原籍，則終身不得自由進出城市。小說主角金谷老年希望重回部落，但也引發了激烈辯論。城市／原鄉，之於八〇年代的時空或現在，都不是一個容易的抉擇，〈夕陽蟬〉在寫未來，現在讀來卻更像是預言。另一篇〈馬難明白了〉需與原運現場的歷史一併閱讀，小說寫男孩「史正」因為教科書上的「吳鳳故事」在班上遭到霸凌，在父親開導後逐漸釋懷。這則編造的吳鳳故事，從日治時期到國民政府，皆對原住民族造成集體傷害，拆除吳鳳銅像的運動，正是在一九八八年之際如火如荼展開，小說的背景設定有其歷史和社會基礎，情節簡單，但意義非凡。

娃利斯．羅干的《泰雅腳蹤》出版於一九九一年，全書收錄數篇以泰雅語、漢語對照的小說，此次選錄的〈藍波咖啡〉敘述姑桑下山到城市探望女兒雅薇兒的經過，情節簡單，但生動刻劃了老人到城市的種種不適應感，小說的漢語表現也保留了泰雅語的句法邏輯和語氣，從現在的時空來閱讀，有濃濃的時代感，但也彌足珍貴。

伊替．達歐索的〈夾縫中的呻吟〉以父親的葬禮交織回憶的筆法，引出原住民族在不同的歷史進程中，恆常處於夾縫中的狀態，在祖靈／基督之間，有了護祖／護主的爭執；在日本統治的時代，族人成為被奴役的對象與炮灰；在國民政府來了之後，歧視與飢餓交織，小說以死亡意象為父親的夾縫狀態找到解脫，那麼現實中的原住民族呢？另一篇〈瑪阿露（謝謝）〉為伊替．達歐索生前的最後一篇得獎作品，以自傳體的敘事手法，扣緊了身分認同的議題發展，回溯「蕃人身體，外省口音」的「我」的一生，在覓得原生家庭後，重拾真正的名字，真正的自己。

夏曼．藍波安的小說總是感性與批判兼具，一九九九年出版的《黑色的翅膀》是夏曼．藍波安個人，也是原住民族文學史上的第一部長篇小說。內容敘述四個達悟男孩各自懷抱著不同的夢，一邊成長於海洋溫暖的懷抱，一邊卻也被逼著面對劇烈變動的新世界，這四個小男孩像是夏曼・藍波安自己的、也是那個世代所有達悟男孩的縮影，在傳統／現代的價值觀之間拉扯，思索島嶼和族群未來的命運。《黑色的翅膀》裡四個達悟男孩的經歷，也化為角色原型，散落在夏曼後續不同的作品之中，若要全面了解夏曼・藍波安的文學內涵，這本小說值得一再重讀。《安洛米恩之死》巧妙地運用了「精神失序」的議題，並藉由安洛米恩之眼，強烈地批判了競逐權力與金錢的族人，常／異常，瘋癲／清醒的界線耐人尋味。

巴代在長篇小說上的產量驚人，擅長運用文獻及大量的田野資料改寫小說，也重新加入原住民族的觀點，讓枯燥的歷史事件多了豐富的想像空間。此次節選的《浪濤》是以一八七四年的牡丹社事件為背景，描述不同陣營之間的政治盤算及角力，日軍與部落之間的戰事調度場面精彩，描寫日本末代武士道精神亦令人印象深刻。而「巫」的描寫，是巴代小說的一大特色，放在歷史小說中，巫術成為靈活的戰略武器亦擾動敵心，但《巫旅》則是以巫術做為核心的長篇小說，選錄的〈樹魂會議〉將巫術結合自然生態與靈，〈伊達絲碎片〉聚集了卑南族的巫師祖宗們，回溯巫師伊達絲的歷史，來回穿梭於現代／過去、人與靈的空間，場面浩大，讀完沉浸於其中而不可自拔。

〈紫色迷霧〉寫一個發生在部落的懸疑事件，主人翁 Ali 與母親 Husas 因為相信巫師的預言而成為土石流的唯二倖存者，邱聖賢文筆精鍊，善於創造緊張驚悚的氣氛，但也有對巫師祭儀文化不復存在的失落。

女性的視角如何詮釋原住民族文化與內涵，亦是原住民族文學相當重要的一個面向。描述原住民女性命運的作品，《懷鄉》為最經典之作，此部小說為里慕伊．阿紀的第二本長篇小說，描述了懷湘缺乏母愛的童年、意外懷孕輟學、不斷輪迴的婚姻暴力與貧窮的坎坷人生，最後在信仰中找到尋尋覓覓畢生的「家」。節選的〈清流園之花〉以五〇年代的烏來觀光和美援文化為背景，平實細膩的筆調陳述懷湘渴求母親的愛而不可得的心理，令人心酸。〈下山〉的情節並不曲折，而是一連串受苦受暴的過程，每況愈下，讀來揪心，除了映照原鄉婦女的生存困境，也以女性的眼光，批判在社會變遷過程中已經扭曲的 *gaga*。

程廷寫人寫部落的眼光總是機智幽默，又帶著溫暖的真心情意。二〇二三年獲得臺灣文學獎的〈大腿山〉是難得嘗試小說體裁之作，「大腿」作為山／肉體的空間位置，於本篇亦是部落空間和情欲空間的直接指涉，大自然的草木玉石和欲望的意象疊合，文字使用技巧細膩高超。程廷並不尖銳指控那個部落崩解被迫賣女兒的年代與歷史，而用細緻的人物描寫，訴說傷痛。

〈河流悠悠〉為〈大腿山〉補寫了歷史，同樣以女性的生命經驗做為小說發展的主軸，田雅頻用向陽部落小雪的一生，寫出不同世代太魯閣女子，為了生存做出的堅毅犧牲，世態多舛瞬變，世代輪迴複製的女性命運，如何停止？

陳筱玟的小說〈遺書〉發表於二〇一六年，卻呼應了二〇二三年在臺灣社會掀起的「metoo 運動」，說明這是累積了多久的膿瘡。小說用已離開肉體的靈魂為主人翁姿璐安發聲，訴說這一生在情感裡的流離失所，分行式的自白語言，與「metoo 運動」裡在社群媒體上為自己勇敢發聲的受害者如出一轍，讀來哀痛。小說能夠喚起的關注或許不及社群媒體的快速播送，但感謝仍有一篇小說，記下這些日子裡未被揭開的傷疤。

〈記憶中的森林〉既是童話，也是寓言，江佳茹有意翻轉故事母題常見的狠毒繼母及男性成長敘事，讓小女孩 Ani 成為山林空間的主角，在她被繼父與那自我詛咒的獵槍丟下後，從動物身上得到友情與支持，順利在森林裡獲取足夠自癒的勇氣與機智，小說以童趣的筆法，重寫山林的性別空間。

近十多年來，愈來愈多人關注到族裔／性別／文化身分的辯證，作家們紛紛嘗試在文字裡打破傳統的性別氣質與分工，也因為同志議題的被關注，達德拉凡・伊苞在二〇〇〇年寫下的〈慕娃凱〉被重新想起，引起文學界的討論。這篇作品從創世始祖慕娃凱的神話寫起，將之與現實生活中的慕娃凱疊合，傾訴女女苦戀，也重新詮釋神話，文字寫得內斂婉轉。相較之下，黃璽的〈姊姊〉則用充滿戲劇張力的方式經營，小說用弟弟的視角敘事，描寫在父親告別式上相遇的哥哥（或說姊姊），結尾的口紅留下耐人尋味的線索，也用化妝、扮裝的符號回應「姊姊」一題。然木柔．巴高揚則在化妝的意象上，多增加了社群媒體的形式與層次，〈臉書〉一文運用 Facebook 的寫作格式，讓身分展演、性別展演的裡面／外面，又多了網路人格的拉扯，除了性別議題，也同時思索之於當代而言「什麼是原住民？」

乜寇．索克魯曼的《東谷沙飛傳奇》在二〇〇八年出版時，被喻為臺灣版的《魔戒》，此部小說以布農族的神話傳說作品串起，並用相當魔幻的手法，打造一英雄的成長之旅。節選的〈瑪鐵卡寧——天怒之地！〉和〈向著北方！遠征聖山東谷沙飛〉除了可一窺乜寇將口傳故事母題化為小說情節的巧思，亦是整部小說最大的核心：聖山東谷沙飛。

以新．索伊勇的〈赤土〉像是一部科幻電影，運用白環圈和赤土的對比，讓被白環圈收養但擁有赤土血緣的角色成為牽引敘事的核心，白環圈享盡一切無暇的空氣，但總是無盡地掠奪與詐取赤土的資源，小說以此暗喻原住民族與臺灣社會的族群和階級對立，以及種種大型開發計畫案。小說安排極具巧思，令人驚喜。

同樣關注部落發展的，亦有陳孟君的〈天堂路〉，此篇讓小說角色的命運圍繞著「通往天堂之路」的意象展開，這條路對應了族人對軍公教考試的熱衷，對自己原住民身分及職涯的茫然，也同時是部落對抗大型開發建設無望而黯淡的未來之路，對應的現實引人深思。

東海岸美麗的浪花線條，抵不過一個又一個的開發建設。潘志偉的〈呼喚〉寫失業的部落遊子返鄉，記憶的舊、被拆除的家、族人樸實的生活方式，和不斷冒出的大型建設和觀光產業交織著，形成鮮明的對比和失落，小說空間疊合了真實世界，回應了小說家在小說裡的另一個身分：紀錄片工作者。

姜憲銘的〈馬大丁的海涯〉也同樣寫了家的拆除與消失，全篇用好友的視角敘述馬大丁為了把老家買回來而上遠洋漁船打拼，最後卻落得一場全盡皆空。小說的情節簡單，但卻將遠洋漁業的視線寫得生動，失去家園的沮喪與無奈，像是呼吸著空氣裡的鹽巴，看不到盡頭的汪洋。

同樣以山老鼠做為題材的，有胡信良的〈山瘟〉及潘鎮宇的〈沒有月亮的晚上〉。

近年來山林盜伐事件頻傳，因盜伐地點與部落生存空間疊合，再加上熟悉山林的特性，原住民族人因為高金利誘而涉案的例子時有所聞，兩篇小說皆對此議題做出反省，手法卻各具特色。〈山瘟〉運用變形神話及基督教撒旦附身的母題，讓主人翁在被山老鼠咬後，逐漸失去人性、背離部落，成為真正的「山老鼠」，變形過程中的人性糾結和形貌幻變描寫精彩，電影感十足。〈沒有月亮的晚上〉寫盜伐、寫毒品，敘述主人翁在道德／生計之間的困難抉擇，卻因女兒的意外事故，讓躲躲藏藏的「山老鼠」變身為守護森林的正義角色，模糊了善／惡的分野，也將道德評斷的那把尺，留給讀者。

〈豎夢〉描述逃學的青年「我」在山林遇見雕刻師父勒凱，將之視為崇敬的對象，在一次的校園霸凌事件，意外發現「我」父親故事的祕密，葉長春以樹木形變的故事，幽微地批判族人對金錢的貪婪。

「自然」與「狩獵」一直被視為原住民族文學裡的經典題材，但近十幾年來的書寫面向除了多元開展，也較集中往歷史層面挖掘。重讀〈Barasa〉令人眼睛為之一亮，單純地只寫狩獵，寫長輩傳承的狩獵知識、寫山林裡的禁忌、獵人小心翼翼的足跡與虔敬的禱詞，寫夢與靈，人類在自然空間裡與山神最純粹的對話，讀來享受。

多馬斯．哈漾的〈泰雅爾巴萊〉以瓦旦的意外事故和「河川管理人」巫拉姆的對話而開展，用詼諧幽默的筆法，談論國家公園、毒品、迷信、歧視、貧窮等議題，並思索何謂「真正的泰雅人」。

家族間的倫理與愛恨情仇，一直是小說敘事裡最常見的命題。陳宏志的〈哈勇來看我〉以第一人稱的敘事手法，細膩呈現「我」的喃喃自語，講述如何離婚，如何在都市受挫，如何在酒裡跌倒，還有父親無需言語卻堅定的愛。蔡宛育的〈豔紅鹿子百合〉題材特殊，以詩意語言挑戰了親情／愛情的界線，小說中父親的缺席與父愛的匱乏，亦餵養了主角對母親滿溢的愛戀，豔紅的血珠和色澤充盈整篇小說，扣合鹿子百合的淒美意象，是一篇浸泡在語言當中就覺得享受的小說。

〈阿嬤的掰掰肉〉以一種安靜獨語的筆調寫就，家族間的紛紛擾擾點綴穿插著自己對身分的理解；阿嬤的歉疚與病痛，生死與離別，一切本應劍拔弩張、哭天喊地，但小說讀起來卻只有恬適和平靜，只因何伯瑜慧詰地觀察家人之間的恨中有愛。

在沉重抑鬱的主題後，潘貞蕙的〈神祕鐵盒〉是一個喘息的空格，小說以鐵盒的神祕感牽引敘事，訴說閩南阿嬤的神奇魔法與表弟的奇幻冒險，童年住在神祕鐵盒的記憶，也如同抽屜那個擺滿寶藏的鏽蝕小盒，充滿時光皺摺。近似散文的小說經營，讀來卻動人溫馨。

〈遺失顏色的人〉從警匪槍擊現場開始寫起，陳述尤哈尼意外領養跟自己的兒子同一天生的小孩阿雄，兩兄弟一同在愛裡長大。桂春．米雅巧妙地運用膚色對比揭曉阿雄的身世，筆觸溫暖清新，並讓小說關切的議題回到「人」的本質，而非族群。

以運動賽事為題的〈孤男的衝刺〉，平實地經營主角達路滿懷希望復出田徑場，到最後以神速拔得頭籌的經過，情節簡單、勵志，祖孫之間一冷一熱的幽默對照，也成為一大亮點。賴勝龍把簡單的題材發揮到極致，筆觸直率，是一篇閃耀著熱力與光芒的小說。

Nakao 的〈一個剪檳榔場的暴風雨之夜〉生動刻劃了返鄉青年不上不下、不裡不外的位置，也大膽地讓讀者陷入部落獨特的語言和思考邏輯的迷霧，在語彙／語義的對應指涉裡，多了更多生活與在地經驗的詮釋空間，是一篇「不用去問什麼意思」卻很有意思的小說。

〈不是，她是我 vuvu〉充滿巧思，用童趣的口吻和邏輯讓讀者看見多族群語言之間的隔閡，但理解與不抱持成見，才是建立溝通的開始。然木柔．巴高揚特意讓讀者在閱讀的前半段，與小說主角一樣陷入語言的迷途當中，後半段的揭曉，打破了原住民族文學的書寫總是需要加上註解的模式，同時，輕輕地以人物的情緒，戳破語言及身分的被歧視。

瓦歷斯．諾幹以詩和散文見長，也嘗試結構跟文字更為精煉的「微小說」。〈一百年前〉緊扣文字／口說傳統的邏輯差異；〈文字〉談論泰雅族「被消失」的文字，指出殖民政權的獨斷；〈好奇〉除了反思文字的真實性，也嘲諷新聞媒體不實報導的亂相；〈計程車〉和〈我知道你的明白〉同樣寫看得見／看不見的界線，也關於思念。短篇小說〈這，悲涼的雨〉篇幅不長，以姊弟之間的關懷和衝突，帶出吳鳳神話的傷害及娼妓議題。

原住民族的戲劇展演雖多，但保存出版的劇本數量卻非常少，阿道．巴辣夫．冉而山在二〇一三年出版的劇本《路．Lalan》可謂其半自傳的作品。這齣戲描述珩豆這個原住民的知識分子，熱愛閱讀與思辯，但在現代生活中感到茫然迷失，最後回歸自然對他的召喚。節選的這幾幕戲，從鬆散的對話中可以理解主角珩豆的思考過程，但讀阿道的劇本最有趣之處，在於奇形怪狀但饒富寓意的文字表現，口語、腔調、幽默及笑聲，都透過阿道刻意經營的書寫，鮮活的表達，其戲耍語言的能力，令人驚嘆。

一顆不帶著任何預設立場的心，是進入這座小說叢林的入場門票，在閱讀的旅程中，必定能有更多驚喜和精彩的發現。邀請所有的讀者，找到一個舒服的位置在這座叢林裡坐下，靜下心來仔細聆聽，這數十年來，原住民族創作者們「用筆來唱歌」的動人聲音。

蔡佩含・簡介

現任臺灣大學兼任助理教授與音樂專輯企劃。紐西蘭奧塔哥大學毛利研究院訪問學人，國立政治大學臺灣文學所博士。關注原住民文學與音樂、族裔與性別、當代原住民流行音樂與文化展演等議題。

博士論文為《站在語言的灘頭：戰後臺灣原住民族文學與音樂的混語政治》。

陳英雄

〈覺醒〉（一九六二）

谷灣．打鹿勒（Kowan Talall），一九四一年生，臺東縣大武鄉太平洋海濱的加津林部落（Gazelin）排灣族。一生服務警界，曾任憲兵士官、外事警員等，後以警佐兼主管職退休。

一九六二年四月，陳英雄首篇散文〈山村〉在《聯合報》副刊發表；之後陸續在《軍中文藝》月刊、《青年戰士報》副刊發表散文與新詩，並於《中央日報》發表排灣族婚俗、信仰相關文章。一九七一年他將早期著作集結為《域外夢痕》（後改為《旋風酋長——原住民的故事》重新出版），是臺灣第一本原住民小說。從他發表在《新文藝月刊》的短篇小說〈戰神〉來看，軍警生涯在其文學創作中有極深的影響。著有《旋風酋長》、《太陽神的子民》、《排灣祭師：谷娃娜》等書。

覺醒

五十年年底，我由花蓮市區調到這裡——永豐派出所。

永豐是個山地小村落，人口並不複雜，住民多半是阿美族以及部分客家人，山裡還住著一些開墾生活的退除役軍人。我的管區靠近富里，都是客家人。

農曆年前一天，依照戶口查進度，我訪問了管區內全部住戶，我深深覺得鄉村中農人的樸實與坦率，遠非城市中的人可比，儘管我是新來的，他們對我卻都很親切。只有潘傑是唯一的例外，他對我的訪問似乎不太歡迎。

那天，我到他家裡時已近晌午。那是一間用紅磚與土敏土砌成的平房，孤單地築建在水田中央；四周種植著密密的瓊麻當作籬笆，屋前有棵很茂盛的龍眼樹，屋後是一列列頎長的檳榔樹，大門洞開，卻不見人影，我很禮貌地在門框上輕輕敲了幾下。

「潘先生在家嗎？」我朗聲地朝裡問了一聲。

不久，一個莊稼打扮的中年人，從裡面出來。他的臉色有點憔悴頹喪，略帶蒼白，顯得有點不安。

「對不起，我是來調查戶口的。」

他默默地，側過身子，意思是讓我進去。

堂屋不大，放著一張深紅檜木方桌和幾把太師椅，靠壁中間供著佛像。雖然打掃乾淨，不過，也許由於光線不足，我總覺得有點陰森森的。

「謝謝您，請把戶口名簿和身分證拿出來好嗎？」我很客氣地說。

他一聲不響，返身走入臥室。

他家裡的人口很簡單，就只有一位三十多歲的太太和十四歲的兒子。

我在戶口名簿上簽了字，坐下來跟他聊了一陣。他的家境不錯，有兩甲水田和三頭牛，還餵了豬和其他家禽。不過，從他侷促不安的舉止和談話時不能暢所欲言這一點上觀察，我發現他神經上可能有點不正常，要不，他一定有嚴重的憂悒症。

坐了不久，他太太跟孩子從田裡回來了，使我覺得奇怪的，他們一家人都有一種陰沉沉的神色。以他的家境來說，孩子讀中學了，但沉默木訥，像個老年人似地。我想一定是潘傑一個人影響了他的全家，這是不對的，即使潘傑本身健康有問題，也沒有理由連累下一代！

到門外，我做了一次深呼吸，走出那間像墳墓似的屋子，心裡寬敞了不少。

從鄰居口中，我才曉得他是個「怪人」，他們都以為他有「神經病」。據說，他從來不到人家家裡去，也從沒誰到他家裡來，這證實了我對潘傑的想法，如果可能的話，我倒是很樂意幫助他，找一位心理治療專家，替他治療一下。

第三天是農曆新年，我因公去富里分駐所。平時冷清清的街道，變得非常熱鬧，鞭炮聲、談笑聲、恭喜聲，匯成一支歡樂的新年合奏曲。熙熙攘攘的人們，臉上都綻開了愉快的笑容。正當我辦完公事走出分駐所，忽然對街跑來一個男孩子，正好將要碰到從臺東方面疾駛而來的小轎車。我本能地立即扔下公文，飛快地衝過來，一把抱住那孩子，用柔道倒法就地一滾；那小轎車「吱」的一下，在那孩子身邊煞住。

所幸並未發生什麼意外，我擦破了表皮，而孩子扭傷了右腳。等我扶起他時，才發現原來是潘傑的兒子潘英達。我把他送到衛生所，經過醫生敷藥包紮，說是傷勢不重，休養幾天就會好的。於是我付了醫藥費，順路扶他回家。

這以後，我常常帶著水果以及兒童讀物之類的東西，去探視潘英達，慢慢的，我發現這孩子天資聰明，只是缺乏兒童應有那種天真活潑的生氣；他像一棵正在發芽的嫩苗，被一塊無情的石頭壓住了，我們的友誼發展地很快，我想他一定很少，甚至沒有朋友！每當我去探望他時，他總是眼巴巴地坐在門口小木凳上，用殷切的眼光，凝視著通往他家去的小路。當他遠遠看到我，就扶住門框站起來，揮著手，大聲叫著：

「陳叔叔，陳叔叔！」

他這種親切的態度，很使我感動，也增加了我對他的關切。

「假使我的傷好了，陳叔叔，你是不是還常常來我家？」有一次，他突然問我。

「當然要來，我們不是好朋友嗎？」我溫和地說。

他好像想到什麼事情似地，皺著眉頭說：「怕我爸爸不高興？」

「那又為什麼？」我有點奇怪。

「爸爸說，現在好人很少，要我少跟別人搭訕。」他低下頭說：「我幾次想去考中學，他都不讓我去。」

「沒有關係，英達，」我拍拍他的肩膀，安慰他說：「我一定找機會跟你爸爸去說。」

經過這次意外事件，他們一家對我的觀感也在漸漸好轉。我記得那天把英達扶回家時，潘傑還是將信將疑地用驚訝的眼光看著我。後來，我去的次數多了，他們看到我對孩子的細心照顧，很受感動，就開始用信任的態度來接待我。我也常常找機會跟潘傑談話，我總希望他能振作起來；不要唉聲嘆氣，疑神疑鬼。更希望能使他生活得開開朗朗。

我們時常接觸，彼此之間的情感亦隨之增加。我了解他並不是如鄰居所說的怪人，他很老實，是一個實事求是的老實人，不過性格過於內向了一點。但是使我失望的是潘傑常常酗酒，有好幾次，我發現他爛醉如泥地躺在床上，後來我才曉得他酒量並不大，也無所謂癮，只是一空下來就想喝幾杯。我相信他一定在借酒澆愁，可能他的心靈上曾經受過一種很大的刺激，或者有難言的隱痛。

三月中旬，潘傑家裡祭祖拜拜，要英達來請我去吃拜拜。

那天的菜餚非常豐富。我們喝了兩瓶紅露酒，大家有點醉意，這時，他太太跟英達早已呼呼大睡。

「陳先生，酒逢知己千杯少，來！再乾一杯。」他的聲音也有點含糊不清，一口喝盡了杯裡的酒，用顫抖的手拿起酒瓶又倒了一杯，「我有很多話要跟您說。我們是好朋友，是不是？」他打了一個酒噎，「我……唉，心病……」

「要找醫生來看一看？」我關心地問。

「唉！」他搖搖頭，緊抿嘴唇想了一下，似乎準備要向我講什麼，但當他看到我用一種期待的眼光等候他開口時，突然皺皺眉，以戒備的神色看了我一眼，舉起杯，囁嚅地說：「今天真對不起，沒有好菜。來！乾一杯！」

我曉得他在下逐客令，很識趣地告退了。

我深信他一定有難言之隱，可能是關於他婚姻或在年輕時代戀愛方面的事情。我相信只有女人在男人心中所留下的創痛，是終生難忘的。我並不急於探索潘傑心中的隱密，我認為時間與情感一定會解開這個死結。

近來正忙著辦理反共自覺運動的宣傳工作，沒有時間去看潘傑。有一次，我走過他門口，他遠遠地就在招呼我。

「好幾天沒來玩啦！英達天天念著你呢！」

「忙著辦理反共自覺運動宣傳，哪有空？」

「什麼運動？」

「反共自覺運動。」我簡略地告訴他這個運動的意義和政府廣大的政策。

他聽了之後，沒說什麼，只是怔怔地凝視著前面，好像想著什麼事情。，我因忙，沒進去坐。

那天夜裡，正下著雨，氣溫很低，我懶得出門，在房間裡點著煤油燈看書，一直到深夜才就寢，剛剛入睡，就被一陣敲門聲驚醒。我覺得奇怪，這樣冷的天氣，又是半夜三更，一定是派出所裡有事。我連忙披上衣服，出來開門。

「陳叔叔……」原來是英達，他戴著斗笠，披著一塊油布，可憐巴巴地在雨中哆嗦著。

「英達，快到裡面坐！有事嗎？」

「是爸爸……他喝醉酒了……」他的話被哭聲哽住了，「他……在哭，要您去一趟。」

抵達潘家，推開門，我看到潘傑伏在桌子上。潘太太流著淚站在他身邊，溫柔地在勸慰他。他哭得很傷心，好像是積困了很久的委屈，在盡情地發洩！

「有什麼事，慢慢說，不要這樣難過。」我走過去，輕輕地拍著他的肩膀。

「啊！陳先生，」他抬起頭，激動地拉住我的手說：「我害了我的太太和英達，過了好多年暗無天日的生活啊！我真是個懦夫！我對不起他們母子。」

「冷靜點，過於傷心，會影響健康的。」我勸慰他說。

「像我這種人，還說什麼健康！陳先生，我巴不得立刻死去了……」

他斷斷續續地告訴我，十五年前，他因交友不慎，誤入歧途，加入中共屬下的「臺灣民主自治聯盟」。並參加了「二二八事變」。他雖然僥倖地避過治安人員的耳目，但當時風聲很緊，於是他離開了家庭，離開了親友，離開了一切凡是認識的人，開始過著流浪的生活。後來就在這兒定居下來。十多年來，經過兢兢業業的經營，總算有一個家了。照理，應該感到快樂，但事實上，並不盡然，他不敢讓家人出去，也不敢叫人家進來，心裡總蒙著一層陰影，深怕有一天會露出破綻而被捕。

他曾經幾次想出來自首，但又怕政府把他當匪諜來辦。這種內心的恐懼，愈來愈使他痛苦整夜難眠，有點風吹草動，就疑心有人抓他。看到陌生人，總以為是便衣的治安人員來調查他。於是，他不得不借酒去麻醉他自己，但酒醒了，又復墮入痛苦的深淵。他說，自從我與他親近之後，他才慢慢地了解現在的警察人員，已非日據時代那樣專橫野蠻了。我對英達的照顧，使他深深受到感動。今晨聽我談起反共自覺運動的事情後，下了最大的決心，要向政府自首，卸下他那副痛苦的重擔。

我待他說完，就很詳細地告訴他表白登記的方法，並祝賀他重新獲得了光明。回到宿舍，雞已啼了兩遍，天也快亮了。

當我早晨到派出所上班時，潘傑早已在那裡了。主管很客氣地招待了他，並且幫助他辦了手續。

這以後，潘傑像另外換了一個人。我好幾次在富里看到他陪著太太買東西。村子裡也常可發現他的蹤跡。

游霸士・撓給赫

〈丸田砲臺進出〉（一九九五）

Yubas Naogih，田敏忠。一九四三年生，澤敖利北勢八社天狗部落（B'anux）泰雅族，為北勢八社大頭目 Gagi Naobas 外孫，二〇一三年四月過世。

游霸士為師大國文系學士，曾就讀師範大學國文研究所、東海大學文藝創作班，擔任中學教職三十五年。他不諱言自己「漢化較深」，文字風格不同於其他原住民作家。但游霸士的文學始終圍繞「泰雅」的部落歷史及當代族人的生命處境而寫。著有《天狗部落之歌》、《赤裸山脈》、《泰雅故事》等書。

丸田砲臺進出

晚上，我們安全走過大安溪。
深夜到達村落時，又面對很多婦孺的眼淚，
山中又震撼著我們的哭聲，久久不絕。

早幾年，我那高齡八十六歲的外公，有一天把他第一回參與的戰事說給我聽。那是我聽過所有人類的戰鬥中，最不公平，卻也是最具威力的一次。一直到今天，我還想像不出當年這些臉上毫無表情，沒必要時，整天說不上兩句話，總顯得有些土裡土氣的部落勇士，竟敢使用三、四把人家造得很壞的火槍、幾把弓箭和番刀，去敵對日軍架在二本松山頂丸田砲臺上的三門可怕的太母山砲，和幾鍵水冷式重型機槍，以及無數人手一把三八式步槍的英勇日軍野戰師團精兵。

這樣懸殊條件的戰爭，其勝敗的契機，簡直是顯而易見的。但是我常覺得整個事件的關鍵，好像並不在誰輸誰贏這一個單純的事實上，這裡面總有點兒蹊蹺，很值得玩味。

比方說吧！雖然我外公在那次戰役中喪失了他最好的堂哥，他自己也受到創傷——一個很奇特的創傷。但每當他提及那次戰役，臉上始終掩不住那種鬥志昂揚、逸興遄飛的英勇情懷。他一面口裡滔滔不絕，一面比手畫腳地敍述著。總之，他的故事使我深深受到感動，因而我一有工夫，就把它記錄下來。下面便是他的故事。

我那年剛好十八歲，而我那勇敢的堂哥亞包·達拉武呢，他也只有十九歲大！不過，我們的額頭和下巴剛刺青，纔告別那種無所事事，總覺得百無聊賴的青年時代；也即是說，我們剛脫掉那件整天敞開肚皮、袖口上結滿鼻涕那種種可恨的童裝。我們突然被人看做勇猛的部落戰士，開始穿上像一般大人那樣，經過婦女們細心挑織成的長袖胴衣。同時，腰間隨時隨地都緊緊綁著一把亮亮晃晃的番刀。那一切都顯示，我們正開始我們多采多姿的成年時光。

我們兩人一天到晚吵著要去作戰。因為那一陣子，日軍已從平地卓蘭出兵，沿著大安溪沿岸向東北方推進。他們企圖將隘丁線推展到馬那邦山和大崠山上，以便控制整個大安溪和大湖溪的廣袤區域。

雖然北勢八社山胞部落，曾經展開一場生死存亡的民族聖戰，但是日本人為了完全消滅山胞的抵抗，竟出動兩個旅團一共一千多名陸軍正規部隊出擊。當地山胞僅憑弓箭、長矛、番刀和粗糙的火槍，守住大崠山到二崠山這一條綿長的火線。

大崠山峭壁千仞，垂直插進大安溪水裡。水邊只有一條狹窄的天然通道。山胞守住狹口，日軍過一個，他們就殺一圖，遇兩個就殺一雙，日人幾乎全軍覆沒。

日軍進攻受挫，未能得逞，只好撤退。但幾天以後，他們卻運來了可怕的太母山砲和小野戰砲，改由大湖、南湖方面，繞北攻占了馬那邦山頭，將大砲架在山頂上，居高臨下轟擊山胞村落和壯士們的背後。

雙方僵持到夏天快結束，八社山胞村落決定聯合起來，再做一次總攻擊，以驅退敵人。那一役，我的祖父曾帶著我父親和部落的戰士也去參戰。但這時候，日軍已在馬那邦山上建立很堅固的陣地，結果雙方在山坡濃密的箭竹林裡，來往進行幾回慘烈的肉搏戰之後，山胞彈盡援絕。只好退到山裡躲藏。我祖父就在不久以後，心中抑鬱難解，因病去世。

那一次戰役，雙方死傷累累。事後，表面看起來，戰事似乎沉寂了下來。但我們卻很明白，山胞壯士們在山中，依舊到處走動聯緊，他們嘯聚山巔水涯，人人摩拳擦掌，有東山再起與敵人勢不兩立之勢。

然而，日本人可一點都不含糊。凶狠的日本警察，不久便占領了馬衣戶、拉烏路、沙瓦依、邁蘇魯等部落，北勢八社有一半淪入敵手了。

日本警察都是一些穿著掛滿銅扣的黑衣黑褲、圍著白色絲帶的大盤帽底下是一顆頭髮剪得短短的又圓又小的頭顱、寬肩膀、闊胸肌、腿子粗短的漢子。他們長筒皮靴的厚鞋底下釘滿了鐵板；左脇拖著一把比他們的身高還要長的武士刀，刀鞘尾端包了一圈銀白的鐵皮。走到那裡，腳底的鐵板和刀鞘尾的鐵皮故意在地上拖拉著，發出咔啦咔啦刺耳的聲音。他們總顯得太雄赳赳氣昂昂的；他們兩眼圓睜，老是平視前方，臉孔因鼻下的一叢鬍子而變得更凝滯端穆。總之，他們看起來，簡直是一群不懂得露齒微笑的可怕動物。

他們晃蕩到部落裡，鄙夷的目光充滿仇恨，怎樣也想像不出這些蹲在茅屋前或躲在茅屋裡藏頭露尾、又黑又醜、幾乎沒有幾片破布遮身的兒童和婦女的父兄或丈夫，竟然膽敢動刀動槍和大日本帝國的精良部隊相抗衡。

而同樣身材、同樣相貌和裝束，卻穿著棗黃色服裝、頭戴一頂樣子怪異腦勺被三塊方巾遮蓋著的帽子，同時肩上扛著一支尖端插有長刺刀的步槍的士兵，竟也都傾巢而出了。

這些士兵顯然都是爬山專家，因為他們寧可捨棄寧靜的山谷和寬敞的河床不走。他們分成一隊一隊，匆忙地先行占領每一個山頭。一爬到山頂上，就像一群瘋狂的鼴鼠那樣，在地上亂挖亂鑽，把好好的山峰弄得坑坑洞洞，遍地壕溝。

他們在山頭建好了柵寨和碉堡之後，就從平地雇來一大批已經歸順了的傭工，在柵寨與柵寨之間的山脊上開路。那是山上最了不起的工程，道路足足有三公尺寬，兩邊都挖好了排水溝，斜坡處仔細用石板做成一級一級的臺階；同時路兩側一百公尺遠的地方，也派工人把雜草樹木砍個精光，務使不留下任何遮蔽物，據他們說：「這樣才不會讓野蠻人躲藏著來偷襲日本人。」

末了，這批可憐的傭工又扛來了很多太母山砲和野戰砲。沒有多久，每一座山頭差不多都架好了三門到五門砲，而每一門砲的砲口，則分別指向山下的山胞部落。

日本人偷偷完成這些工程的當中，山胞北勢八社尚未被占領的大安溪上游一帶部落，仍生活在無何有之鄉裡。一直到日本傭工在大安溪岸邊的山壁上，綁起了兩公尺高、上下四層的粗鐵絲網，我們才覺得事態嚴重，開始緊張起來。

很多部落分別傳來可怕的消息，轉告我們要特別注意，說這些綿延不知多遠的鐵絲網可厲害極了。很多山胞不知情，一觸到就立刻燒焦僵化，屍體掛在鐵絲網上，怎麼弄都弄不下來。連去搭救的人，也都連帶被燒成焦炭僵死在地上。

一個月內，差不多每一個部落都傳來這樣的惡耗，我們都怕得不得了。那時正好是夏末秋初遞嬗的節令，天氣卻依舊熱得人透不過氣來，而整個局面沉悶到了快使人絕望的境地。

有天傍晚，馬衣戶頭目細亞特．鬧給突然在我們部落出現。他帶來兩個跟班，逕自跑到我們家門口，在門外屋簷下的地板上蹲了半天，等我一出門，其中有一人便輕聲對我表示要求見我們的頭目父親尤巴斯．達拉武。

我帶他們進到屋裡，只見我父親正把頭垂著，兩眼凝視著篝火上半燃的木柴，保持著深沉的靜默。三位客人蹲在門邊說了一大堆客套的應酬話，但我父親只做了一個樣子，三個人才靠過去，在火爐邊的小板凳上小小心心地坐下來。

開戰過後，特別是下游部落淪陷以後，這樣的見面，自然是太唐突了。於是大家試著種種的話題，但全都說不上三兩句便完了。我父親一向很健談，但那幾天，他顯然陷在一種不快的心境裡面，所以我不免疑心父親的愁緒是從失去了他的父親的惋惜之情而來的。

他對篝火上一根柴火的餘燼凝視了一會，隨後突然帶著一聲很大的嘆息叫說道：

「唉！真沒用啊！我覺得我們愈來愈不中用了……」

聽到這裡，三位客人才了解對方傷感的主因。所以彼此只嗯哼了半天，竟不知道說些什麼才好。末了，細亞特．鬧給紅著臉說道：「其實，尤巴斯老爹，我們過分自責也沒有用了。雖然這次沒有得到全面的勝利，但是大家都盡力了，對不對？我想——」

「但是沒有一次出征像這一次這樣難堪，這樣窩囊的，」我父親趕緊岔斷對方的話叫道：「沒有帶一顆首級回來不說，竟連一支鳥槍都沒有擄獲，你們知道嗎？我部落的戰士們，都怕別人誤會以為他們到何處玩耍去了，竟然羞恥到只能偷偷地閃進家門躲在屋裡。啊！眞羞死人，當我們回到部落，面對著前來迎迓的男男女女、婦女小孩時，我們竟羞愧得擠不出一滴淚來哩！」

啊！怪道幾天來，我父親一直悶悶不樂，原來只為了沒能砍下一顆敵人的腦袋回來慶功而氣惱。

所以我叫道：「得啦！爸爸，你們這樣子怎麼打仗！初啟戰火，好不容易打中了一個敵人，你們就不要命似地爭著在雙方的火網下跑去砍他的腦袋，常常腦袋砍不成，自己卻先被人打死了，那還打仗呢？打個屁哩！所以我常說：不如先沉著應戰，等敵人都死了，再收拾他的腦袋也不遲啊！對不……我總覺得——」

「呸！」我父親獰惡的眼神注視我良久，隨後吐一口痰在火爐邊罵道：「黃毛小兒，你懂什麼打仗的事？你最好給我閉嘴。」

「我……我……我只覺得同胞們的屍體滾在山上，很多人埋屍荒野，未免太可惜了——」我幾乎要哭著辯駁。

「這是部落古老的規矩，你懂嗎？」我父親指著我的鼻子惡狠狠地大叫道：「這是榮譽，是一種良好的傳統，一種祭祀的儀典法術，一種……哼！反正……反正是一種常規，懂嗎你？」

「呃……呃，尤巴斯老爹。」細亞特．鬧給趕緊打圓場說：「孩子們的話，也許不是沒有道理呢！您看這一次在大崠山上，沙瓦依部落尤給赫．路木帶著他的子弟兵在山脊上和日本兵對陣，就為了爭強好勝，大家紛紛爬出壕溝要跑出去割取人頭，結果被槍彈打死了好幾個人，您說這不是死得太可惜、太冤枉了嗎？」

「哼！我寧可埋骨沙場，也不喜歡像上次那樣被大家取笑著回家。」我父親咕嘟著回答。

「呃！勝敗兵家常事，以後作戰的機會仍多，並無需老掛在心頭——」

「哈！」我父親岔斷人家的話，拍著膝蓋，仰頭撇嘴叫說：「以後若有作戰的機會，你們自然會聽到我們老西．馬古哇的子孫是怎樣驃悍的。」

「那當然！那當然！」對方歉身說道：「呃！但有一句話不知怎麼說才好……我今天來是受命——受日本警察之命前來敦請老爹您參加十天以後在東勢的談判的——」

「咦！細亞特老爹啊！你什麼時候開始做起日本警察的狗腿子來啦！哈哈！」我父親狐疑的眼神直逼得細亞特．鬧給在一廂呃呃了半天，根本說不出話來。

沉吟了半晌，他才囁嚅道：「不是我啊！尤巴斯老爹。是這位遠從塔哈牙干來的巴顏．哈雍出的主意，他說——」細亞特．鬧給趕緊指指他身後的一個鬼頭鬼腦的矮小男子叫著。

但我父親很快岔斷他的話叫道：「哼！塔哈牙干人跟我們的祖先曾有過節呢！細亞特老爹你又不是不知道？但今天看你的面子，我們不必翻舊帳，因為你們一出現，我就知道你們是受著誰的指使來的。你想想看，道路早被日本人的鐵絲網封閉了，而你們通行無阻，你們幫著哪一方，不用猜也猜得著啊！這也無所謂，但今天我倒要好好問問你們，你們到底是怎麼通過那些要命的鐵絲網的？」

「我怎麼知道？」細亞特．鬧給紅著臉答道：「象鼻部落上面的日警駐在所，四周是圍了好幾道鐵絲網，但都有木頭寨門可以通過。我看到警丁開門時，好像就抓著那些鐵絲網，但並不見他死在那兒，我也很覺得詫異，通過時很害怕哩！」

「其實，這也沒有什麼好奇怪的，」巴顏．哈雍在後面用音調怪異的聲音輕聲說道：「那些鐵絲網都流通著日本人所謂『電氣』的一種可怕的東西……」

「什麼？你說那東西叫什麼？」我父親迫切地問道。

「電氣，是叫電氣。我也只知道叫電氣，但到底是怎麼的一種東西，為什麼會燒死人，這我就一概不知道了。」

「那麼日本人自己為什麼不怕？就不曾聽說有哪一個日本人被燒死的，為什麼？」

「那當然，」巴顏．哈雍答道：「他們懂得控制這東西，聽說他們有一種開關可以停止它流通。不過，我們誰也從來沒有見過那種開關。」

「好，原來是有開關的，」我父親不知怎麼弄的，他今晚的注意力好像全灌注到日本人的鐵絲網上了。

他又問道：「好極了！你快點告訴我，請你一五一十地告訴我，怎麼防備這可惡的電氣不燒死人？」

「聽說只要不碰鐵絲網就不會燒死人——」

「喔！不碰就燒不死人……哈！那當然啦！不然我們每一個人不都死了嗎？你這不是廢話啦！但你還知道一些什麼？你快說。」

「對呀！靠近但不碰它，就燒不死人並沒有錯呀！聽說大嵙崁溪流域的山胞沿著鐵絲網逡巡，經常會撿到死在地上的水鹿、山豬、山羊、猿猴什麼的，他們根本不需辛苦行獵就滿載而歸哩！」

「喔！還有這種事嗎？我呢！我偏不敢吃被這厲害的電氣燒死的任何禽獸肉，因恐怕有劇毒呢！但你總應該知道一些對付這些電氣的技巧吧！」

「我自己並不曾面對這些鐵絲網，但據北方的人傳來的說法，說用絕對乾燥的桂竹把鐵絲網頂開，人們從隙縫裡穿進穿出，部落的人都不會發生什麼事故。不過，千萬別碰到鐵絲網就安全了。這是北方人一般的說法，我自己沒有見過，所以我不知道怎麼對付這東西。」

「嗯！用絕對乾燥的竹子頂開……乾燥的竹子……我知道了，這東西可能會……莫非它喜歡潮溼的東西不成？但鐵絲也是乾燥的啊！眞搞不懂它，以後總得去試試才了解……」

我父親自言自語之後，又把頭垂著，兩眼凝視著篝火上半燃的木柴，一閃一閃的火光照著他輪廓分明的臉頰，忽明忽滅的。

房子裡除了男人們啵茲啵茲抽著竹根菸斗之外，有好長一段時間聽不到任何聲響。

不知過了多久，細亞特．鬧給終於打破沉寂叫道：「時候不早了，我們還得趁夜離開。尤巴斯老爹對日本人談判的事，不知做了決定沒有？」

「嗯！不急啊！等吃了飯再走吧！或者明日一早出發也不遲啊……」我父親頭也不抬一下地回答。

「不啦！我們必須趕明天一大早去向警察報告哩！」

「是這樣的話，那就準備用餐吧！」

我父親起來領他們到屋子另一端，我母親已將煮滿熱騰騰白米飯的鍋子和盛著醃魚、醃肉和肉湯的盆兒、罐兒擺了一地，大家圍著坐在小板凳上吃起來。我母親還搾了一大鍋甜酒釀奉客。大家又吃又喝，不久，酒醉飯飽離席回到剛才的篝火邊坐下休息。我母親又來為大家斟酒勸飲。

酒又過數巡，巴顏．哈雍仗著酒力，紅著臉頰對我父親說道：「尤巴斯老爹，日本警察在東勢郊外的一處廣場上搭起了竹棚，四周圍起紅白二色長布，正北面是所謂引見臺，他們用木板搭起臺子，披上白布，上面擺著五、六張也披上乾淨白布的座椅，供日本官員坐下。上面屋頂上用細竹竿交叉插上兩面旗子，左邊一面是日本『日之丸』國旗，右邊的一面是象徵太陽放射光芒的太陽旗子。上次日本官員引見大甲溪流域山胞頭目的時候，大家對那樣隆重的儀式簡直看傻了眼了。我有幸列席擔任翻譯官，實在很覺光榮。那次得知日本總督府殖產局官員對開發臺灣山地訂定很詳細的計畫——」

「哼！對啊！他們是訂定了很詳細的計畫的，」我父親惡狠狠地說：「你看看我們北勢八社的大安溪下游一帶，日本警察占領了山胞部落，先武力討伐，再收繳武器，強迫歸順，並奴役同胞做牛做馬……現在又想用電氣燒死我們……哼！他們的計畫實在太完美了。」

「不，那是撫墾署所制定的隘勇制度的措施罷了。他們叫鐵絲網所到的地方叫隘勇線，聽他們說是為了保護我們的安全而設立的。」

「胡說八道。我看是用來圍堵我們的成分大，怎說是保障我們的安全呢。難道電死了好多人還叫保護嗎？」

「但您不能否認他們的誠意啊！上次大甲溪流域一共來了七個部落頭目，召見事畢，當場宰殺兩頭大黃牛宴飲慰勞，大家都飽食酒肉，醉醺醺地回家。」

「可又來了。這七個頭目都吃了牛肉了嗎？他們可沒出什麼毛病吧！」

「沒有什麼毛病，他們都高高興興地走路回到山中。」

「你也吃了牛肉，喝了日本人的酒嗎？」

「是啊！那麼好吃的東西，誰能不吃呢？」

「哈！不吃是白不吃呢！」細亞特．鬧給插嘴笑道。

「那你回家身體有沒有什麼不適？比方說有沒有上吐下瀉？」我父親又問道。

「沒有啊！一直到今天還好得很。為什麼？您問這些幹什麼呢？」巴顏．哈雍睜大眼珠子問道。

「那算你運氣好，眞該恭喜你呢！」我父親正色答道：「去年夏天，北方清泉溪流域的穆基拉卡、路卡霍、拉雅風三個山胞部落的頭目，連袂到竹南覲見日本官員，聽說會後也大塊、大塊嚼著牛肉，大碗、大碗地灌進日本清酒。

結果回家時，三個人一路上上吐下瀉，痛苦呻吟著爬回到部落裡，一雙眼睛早坑進腦殼裡去了，高高腫起的眼塘子發著烏青，一張慘白的臉上，看上去只剩下兩個大黑洞。

三個人雖然還活著，但那麼蒼白、那麼消瘦，大家都疑心是不是看到了一群可怕的屍骸。兩天後，三個頭目都死了。他們死得很慘，嘴裡吐著泡沫，消瘦到只剩一副骨架的身子一陣陣痛苦地在他們自己的穢物堆裡痙攣著，他們的手緊抓著番刀的刀柄，好像只有從番刀那裡可以挽回他們的生命似地。同時，喉嚨裡不斷拚命擠著『復仇』的叫喊聲，最後卻都無可挽救地死了，死得甚至還更痛苦。

不久，部落裡很多人也開始上吐下瀉。那些還能走路的人，只好含淚留下病患，翻山越嶺朝南方逃亡，他們定居到沙夫路、福尾、路古三地時，某種不幸依舊存在，好像死神老跟定他們似地，死亡的陰霾緊緊地籠罩著，村子裡面的人仍然大量死亡。他們不得已，只好再舉家遷徙到雪見山中。這時，三個部落原來的五六百人口，僅剩下五十多人而已了。

現在，他們驚魂甫定，苟延殘喘地在山上住著，過著朝不保夕的生活。我們都應該拿他們的遭遇做借鏡。所以，我今天可以肯定答覆你們三位，不管什麼時候，跟日本人談判，那是你們自家的事，我可是絕對不幹的。」

「您不怕日本總督府派兵清剿討伐嗎？」巴顏·哈雍道：「我覺得實在犯不著跟他們強大的部隊對抗的。啊！你們不知道那天在東勢的談判，那些日本官員多兇——」

「對，我正想問你，和日本人談判是怎麼個談法？你說說。」我父親非常好奇地指著巴顏·哈雍問道。

「是這樣子的⋯先有一個日警叫我們八個人在召見臺下排成一列坐在地上，等了很久很久，正當我們覺得兩腿麻痺得不斷發著很厲害的痙攣時，遠遠的廣場一角出現一隊穿著黑衣的警察，跨著整齊的步伐極為雄壯威武地走過來。這個日警大喊著叫我們匍匐在地上，將頭部差不多要埋到土裡去——」

「喲！為什麼把頭部埋進土裡去？」

「因為他絕對禁止我們抬頭看人啊！因為日本官員是不許人正眼看他的。我們把頭埋進土裡，只聽到木板臺上咕咚咕咚地響著皮鞋聲，另外武士刀鞘的銅扣環也鏗鏘鏗鏘響著。良久，在絕對的靜默中，我旁邊的日警低聲叫我用泰雅爾語呼叫七個頭目站立。

「我們東倒西歪地站立起來，大家都差一些沒有魂飛魄散，因為前面四、五步臺上的大椅子上已經穩穩地坐著五個官員，一個個左手抓緊武士刀的刀柄，怒目瞪眼、惡狠狠地盯著我們的眼睛不放。他們的兩肩掛著一大堆金色的穗帶，左胸前掛滿了亮晃晃的勳章。他們的左右各站著二十來個警察，一個個像木樁那樣文風不動站著。他們也都在那兒怒目瞪眼地盯著我們。我趕緊用手掌擦拭掉臉上的塵土。

「『敬禮！』我旁邊的警察大喊著，他自己並恭恭敬敬地行舉手禮，我率先弓腰駝背行鞠躬禮，並用泰雅爾語叫七個頭目也學我行禮。中間的日本官員慢吞吞地站立起來，很傲慢地回禮了。隨後他叫我們跪在地上，他說叫誰說話就須站起來立正回話，其他人一概不准回答插嘴。然後就一個個問七個頭目一些問題。我呢！我是一直站在旁邊，並沒有陪他們下跪，因為我是翻譯官啊！真的，在那種場面，翻譯官確實是很重要的角色哩！日本人也對我很客氣的。」

「那當然啦！」我父親咕噥說：「就只因為你會說日本話，對吧！你的日本話一定很流利囉！是否認了日本人做爹娘啦！」

「不是。只是我們很早就跟日本人住在一塊，所以呢！多多少少就聽得懂他們的話……再說，我們那邊比你們這兒文明多啦！真的，無論各方面都是。」巴顏．哈雍眉飛色舞叫道。

「什麼文明？」我父親惡狠狠地丟他一個輕蔑的眼色嗯哼道：「只不過是你們很早向日本人投降罷了。然後你們自甘做日本人的狗腿子、做爪牙，不時南下殺害自己的同胞。我們這邊曾被殺害了一些人，所以你巴顏．哈雍在這邊可千萬別承認自己從塔哈牙干人的部落裡來，因為有很多人要報仇哩！你知道不知道？今天，我們已經很明理了，了解這都是日本人搞的鬼，他們要我們彼此自相殘殺，不用他們一兵一卒，我們自己卻早會消滅掉的。所以，我們可跟你們不同，我們始終忘不掉祖先的屍體滾在山上，血液染紅了河流那種血海深仇。一直到現在，我們都還立志要復仇。就是這一點點心願，促使我們怎樣也不願和日本人接觸。」

巴顏·哈雍聽了，一句話也不說，就縮在角落裡。

「呃！尤巴斯老爹，」細亞特·鬧給趕緊說道：「既然您有這一番心願，祖先的神靈自然會保佑您的。我們呢！我們……那我們也沒有什麼好說的了。明早就去對日本警察詳加說明，但是將來若發生什麼事故，可千萬別說我們沒有預先提醒您——」

「那當然！那是當然。」

我父親說罷，就又盯住火爐上燃燒的柴火發愣。

那三個人知道我父親心意已決，又再一次誠誠懇懇地拒絕我母親請他們留宿的建議，一再表明因為公務在身，必須趕回去向日警報備，所以一定要即刻動身離開。

於是他們各自點燃松樹片的火炬做照明，趁夜回去了。

第二天傍晚，天色特別昏暗。初秋的沉悶空氣像沒擰乾的溼毛巾那樣覆蓋著大地。入夜之後，一副狂風暴雨將臨的樣子，從山上襲來的寒飆，竟有些凜冽刺骨。

部落所有的男人，從我家開了一天的會議分別回家之後，突然間，似乎連空氣也凍結了。而部落整個生活步調，似乎也一下子混亂了起來。

女人趕緊叫住原在屋外戲耍的兒童回到屋裡。霎時，兒童快樂的笑鬧聲在村子裡消聲匿跡了；男人們把繫在門外的獵狗給鬆了綁，於是狗吠聲便代替了剛才兒童們的笑鬧聲，此起彼落，開始在村子裡鬧了起來。

男人在草屋四週逡巡，佝僂著腰身，但兩眼卻像極了夜晚的貓進入鼠窩時，把兩眼瞪得大大的樣子，向附近的黑夜掃視著。他們並仔細檢點各自的草屋可有霉壞了的草葉要更換沒有？門板和窗扉是否都很牢靠？需不需要用雀藤重新綁牢？他們也檢視過屋外的穀倉以後，才安心回到屋裡。

若干像我家一樣擁有槍枝的人，開始認眞地擦拭槍膛和槍機，並仔細檢點每一顆彈殼裡是否都裝塡好了火藥和鉛彈；有些只擁有一支粗劣火槍的人，也愼重其事地用布條來捅那又粗又長的槍管，並用細竹籤清理掉裝火藥的洞孔的汙垢，還檢查火藥盒是否裝滿了乾燥的火藥、彈帶裡可裝滿了鉛丸；很多一直沒有能夠擄獲過任何槍枝的男人，也把他們傳統的武器，諸如弓箭、長矛、刺刀、木槍、番刀等等，都拿出來認眞摩挲擦拭著。

夜已深沉，地上展開了一片沉重而淒涼的秋的蕭瑟。這是一個忙碌的夜晚，狗吠聲一出，男人便以一種痙攣的動作抓緊他們的獵槍的槍管，並緊張地東張西望著。

反正，幾乎任何風吹草動，都會造成一陣騷動。

女人實際上並不需要那麼緊張的，因為她們並沒有什麼大不了的工作要做。但看樣子，她們卻比男人還要忙迫、還要慌張、還要神經兮兮。她們一面要厲聲叱罵那些因為不能出門去玩而氣悶著，而且剛被她們責罵因而嗚咽著，卻又不敢大聲嚎啕大哭的孩子們；同時還裝模作樣、劈里啪啦地整理一些衣物，用一塊大方巾包紮成一個大包袱，然後放置在一處順手的位置上，好於匆忙逃難時帶著，才不致凍死在叢林裡。這些事原可以一下子做完了的，但她們卻像著了魔似地在屋子裡走來走去，嘴裡不停咕嘟著一些纏夾不清的話語；一旦孩子們偶爾發出任何聲響，她們又像被人踩著尾巴的小狗那樣，扯破喉嚨尖聲叫喊叱罵著。

活在那樣的現實裡，我突然發覺，生活已陷進絕對的閉鎖和恐怖之中。一切狀況已非常明顯，戰鬥的氣息已經開始在空氣中醞釀，人們的心臟便隨著大氣的震動開始顫慄起來。

第二天中午，婦女們匆忙收集晾在外面竹竿上曝晒的衣物時，並沒有事故發生。

第三天傍晚，當部落男女氣喘吁吁、弓腰駝背，背脊上的藤蘿筐載滿農產品回家時刻，依然沒有什麼事故發生。

但是，就在第四天早上，當我剛走出家門，準備去看望我在村落附近放置的套索陷阱，看看可套到果狸、野兔什麼時，二本松山頂上突然有人在大聲呼叫。

我翹首望去，只見太陽就在山頂下面不遠的地方升起，它和平常升起時一樣大而且紅。不知為什麼，這天早上，它使我覺得特別大，也特別紅。

突然間，二本松山巔終於在光輝的旭日照耀下顯出了它的龐大黑影。它幾乎像一個剛爆裂過後的火山的圓錐體一般猙獰醜陋。

很多人從屋裡奔到外面，大家手搭涼篷，瞇起眼瞼皮盯住山頂。每個人都愣住了，因為二本松原來蓊鬱的森林，一夜之間不知到哪兒去了。此刻，整塊山脊已然成了濯濯童山，依稀還看到處處被人翻掘過的黃褐色土壤暴露在外頭，一直綿延到山下比較平坦的一個臺地上。

看到這裡，部落裡的男女老幼幾乎都呆若木雞地站住不動，沒有一個人敢發出聲響。

不久，臺地上突然傳來很高亢的歌聲。然後，我們都親眼見到一片白布沿著一根細直的木桿冉冉上升，才升到木桿一半高度，白布迎著西南風開始飄揚起來，我們明顯看到白布正央，赫然出現一顆圓心——一顆比太陽更紅更大的圓心。

「是日本人，大家快躲開。」

我父親一聲令下，部落居民方才如夢初醒地奔回自己家中。女人用背袋慌忙背著小孩，右手提著大網布包、左手拖著藤蘿筐；老人拉著兒童，大家很快尾隨著手上擎槍的男人背後，一齊向村落東面的森林裡奔去。

「一切依計行事，你們到河邊鐵絲網前等我們。」父親在逃難的村民背後叫喊著。

我父親領著我們——堂伯父達拉武、飛西以及他的兩位公子，也就是我的堂兄和堂弟，牙包．達拉武、尤繞．達拉武跟我一共五個人，先在村子裡一家家巡視一過，看看家家是否都熄了火？可有還沒逃難的人或牲畜？臨走前，是否仔細關緊了門窗？

當我們一家家巡視時，二本松山頂上人聲鼎沸，突然轟隆一聲，接著天際傳來嗖嗖的呼嘯聲，不多久，村子前面一處山坡上發出很可怕的爆裂聲。

「趕快離開村子，日本人開始轟擊我們啦！」我父親大叫著，很快閃到一處草叢不見了。我們其餘的人也各自抱頭鼠竄，分別避難，自尋活路。

我偶爾抬頭一望山頂，轟隆轟隆聲不絕於耳。從第二發起，他們的砲彈就在村落裡像雨點似落下，我四週一陣陣震耳欲聾的爆裂聲，千百片破彈片夾著泥土和小石在我們身邊呼呼飛出。這聲音使我吃驚害怕，但還拚命爬過木樁、石頭背後、溝渠等遮蔽物逃出去。

我們跑過的地方，很多穀倉已經崩垮了。土地也被砲彈翻開了。我們跑進叢林邊沿，我最後一次眺望二本松山頂，見到硝煙大部分已經昇起，像天蓋一樣停留在砲臺上面兩丈高的地方。透過一層微帶藍色的氣體，依稀瞧見那些日本兵在山頂上忙東忙西，跑來跑去。

我們終於在叢林深處的羊腸小徑上會合，驚魂甫定，怎麼也想不到日本人竟這麼快就占領了二本松山頂。而我們的村落海拔只七百多公尺，二本松山頂海拔高達一千四百公尺，兩處直線距離起碼長達十數公里，走路上山也得花兩個半小時，日本人不知用什麼威力強大的大砲轟擊，我父親和堂伯父只蹲在地上搖頭嘆息，心中早已沒了主張了。

我們跑到大安溪沿岸，村民們都委委縮縮躲在茅草堆裡，誰也不敢吭一聲氣。我父親在路邊草叢裡抽出他預藏的三條乾燥竹竿，叫我們扛著跟他到鐵絲網邊。竹竿的頭尾已被他削成尖叉。他小心把竹叉叉住最下面一層鐵絲網，用力往上頂開。我們都屏氣凝神看住他的安危，他弄了半天，顯然並沒有什麼危險，於是我也下去幫他頂住。

「小心，離鐵線遠點。」他叫說。一面用另一根短竹竿從旁把鐵線頂到上面，竹竿的另一端插在地上，馬上下面就出現很大的隙縫。

他把我的長竹竿抽出繳給我，另一根繳給我堂兄，說：「來吧！你們兩個就用竹竿挖掘地面，儘量挖深挖寬，等一下大家都得從下面鑽出去。」

我們開始拚命用竹竿戳著泥土。還好這是一處陡坡，我們從上面很輕易的把一大堆土石頂到下坡處滑下。不久，下面就出現了很深的壕溝。一等壕溝可以躺著滑下去，我父親就迫不及待躺下去，一溜就溜到鐵絲網外面去了。他一到那邊，就手腳並用，幫著扒泥撥土挖洞。看看差不多了，他下令停工，就叫大家輪番小心躺在地上滑下去。

最先通過的是老弱婦孺，我們男人都在這一邊幫忙。其實，我看鐵絲網距離人的腹部都有大人半身高，就是彎腰蹲著走過去也無妨的。但大家都驚恐極了，每一個通過的人，都盡可能把背部緊貼地面，豆大的汗珠流滿了全身，弄得人人一身塵土，髒亂不堪。全村一百多人，差不多花了半天時間，才全數順利通過。我們留在後頭，仔細用乾樹葉把洞口掩飾蓋好，免得日本人巡山時發現我們的伎倆。

過了可怕的鐵絲網，前面就是寬達一公里遠的大安溪河床，兩邊有一大片蘆葦和芒草叢生的鵝卵石平地，中間大安溪水寬約四五十步，深有半人高，村民必須渡水才可以跑到對岸去。人人恐怕渡水時，山上的日本兵用望遠鏡發現到，屆時必會用大砲轟擊，而造成很大的傷亡。所以我父親命令大家就地找芒草堆掩蔽起來，等入夜以後再渡河到對岸去。

大安溪對岸的斜坡，我們叫色衣亞地區，一直是村民良好的避難所。過去，每當村中與外界有戰亂發生，或有瘟疫流行，人們都會跑到那裡去避難。整座山是深不可測的原始森林，地上藤蔓牽纏，雜草蔓生。野獸在地上跑來跑去，飛禽在樹上飛來飛去，人們發現在那裡絕不會餓死，於是每一家都建好了草寮分散在山上。勤勉的婦女們，在草寮四週還闢出一畦畦旱田，種些粟米、甘薯、芋頭、豆類植物什麼的。在那種由千年腐爛的草木沉積成的黑亮壤土裡，她們確信只要種下什麼，就必然會有很好的收成的。果然不出她們所料，每當避亂到那裡，我們的生活通常總覺得非常優裕。

那天晚上，月黑風高，我們摸黑下水。河水雖只深到我們的胸口，但水勢頗為強勁。幾個強壯的男人在上游抵住湍流，下面牽拉著一長串老弱婦孺，小孩子則跨在大人的脖子上，大家排成一行，東倒西歪度過河去。

我親眼見到大家的眼神充滿了期盼的光采，知道度過河水就可以擁有絕對安全而又自在的生活。只可惜人算不如天算，當大家住進山上的草寮裡，好像不幸永遠要跟隨著我們似地，日本人的砲火，實際並沒有放過我們。每當婦女們生火炊煮，煙塵騰過林表，我們馬上遭受上面太母山砲砲彈的轟擊。霎時，砲彈穿過樹梢，在我們四周乒乒乒乓爆起紅色的火光，並將樹枝樹葉炸得滿天飛舞；硝煙在森林裡沉積籠罩，嗆得人都不能呼吸。有好幾次，上面篤篤聲傳來，我們就受到密如雨下的排槍的射擊，人人都躲在大樹背後哆嗦顫慄個不停，知道日本人開始用機關槍掃射我們住的地方了。

「不行，這樣下去我們怎麼營生呢？」有一天晚上，我不禁怨嘆起來叫道：「我們必須上去摧毀那個砲臺。」

「對，我們明天就衝上去摧毀它，」我堂哥也站起來咬牙切齒附和道：「不然的話，哼！我們簡直都要死在這裡了，這怎麼可以呢？」

「小孩子們稍安勿躁，」我父親叫說：「我們大人早已有此計劃，但要攻克上面那堅固的砲臺，又要面對眾多頑強的士兵，非得具備充沛的彈藥才可以呢！而我們的彈藥卻很缺乏，正不知怎麼設法才好。」

「我們最缺乏什麼？火藥呢還是子彈？」我堂哥突然問道。

「火藥倒儲存了一些，只是光有火藥沒有鉛彈，怎麼打死敵人呢？何況——」

「有啦！我有辦法弄到鉛彈啦！」我堂哥興沖沖地站起來叫著。

他還沒說完，就拉著我跑下山坡的羊腸小徑。不多久，我們就到大安溪的河床上。他叫我摸黑收集一大堆粗大的乾樹枝，堆放在河床中央的一處沙灘的正中間，他自己也七手八腳，忙著收集枯枝和樹葉。一俟堆得多了，他就從一個口袋裡抽出一粒燧石和一片頑鐵，撞擊成點點星火，先點燃了一團乾枯的野芭蕉樹心纖維，他很快吹成火花，再點燃了沙上的枯枝敗葉，那堆乾樹枝條很快跟著燃燒了起來，殷紅的火苗夾著墨黑的煙幕直往天空飛竄。他乘火勢拉著我快步跑到五十步外的一處背向的山壁背後躲起來。

不一會兒，山頂上的砲臺有人大叫著，並開始轟隆轟隆響個不停，沙堆上的火四週馬上籠罩在綿密的砲火網下。上面的重機槍也篤篤篤篤叫個不停。透過火光，但見沙土像有人在那兒翻掘，不斷跳動翻騰。

半夜後，日本人還不停地射擊。

「好了，我們先回去睡覺，明天一大早再來收集鉛彈丸。」我堂哥拉著我叫說。我們回到草寮裡睡了一夜好覺。

第二天凌晨，他跑來把我叫醒。他手上提著一個布袋，叫我也準備一個布袋下去撿拾彈丸去。我們躡手躡腳跑到沙堆那裡，只見柴薪在地上橫七豎八的，顯然我們昨晚設計的篝火也中彈四處飛散了。地上散著很多尖銳的破彈片。我們用手小心翻鬆沙堆裡面，果然鑽滿了機槍的鉛丸子彈。有些已經碎裂的，有些還沒有完全變形，算算約有一百多粒，我們非常高興的收集在布袋裡扛回家。大人們一看我堂哥的妙計得逞，高興得什麼似地。

從此，每天晚上，我們都到河床上找沙灘生火，引誘日本人用機槍射擊，然後撿拾鉛彈。有些膽大心細的人，像我和堂哥、堂弟這一班青年人，甚至連大白天光天白日下，也故意到河邊生一大堆火，然後假裝在篝火邊圍坐聊天，卻豎起耳朶傾聽二本松山頂上，一有人在那邊大叫，我們就知道那邊一定會開始射擊，於是我們分頭跑回到附近的山洞掩蔽起來。那樣子，我們撿拾的子彈往往比任何時候為多。

我們回家把鉛彈集中在我堂伯父家，我父親和他一點一點將碎裂的鉛彈煮在一個小舊鍋裡融化，然後灌進細竹管裡冷卻，再將竹管剖開，裡面就有一條像小拇指粗細的亮晃晃的鉛條。他們用刀一節節切下，每節平均約一公分長，再用刀板在石板上滾摩成一粒粒嶄新的橢圓形彈丸。做完以後，按各家擁有的槍枝的形式或彈殼的尺寸，把彈丸散發給有槍的人自行去處理。

我父親自己擁有兩枝三八式步槍、一枝雙管獵槍和一枝舊火銃。那天，我們將所有的彈殼裝上引信、塡入火藥，然後塞進一粒鉛丸，足足花了一天工夫才做完。

往後的幾天，我們不斷做著戰鬥的準備。入夜以後，經常在我家舉行戰前會議。我和堂哥曾對作戰的步驟和方法提供一些意見，大家頗有意採納。於是，大家公推我父親擔任作戰總指揮。他是頭目，這個職務自然非他莫屬。然後，我們編組成立作戰部隊。

當時，身體強壯，可以擔任作戰主力的人，除了我父親尤巴斯．達拉武和堂伯父達拉武・飛西之外，身材高兆、矯捷如豹的尤繞・亞悠特及沉默寡言、深沉內斂的飛蘇・瓦旦也是主將。青年方面，好像只有我和堂哥牙包・達拉武及堂弟尤繞・達拉武三人足堪大任。當然也有一大堆青少年吵著要去，但部落會議決定得很審慎，因為這一次只能進行偷襲，所以人數不宜太多，否則足以敗事。七個人組成一個靈活有效的游擊部隊是最恰當了。其他尚有作戰能力的男子，就編為後備部隊，負責補給和聯絡的工作。

組織一經決定，我父親便要求全體即日起齋戒，規定男人不得與婦女同房，不得接觸與女紅有關的生麻或衣飾等。所以，當天我母親和堂伯母便一齊搬到別家去暫住了。當然，要與強橫的敵人作戰，茲事體大，自然非比尋常。我父親曉得必須卜問吉凶才可，以決定是否與行止，所以他自己在幾天以前，早藉鳥占、夢卜、水占、竹占等等方法問卜了。甚至天上日月星辰，風雲雨露的一切變化，也都做了很詳細的觀察。

一直到出發的前一天早上一切徵兆似乎均屬大吉。但是到了中午，飛蘇・瓦旦突然愁眉深鎖跑到我們家裡。面對我父親，他吞吞吐吐了半天，竟說不出一句話，卻先撲簌簌拋下幾行熱淚。我們逼問了很久，他才好像很不甘心似地說出他凌晨沉睡中所做的一場惡夢。

「啊！」我父親不等他說完就叫說：「這是神靈要保佑你啊！祂們及時提醒你不可

以造次莽撞，否則你去恐有不測呢！你這次不能隨我們去，這並不要緊，因為以後多的是反攻的機會——」

「可是大家都已經決定了的。何況我也準備了很久，想這次好好表現一下……所以，我準備瞞著我的惡夢不說出來——」他扭曲臉孔很痛苦地說著。

「不行，這絕對不可以，」我父親岔斷他的話叫道：「我們必須善自保護我們的生命，好繼續跟敵人周旋呢！這樣吧！這一次你且好好留在部落保護我們的婦孺老弱吧！這也是非常重要的工作啊！」

「我求您准許我去吧！」他哀求道：「你們六人已經夠零丁，夠單薄了呢！」

「零丁單薄總比有人死傷好些吧！何況你那惡夢說不定不在你身上應驗，卻嫁禍於我們，豈不糟糕。」

我父親愈安慰他，卻愈無法平服他內心的激動。後來，他甚至哭出聲音來，哽咽著有一句沒一句地堅決說明他對此次出征的期盼。末了，他便苦苦要求允許他尾隨跟去。眾人一齊勸阻，他竟哭鬧得愈大聲。

他鬧得實在不像話，我父親轉過身去用背脊對他，用喉嚨裡的聲音咕噥著責備他，「飛蘇，你這樣子很有些不吉祥的徵兆哩！你是不是要用哭聲詛咒我們六個人啊！」

他聽了，才噤若寒蟬，蹲在角落抓亂他的頭髮，嗚咽飲泣個不停。他使用弓箭最拿手，在距離五、六十步的地方，他可以隨他的興，把箭矢射進奔馳著的山羊的頭或肩膀。而且即使是晚上，他可以像在白天一樣自由自在地使用他的兵器。所以這次打游擊，他不能去，我不免心中感到沉重起來。

不知怎麼弄的，我一直堅信打游擊戰，世界上再也沒有比弓箭更有效率的武器。它們會製造比其他會發出聲響的武器更具震撼人心的特殊恐怖氣氛。就是這種恐怖氣氛會很快瓦解敵人的士氣。

晚上，我們六個人分別將所需要的糧食、凱旋用服飾、敵首包、彈藥等一塊裝進背網袋裡，再檢點我們的弓矢、槍枝、番刀等武器，然後上床小睡片刻。

半夜過後，我父親叫醒我們趕快背起背包，擎著武器走到屋外。此時，屋外還黑得伸手不見五指。

有人在屋外生了一堆火，火旁立著一個木臼。我們將背包放在木臼上，然後圍坐在火爐邊舉行軍神祭和禱告儀式。有一個老太婆代表一面繞著木臼，一面低吟哀怨的頌歌。我是知道那木臼所代表的涵義的，那是希望我們帶回敵人的首級的飲泣聲，和老太婆低沉哀怨的頌歌相應和，弄出一種可以把魔鬼送進土裡去。

聽到這些悲涼的飲泣聲，我總覺得非常愁悶，好像整座山都在跟著嗚咽似地。我父親率先接受家母含淚奉上的酒杯，把酒一飲而盡。我們隨後也喝光了我們自己的一杯，然後用手指頭沾一下爐灰點在自己的額頭上，我們便揹起背包抓著武器頭也不回地開拔了。

晨曦初上，我們度過大安溪水。不久，再一次爬過日本人的鐵絲網底下。然後，為了儘量隱藏我們的行蹤，我們決定分三組，分頭找路上山。我和父親一組；堂伯父帶我堂弟為一組；我堂哥牙包·達拉武跟隨尤繞·亞悠特為一組。大家商定傍晚時，在二本松東面不遠的拉朗山巔會合，再決定攻擊策略。

隨後，我們分頭出發了。我尾隨在父親腿後。縱步跑上山坡。兩人不發一語，只小心盤坡轉徑，攬葛攀藤，每行不到三五十步，我不免掇著肩拚命氣喘個不停。父親在前面不免常回頭，搖搖他的腦袋，似乎表示年輕人這麼不中用，這怎麼可以？我就咬緊牙關追上去。下午，當太陽偏西的時候，我們一聲不響登上拉朗山頂。尤繞·亞悠特和我堂哥早已到達了。等了一會兒，另外一組也到達。

夕陽西下，紅霞滿山。我們靜悄悄爬到一棵根葉濃密的櫸樹上緊貼著樹幹向二本松方向偵察瞭望。拉朗山和二本松平高，我們站在樹上，便很清楚望到二本松山下丸田砲臺的一切動靜了。此刻，一輪紅日快要沉落西山，臺地上的壕溝縱橫交錯，邊沿也挖了無數個散兵坑。臺地中央高高矗立著三門太母山砲，正用黑色雨布遮蓋著。附近不時有荷槍的士兵走來走去。

太陽剛落下西山不久，臺地上突然有人吶喊，壕溝裡突然鑽出十數人，有人舉手指向對岸色依亞山區，有人卻跑去掀開雨布，拉出一門山砲來。我這是第一次見到太母山砲的樣子，那原來是一條有我的大腿那麼粗的黑色鐵管，架在兩個很高的車輪上。顯然，那玩意兒一定很沉重，因為有三個日本兵一齊用力拖它，才拖到臺地邊沿。他們將砲口轉向色依亞山區，有人好像是在調整角度或方向吧！砲口忽高忽低，忽左忽右的。一切就緒，有人大叫一聲，將一個尖尖的東西用力塞進鐵管後座。不久，又有人大叫，突然轟隆一聲，他們果然又開砲了。

我除了天空的雷劈之外，從沒聽過這麼大的轟隆聲，每當他們發砲，我的心就跳動得很激烈，我不免緊抱樹幹免得被炮聲震落下去。

這期間，他們又連續發射十幾發砲彈，二本松山頂全被白色煙霧覆蓋了，而色依亞山區不時傳來沉悶的爆炸聲。我父親冷冷地笑了，因為日本人中了我們設計的圈套了。當初我們就先以太陽下山為記號，叫人到村落背後的山中放火，引誘日本人出動開砲，這樣我們才偵察得出確實的敵情。

我們從樹下滑下來，偷偷潛伏到二本松山下的一處山凹裡。在那裡，我們吃掉了我們全部的乾糧。我父親輕聲耳語面授機宜，決定半夜以後出發到砲臺下面的一片箭竹林裡埋伏，凌晨時候進行攻擊。

利用最後的空檔，我和堂哥、堂弟再一次仔細擦拭我們的三八式步槍。尤繞，亞悠特也找到一顆石板摩尖他的的箭鏃，因為他沒有槍枝，只能用弓箭作戰。我一面擦槍，一面心裡想著：這些槍原屬於早期的征服者——日本警察使用的，在和我祖父那代的爭鬥中使用時，不知打死過多少我們臺灣人。但所謂做法自斃，這支槍的主人終於拿他自己的生命和首級付出代價，被我祖父擄獲過來。我想我必須要好好使用它，一來為苦難的同胞報仇，二來祖父地下有知，也必會撫掌含笑稱快。

這期間，三個大人不時很注意地凝視著我們，使我們不得不儘量裝出一副從容不迫的樣子。我和堂哥甚至三番兩次摸著我們那青年的鬍髭，表現出一副好戰的樣子。事實上，我們兩個當時並不怎麼恐懼，我們倒害怕別人設想我們會恐懼。所以，那天晚上，我們儘量表現得很愉快。

我們終於出發了。那天天氣有些陰沉，天空不見星月。我們幾乎在伸手不見五指的絕對黑暗中穿過叢林，一聲不響地爬到箭竹林裡埋伏起來。

這些箭竹很寬闊濃密，高度約有一人高。我躲在裡面，不免想到砲臺四周的草木，日本人幾乎都已砍個精光，為什麼獨獨留下這些箭竹不砍，是否因為長得太密，懶得砍呢？或是日本人自己也像我們山胞一樣，喜歡吃箭竹筍，特別留下來以便採筍呢？我甚至猜想，是否是日本人預留的陷阱？反正一直到今天，我仍然還搞不清楚。

我們六個人各間隔五步左右，面對砲臺一字排開，從右邊算起，尤繞・亞悠特第一，然後是我堂伯父達拉武・飛西，我堂哥牙包・達拉武，堂弟尤饒・達拉武，接著就是我，我父親居尾。我總覺得我和父親的位置實在有點太接近一個在太母山砲附近逡巡的日本衛兵了。他扛著槍走來走去。當他走向我們這邊的斜坡向山下望望時，他就在我前面十步左右。而我父親那邊呢！簡直就可以伸手抓住他那兩條被灰白色綁腿綁得細細的腿子，拉到箭竹林裡幹掉了。我好幾次設想他簡直已經死了，那逡巡著的，只不過是他的遊魂罷了，他的軀殼卻早已橫陳在箭竹林深處，而且是怎樣的軀殼啊——一副沒有頭顱的殘缺軀殼。

但這不是我們原先的計畫，我知道我父親絕不會造次隨便。所以每當日本衛兵轉過身去，走回到距離我們三十幾步遠的太母山砲背後去時，我就抽出小刀，幾乎不發出任何聲響的切下細箭竹好好修飾我的碉堡——因為我們都商量好要把我們躺著的地方裝飾得除了子彈射擊出口的洞孔之外，絕不讓敵人看到我們的身體。沒有多久，我這份工作就做完了，我面前正前方設計了一個洞孔，它左右邊也各有一個較小的洞孔，我好幾次拿槍口在三個洞孔裡抽抽進進，試驗它們的效用，好像都萬無一失。因為從我這邊透過三個洞口，幾乎可以輕易而準確好像把信封投進郵筒那樣，把子彈射到丸田砲臺任何角落。而我們六個人都商定好各自設計三個射口，一開戰時，我們的子彈或箭矢自然形成很綿密的火網，像雨水那樣打在任何一個日本兵身上。

誰知道後來雙方打起來時，這三個小洞口竟根本沒有發揮什麼用處。

我俯臥在山脊上，不久就感覺新鮮而有些冰涼的空氣，吹得我背脊裡的血液十分涼爽，知道夜已過了大半了。接著，山下似乎有一股濃重的水氣騰上來，弄得我的番刀、三八式步槍的槍管沾滿了露水。我用袖口不停的擦拭著。那日本衛兵還在四週逡巡，每當他走向我這邊，我便趴在地上連呼吸都停下來，但我仍然斜眼瞪視他的一舉一動，看他會不會玩什麼把戲。

不知過了多久，山下偶爾傳來草鴞、褐林鴞、領角鴞或夜鷹的嗚嗚叫聲。我知道牠們很快會叫醒其他鳥類叫囂起來的，因為很快就會天亮了。

果然，灰濛濛的天逐漸清晰起來。不久，東方呈現一片魚肚白，這邊的山頂很快顯得明亮起來。

太母山砲過去約二十來步的斜坡上，有座被雨布遮蓋的帳篷開始聳動起來。然後，衣冠不整的日本兵紛紛走到外面伸手伸腿伸懶腰。有個矮胖子還懶洋洋地走過來，一面跟衛兵很隨便地打一聲招呼，一面跑著跳著，嘴裡一二一二地叫，他竟認真做起體操來了。隨後他走到我父親左邊不遠的箭竹林邊沿，從白色內衣褲裡拉出命根子隨意噓噓地放尿。

「你且大膽放尿吧！待會兒我要割下你的首級，砍斷你的命根子去餵烏鴉。」我心中不禁怒吼起來。

早知道是這個樣子，我們可以早決定來一次很漂亮的夜襲行動，先幹掉衛兵，再一舉衝進帳蓬裡痛殺敵人，一定可以輕鬆地殲滅他們，殺他個片甲不留的。哼！都是我那個笨堂哥，前幾天舉行部落會議時，是他建議利用日本兵升旗典禮全體肅立時開火，他說這樣就不會留下一個活口。我一面生著悶氣，一面趴在地上覷眼看住那可惡的日本兵小便完了。他又一二二一地喊著，伸手又伸腿回到帳篷裡去。他竟大膽到敢在我父親頭上撒尿，我知道我父親絕不會原諒他的。

日本兵不久都穿著棗黃色的軍服出來了。有的在水管附近刷牙，有的在洗臉。算算，總共有十個人，另外還有一個穿黑色唐裝的苦力，正忙著生火造飯，可能是他們的伙伕或什麼的。

太陽突然在我們背後的大雪山頂上綻放光芒。我回頭瞧瞧，不免有些害怕。因為我們是臥在稜線上，東邊太陽一照，我怕我們的身體會透空到讓西面的日本人一眼看出，所以拚命把身體鑽進土裡。我有些感到難過，只不知道別人是不是也跟我一樣慌張。像我那樣沒有作戰經驗的人，我覺得最好別讓別人看到我的樣子。我在土裡拚命安撫我那撲通撲通擂鼓也似跳得很厲害的可憐心臟。無論如何，打仗也是人類的把戲之一，應該像別人一樣，一直顯得沉著而又勇敢才對的。我這樣來安慰自己。

砲臺那邊突然人聲吵雜起來，有人不斷呼叫著。我根本不敢抬頭張望，只豎起耳朵注意傾聽。我覺得我們這方面的人太死氣沉沉了一點。我忍不住暗暗地把他們那邊混亂的叫囂，好像無所畏懼的樣子和我們這邊過於莊嚴的寂靜對比起來。眞的，在這樣的節骨眼上，我可眞想參加他們那一邊的隊伍，因為我覺得他們那樣比較自在一些。

很顯然，那邊的人正在舉行升旗典禮了，因為我聽到他們正在唱國歌。突然，我左邊爆發了尖銳的三八式步槍槍聲，我趕緊起來。

「射擊啊！你們還等到什麼時候？」我父親大叫著。

我站立起來，搖搖昏眩的腦袋，伸出我的槍口瞄準，眼睛的餘光見到那個衛兵已倒在山砲旁，而我左右邊已經此起彼落響起很可怕的爆音，原來六個人都站起來，把頭伸出箭竹林上面開槍了。

尤饒．亞悠特的箭一根接一根咻咻地飛出去。原來集合著的日本兵，一個個嚇呆了，他們一從最初發生的驚詫之情裡清醒過來，馬上丟下已爬到木桿中央的太陽旗，很快分頭跳進那邊的斜坡裡去了。原地卻有三個人躺在地上，那個早上在箭竹林撒尿的胖子正在地上拚命揮手叫喊並呻吟著，我看到他的胸口插著一支箭。其他人都不知道躲到那裡去了，我們正詫異對方為什麼寂靜無聲時，卻見到那穿唐裝的苦力爬到那呻吟著的胖子旁邊，一手將他的腿子掛在肩膀上，我正想給那胖子補一槍，那苦力卻快手快腳爬著，把胖子的上半身拖在地上跳進斜坡裡去了。

然後，日本兵分別從不同角度的壕溝裡伸出頭來向我們射擊。他們是面向陽光，所以一個個瞇縫著眼睛胡亂向箭竹林開槍，我們乾脆臥在竹林外面的稜線上沒命的開槍還擊。我親眼見到我的一顆紅色子彈把一個日本兵的軍帽射到半空中，當然，他從此再也沒有伸出他的頭來。我身邊不斷傳來可怕的爆音，接著是那邊一片叫喊和呻吟。我睜開眼睛，砲臺附近全被白色的煙霧封住了。

我們右上方二本松山頂終於響起篤篤聲，我望著那邊正有幾個日本兵蠢動。我們原指定由我的堂伯父單獨負責開槍封鎖那幾挺機槍的，但顯然沒有起什麼作用，因為我們躲著的箭竹林裡馬上響起一片窸窣聲，霎時，箭竹的枝葉在天空飛舞，好像有人用一把掃刀砍過去似地，散下來的枝葉，蓋滿了我們的背脊。

「不行，趕快找壕溝躲避。」我父親叫著。

我也大叫一聲衝出去，跳進一個壕溝裡。我堂哥也一個縱跳，跑到我身邊，其他人也立刻跟在我們後面。日本人的子彈不斷在我們頭上爆裂，但僅僅給我們蓋上一些塵土和石子罷了。不知怎樣，我們走到了砲臺的中央地帶。日本兵不斷有人揮舞武士刀大叫著殺過來，都被我們開槍射倒。

尤饒・亞悠特的箭早已射光了，他正一瘸一瘸地的揮舞番刀找日本人格鬥，他的小腿肚剛被子彈打了個對穿。我的堂哥此時不知動了什麼念頭，他在彼此不能相見的煙霧中最先跳出壕溝，見他正掀開雨布拖出三門太母山砲之中的一門。

「快點！快來幫忙將大砲摔進懸崖裡去！」他大叫說。

我和堂弟很快跳過去。我們合力將大砲拖出，此時上面的機槍便集中火力向我們射擊，排槍子彈在砲身上乒乓乒乓響，我們儘量在背面躲著，好不容易拖到斜坡邊沿，我們用力一滾動輪子，大砲就骨碌碌滾進西南面的懸崖裡去了。我們跳進壕溝跑回來要拖第二門砲時，我們幾次受到排槍的射擊，塵土都在我們四週飛揚，子彈在我們身邊呼嘯著飛過去，但我們還是把第二門也給滾進懸崖裡去了。正要回來拉第三門砲——

「注意左邊。」我父親一面開槍機要裝填子彈叫著。

我一回頭，只見左方衝出一個槍尖插著長刺刀的日本兵叫囂著向我刺來。我根本來不及開槍，只得「鏘」一聲抽出番刀把身體一幌，胸口才躲過他的刺刀尖，他已衝到我身旁，槍托重重地打在我左手臂上。我順勢揮下右手，「刷」一聲往他背脊上斜斜砍過去，他「啊」一聲大叫著，便軟癱在地上，卻還拚命扳開槍機要裝子彈射死我。我討厭極了他，便一個箭步跳過去，踢掉他的槍，當他還張開大口揮手擋我的刀時，我怒不可遏，眼裡射出紅光，扭曲著嘴皮，「你死吧！」我大叫道。於是「刷」的一刀，他早身首異處死了。

我呆了片刻，聽到一聲淒厲的哀叫聲，我匆忙從背袋裡抽出我的破舊敵首包將首級踢進裡面去，然後跳進壕溝。但我父親卻在此時哭叫道：「你要首級幹什麼，我們死了人啦！」

我望過去，見我堂伯父背著一個人，正順著壕溝往箭竹林的方向跑去，他們也尾隨著撤退了。

我大感詫異。我們原來決定戰勝之後才割取人頭，撿拾槍枝的。而現在看他們倉惶撤退的樣子，好像這些戰利品都要放棄了，我不免覺得很可惜。我突然想起昨夜那個老太婆淒涼的頌歌以及她圍繞著打轉的木臼，於是我隨便在地上撿了一把武士刀和一支步槍，當然還有那顆還在張牙瞋目、血流不止、我本想丟掉的首級，便跟上他們衝進箭竹林裡。

日本人的機槍子彈依然猛烈地追著我們，我們很快跳進芒草堆，不久就回到原始林的深處。我父親一個人在後面掩護，他叫我們一定要走山脊，他說日本人一定會滾下可怕的南瓜——一種圓形的炸彈，它會順著山溝一路滾下，碰到石頭就會爆炸。果然日本人還在山頂上不斷叫罵射擊，山溝裡已咕嚕咕嚕滾下石頭和炸彈，有一顆開花彈就在我們附近爆裂，把我們都嚇倒在地上。

我們跑到一處山背後的平緩斜坡處，我堂伯父將揹著的人放在地上，原來是我堂哥。他胸口中彈，右脅下有一個拳頭大的深洞，早已死了。堂伯父擁抱著他的軀體哽咽著，一直到屍體冰冷僵硬了，才怒吼著揮舞他的刀砍斷了幾棵樹，一面號哭著，一面咒罵著，好幾次要爬上去再向日本人索命去。我父親都婉言拉住他。看他那麼難過，我們也都痛哭不已。

我堂弟哭得全身哆嗦個不停，竟至痙攣得站都站不起來了。他一手抓著他哥哥的槍，一手抓著番刀，全身軟癱在他哥哥身上，口裡有一句沒一句的用他喉嚨裡的聲音叫出復仇的誓言，叫他哥哥瞑目。說罷，他用手闔下他哥哥瞪得很大的眼皮。隨後他又大聲嗚咽著，幾至昏厥過去。

我父親深怕有日本兵尾隨攻擊，只好背起死者，我們又快步下山。尤饒・亞悠特的傷口已嚴重的腫脹發炎，他砍下一支樹枝做拐杖，一路拖著腿子跟我們下山。跑到木瓦麓山下，我堂伯父找了一處較平坦的土地，草草將我堂哥掩埋在一個淺坑裡。我們把他心愛的三八式步槍和他的番刀、背包都埋在他的身旁。之後，隨便弄些土石枯葉，將他的屍身蓋住。我們又圍在附近痛哭數聲之後離開。

固然，我們泰雅族的風俗，凡是出草或戰爭中不幸死亡者，都認為是一種凶死，是一種不光榮的死亡。所以常將不幸戰死的屍首隨便棄置在戰場上。但從這次事件以後，我的觀念大變，因為我始終認定我堂哥是最英勇的戰士，他死得最偉大、最光榮。

一個部落武士，棄屍荒野，埋葬在他熱愛的土地裡面，用他的脂膏潤澤曾經養育他成長的大地，我覺得是眞正死得其所了。我只擔心我那可憐的堂嫂和稚齡的堂姪拉外．瓦旦和比浩．那包將來怎麼維持他們的生計。

走到大安溪畔，我們雖然擄獲一個敵首和刀槍，但我們卻不幸死了人。所以，我們完全沒興致向對岸的村落鳴槍、吶喊或合唱勝利歌。山間只聽見我堂伯父和堂弟兩人的嗚咽聲，還有我們的唉聲嘆氣以及尤饒．亞悠特的呻吟聲，不斷在山谷裡傳來回響。

我父親要幫我提首級和刀槍，不知是鬼摸了我的頭還是為什麼，我竟執意不肯，只將背包和被血淋得滲透的上衣繳給他。一路上，敵首包裡的頭顱在我背後晃盪著。他大大張開著眼球和嘴巴，大暴牙不斷頂撞著我的脊椎骨，我不免經常要豎起脊梁走路。結果，來到鐵絲網下唯一的通路，我仰身躺在坑道裡準備滑下，不知怎麼弄的，那顆頭顱突然骨碌骨碌滾進我的背脊底下，我一頂住，突覺背脊上刺痛難熬，我起初以為被石塊夾住，沒想到竟是他的大嘴巴正被我壓住，他把牙床一闔，就緊緊咬住了我脊椎右側的皮肉不放。我害怕極了，慌忙叫人拔掉他，沒料到他咬得愈來愈緊，我覺得他的牙齒已咬進我的肉裡去了，椎心的刺痛弄得我哇哇大叫，我跳起來要閃掉他，我父親跳過來一拳往他的腦門上打下去，他便骨碌骨碌滾進草叢裡。我的背脊痛得我幾乎站不起來，熱血正一滴滴流下，沿著臀部、兩腿，染紅了一地。

我父親取過日本人的首級一看，可怪極了，他死死地咬緊牙關，牙縫間還死死咬著我的一塊皮肉。

「呸！死人也懂得報仇呢！」我父親獰惡地盯住他，便提著他的耳朵脫下網袋丟給我，看到我的敵首包，實在破舊得坑坑洞洞，難怪會被咬了一口。

我父親就在他的腦門上縱切兩條平行切口，用刀尖在皮下貫穿，然後在地上切下一條藤子穿進去，把藤尾打個死結，他就提著這頭顱在前面走了。我齜牙咧嘴忍著疼痛尾隨著他們。一路上，我和尤饒·亞悠特的呻吟聲互相應和著。

晚上，我們安全度過大安溪。深夜到達村落時，又面對很多老弱婦孺的淚眼。山中又震撼著我們的哭聲，久久不絕。

奧崴尼・卡勒盛

〈渦流中的宿命〉（二〇一〇）

Auvinni Kadreseng，邱金士。一九四五年生，屏東縣霧臺鄉好茶部落（Kucapungane）魯凱族。舅公喇叭部（Lapagau Dromalalhathe）為前好茶部落史官，也是奧崴尼學習魯凱文化與祭儀知識的對象。小學畢業後奧崴尼曾隨父母務農、狩獵，從三育基督學院企管系畢業後，服務教會、擔任會計多年。一九九一年辭職回鄉重建舊部落與寫作，是重建舊好茶部落的文學健將與文史工作者。

奧崴尼有絕佳的說故事本領，質樸的文句充滿詩歌般的節奏韻律，混雜漢語和魯凱語，娓娓講述魯凱族的歷史文化與生命故事。曾獲原住民族文學獎、二〇一三年臺灣文學獎創作類原住民短篇小說金典獎等獎項。著有《野百合之歌》、《神祕的消失：詩與散文的魯凱》、《消失的國度》等書。

渦流中的宿命

懷孕的詩奈一大清早起床，走近爐灶起個火，把幾塊地瓜去皮，洗一洗後上鍋，並加一些乾柴修正火勢。

她想：「以簡單的早餐儲備體力，因為等一下就要出門……」

但她還不曉得要往哪裡？

部落裡烘烤芋頭的氣息不時地隨著清風飄來，往來於他們門前過路的人，仍然籠罩在頭上黑色的殤布。在她臥床右側牆壁的日曆，她瞄了一下，上面寫著一九四五年的深秋十一月。

她的眼神帶著恍惚打理家屋，一面想起她母親在前幾天要離開家時對她說：「我和妳老爸要先去田裡收芋頭，妳最好能夠前來田裡休息，我也好照顧妳。」

但她並沒有想去那裡的意思。

她清掃完了外面，進來屋子看一看地瓜飯已經熟了，便端下來涼一下。當她想要吃第一口時覺得胃口缺缺，於是，只是喝了幾口湯又放下來，把整鍋又端回爐灶旁邊。

她心想：「或許是因昨夜睡得並不是很好吧！」

昨夜，她在一個夢中，在一個惜別舞會。眾多族人都穿著華麗的彩衣來參加，在諧調如一潭水中歡樂的渦流裡陶醉。她看來舞會是像太陽是由左向右旋轉前進，又好像水波是由中央向外膨脹，但又覺得看似從外向內中央繃緊後不斷的消失在渦流中。

她站在舞會的外面遠遠觀望。竟然是她思念的人也在其中，使她始終看著他，心想：「能否看到我，然後離開舞會前來……」

深秋裡的寒意與孤寂令她半夜醒來。當她發現自己在夢中，又閉眼想再回到剛才的夢中希望再看到他，可是已經不是剛才的情景，使她輾轉難眠直到天亮。

在她生命裡的天色正在開始發出紗咳賴[1]，她感覺有水滴流到她大腿的內側，便去陰暗的角落裡用手摸一下察看，竟然是血紅色的，使她覺得不僅是正在紗咳賴而且已經有了彩虹，使她覺得：「這擺明已經打了記號在她生命裡即將有狂風暴雨」，但是她看來還有一段時光。她知道，此後風勢會逐漸地增強，最後她自己即將陷入狂風暴雨中。而她的母親正好不在家，使她的恐慌只能隱藏於心中。

1 紗咳賴（Sakalay）：兆雨之意。狂風暴雨要來之前的自然現象。

此時她特別想念她丈夫，心想：「如果他在我身旁，現在就不會那麼恐慌。」又使她想起今年的冬末初春，他們倆在田裡過夜，那時正是明月當空下的情景。

他們是在外面樹底下，她丈夫擁抱她時說：「我們倆永遠在一起……」的承諾。

此後，他們回家，誰也無能料到，不知道她爸爸對他說了什麼？使他不甚愉快地不告而別。這一別不久，詩奈才從別人的口中聽說：「妳的丈夫要去從軍了。」

她始終記得，當惜別會的那一夜，因為他家屬以非常低調的姿態舉辦，只有少許的親友被邀請來參加小小惜別晚宴，而詩奈和她的父母都沒有被傳達「他要走了」的信息。

那一天晚上，她帶著她父親和她丈夫之間，因存在著嚴重的歧見而兩難的心情下，顧念在她生命中已經有了符號而去參加。

她丈夫的目光是冷漠的，但她仍然勇敢地尋找機會靠近他。

「吶[2]！」她溫柔地說。但她丈夫不領情地只是坐在她旁邊沉默不語。

於是她又說：「我深深知道你是對老爸的不舒服，而衝動地做出不明智的決定，但我來是要讓你知道，你生命的永續，已經在我身上萌芽了。」

當他聽到她這麼一說，目光宛如是閃電般地閃過之後便是滴淚如雨。只有愣住不發一語地表示後悔不已，但為時已晚了。

他們所交談的，也只是這幾句而已，她就離場帶著傷心回家，整夜並沒有闔眼。等到早上，詩奈仍然去駐在所參加歡送會，她看到他獨自一人站在前面。北國人為他所說的是他為國家之偉大的情操，但在她內心裡隱藏的，是她老爸要他去送死的念頭，但是這個祕密只有她知道，連她丈夫的家屬可能也並不知道。

如今，當詩奈思念他的時候，是她肚子裡的小生命幫她數日子。尤其今天，詩奈的思想裡始終是她老公的影子，心想：「今天的陽光是這般地……戰爭雖已停止了，但我們仍然還在戰爭的渦流。」

在她內心深層裡總是這麼想：「老爸害死我的愛人，而我的愛人使我即將提早枯萎。」

詩奈似乎也感覺到她已經有了要生的紗咳賴，但又不明確。她彷彿是站在陽臺看著對面山頂在雲瀑底下，一陣一陣的紗咳賴撒下來又回去，但不知道那暴風圈什麼時候來到？

---

2 吶：「疼愛的」或「寶貝」之意。

她一面打理餐後的炊事，一面準備竹簍要去田裡。除了她身上穿的工作服，竹簍裡還放著較乾淨的一套衣服之外，還多放一件是她最喜歡的裙子。看來好像有人在某處正在等著她，當她到了那裡就可以換穿衣服似地。

從她的臉色，是「早一點出發」的急迫性，反而不知所措地躊躇，深怕如果來不及離開就要……「萬一有不測？」的念頭總是縈繞在她內心裡，因為她覺得雖然他們家裡只是一間簡陋的外殼，裡頭幾乎沒有什麼內容，這僅有遮蔭的家，倘若全部付之消失，祖先也會面臨日晒雨淋的命運，而對祖先會感到歉意的。

她想到：「她丈夫的孩子如果順利地誕生，他必然是他父親唯一血液之永續，也是他唯一的血脈薪火。」她想到這個孩子當被開始的時候，應該是他們在她丈夫的地盤，在那裡過夜的那晚上被開始的。於是她覺得今天非得在那裡把他的孩子給誕生下來。她心想：「萬一不順而我即將要……也好，我們全家人就順理成章地在他的地板為靈魂永恆的巴里屋[3]。」

於是她就這麼決定了。

當她走動的時候，因為她穿的裙子並非是為她懷孕而準備的，所以左邊開叉的，幾乎露出她大半個肚子直到大腿，於是她又再拿另一件工作裙，從左邊覆蓋起來把開叉的地方設在右側。但她看起來，再怎麼想罩得住，肚子宛如是一顆熟透的大南瓜懸掛在斷崖的邊緣。

她背起竹簍在心底隱藏著「萬一有不測……」的念頭催促她快快離開。她又想到：「順道去看一下丈夫的大哥家，因為萬一的話……，向他們說一聲：『哎依[4]』！」

她又不時地轉頭遠遠看著那小小的石板屋，正飄逸著稀疏的輕煙，是早晨飯後尚在燃燒的餘火，似乎在述說著神祕的瓦咳[5]，使她心情格外的流連。

當她想到她母親，於是又有一股莫名不可思議的力量，淹過她悲觀的一面心裡說：「還是要活著回來」的念頭又一陣閃過，然後恨自己的命運「為什麼是這樣？」雖然有自己的爸媽，但始終是有一道如溪谷深淵的隔閡呢？她生命裡的紗咳賴已經明顯地告訴她，但今天不知道哪一個時候即將要……。

---

3 巴里屋（Balhiu）：「今生和來世之永恆的居所」之意。

4 哎依（Aye）：永恆再會的意思。

5 瓦咳（Vaga）：「話」或「語言」的意思。或者，現象之所含蓄的意象之通稱。

詩奈來到在開挖區那裡她丈夫的親哥家。她丈夫的一位妹妹小少女正在外面打掃。她進到屋裡，他們的大哥正坐在爐邊，而大嫂早已去田裡工作了。

「弟媳！你來了？」是她大哥帶著病態的輕柔說。

「我只是順道來看您們一下。」

「妳還好嗎？」她大哥說。

「您看我就知道吧！」

「其實，我這麼說是多餘的。」他以沉重的心情問說：「妳要去哪裡？」

「我只是想去您分給我們的那一塊耕地採野菜。」

「妳假如不嫌棄，我們剛才的早餐，就在那裡。」他勉強說完，便是「哦～喝……」透不過氣似地。

「天氣即將轉換了，所以大哥……」他們的妹妹由她後面解釋說。

她自己去端下來要開始吃的同時，她想起她丈夫還在的時候，常常是在此，兩個圍著一餐共享，使她不由自主地拉低她頭上為另外一位親戚因在戰場上遠去而戴上的殤布遮顏，並哽咽地心想：「深深思念……」在悲景中內心裡一股溫馨如早晨清風般地一陣陣流入她寂寞的心靈。

「大哥？您弟弟的消息怎樣？」

「到現在所得到的消息一回說：『他還活著。』又一回說：『他可能失蹤了。』」

她望著飄揚在屋簷下他當初志願書的旗子，才剛度過一個夏日風雨季，她看來已經開始變色了。

「我是希望他能平安地回來，不然您們的孩子會是孤兒！」

從她大哥的話中，為他們即將要誕生的孩子，關心的意味格外的濃厚，從他咳嗽聲裡還滲有哽咽的意味。於是她回答說：「您還用說嗎！」

在此同時，她生命裡的紗咳賴正逐漸地增強起來，使她差一點顯露在臉上。

她忍著並面不改色地先讓痛楚如一陣強風吹過，又若無其事地說：「大哥！我要去田裡採野菜，去一下馬上回來。」又差一點掉下眼淚來，但話中盡量不讓她大哥發現，以免使他擔心。

他們的大哥從他弟媳所說的話中背後的韻味，始終是在一層濃厚的山嵐之籠罩下，使他想起他弟弟並心裡默默地說：「做為一個男人，竟以這種方式離開……，我們的祖先又會怎麼說呢？」

詩奈吃一點表示一下心意，便放回原來的地方，站著說：「大哥，哎依！」就轉身出門沿著家右側的石階上去往駐在所的方向離去。

她大哥看著她的肚子覺得「應該是時候了」，但他覺得「她可能是在隱瞞他。」使他心情不時地為她擔憂，並勉強起來拿著拐杖尾隨出門，在她後面站在陽臺目送著她。

她大哥看著她便想起她肚子裡是他弟弟的遺腹子，心裡說：「多麼淒涼的生命！」直到她剩下影子在濃蔭的橘林樹裡，若隱若現地漸遠而消失。

詩奈右轉經過另一位親戚的家，那一家是她老爸血液的源頭。但想起因老爸的緣故使她丈夫離開，於是她悄悄地低著頭越過，還好她沒有被裡頭的人發現。自從她丈夫因某種原因被她老爸斥責說：「你看！別人頭上的花冠都已經插上了熊鷹的羽毛，而唯獨你……」

縱然她知道問題的核心並非是這個理由，而是另有原因，但不管對或錯，在詩奈的感覺裡是一片灰色，在她的思海，她的丈夫永遠是無辜的。

當她想起她丈夫的此時此刻，應該不是真正的想去打仗而是去自殺的。

她來到北國駐在所的庭院。以前當還有北國警察時，她很討厭看著北國警察威嚴地那種樣子，尤其是那銳利看人好像把人當犯人似的目光，因此她常常是繞道走過駐在所陽臺下方的小徑。但今天，她很自在地走過駐在所，從邊緣走下石階來到教育所。

詩奈緩慢地正在走過教育所，教室裡沒有任何小孩，她看著長方形教室的中央辦公室外面走廊上頭，銅鐘仍然懸掛著，彷彿是敗北的武士沉默不語地在懺悔似地。運動場上已經長了很多草，而且綠色已經慢慢地快掩蓋整個運動場，顯然部落的蕃童很久沒有上學了。

她來到水源地，一些婦人在淺水處洗衣服，有的在水源頭那裡汲水。她輕悄悄地走過三根縱架跨溪的木橋，沿山岩壁之北國人開過的道路，走過曲折蜿蜒一小段路來到另一條溪——達爾畔。

她正在走過木橋時，使她不得不想起以前當還沒有架橋之前，在這個溪谷發生過一件另人遺憾的事。

那是一個夏日剛下過雨的早晨，小婦人將她兩個小孩要委託給她的婆婆代為照顧，因為她要去田裡取食物。但小男孩硬是要跟他母親去田裡。小婦人已經背著竹簍想要出發了，可是小男孩緊抓著他母親不放。

小婦人聽到小男孩的哭聲不放心地蹲下來安撫他說：「奴奴[6]！因為路途遙遠，你走路會很辛苦。媽媽只是去半天就回來，所以你在家裡陪伴著你祖母照顧弟弟。」說完後就轉身離去。小男孩的祖母緊抱著想安撫他，可是小男孩哭著從她懷中鬆脫，然後沿著他母親消失的方向帶著非比尋常的哭號緊追不捨地一面吶喊著說：「依吶[7]！」

小婦人才剛走過第一個水源地要轉彎，卻聽到她小男孩在水源地對岸的出口那裡哭著傷心地正在緊追她。但小婦人硬是不要他跟著過來，於是加緊腳步想要拉開距離，希望讓小男孩死了跟著她去田裡的念頭。

當她來到這第二條溪時，便匆匆地越過溪流在對岸一處草叢中躲起來。心想：「當他看到對岸因為我已經不在了，又看到溪水是急流，當沒有人扶他過溪時，他自然就會害怕而折返的。」

於是她靜靜地躲在對岸溪旁的蘆葦中，從縫隙間窺視等他出現。不久，她聽到了小男孩帶著哭聲緊追不捨地正走過來，便在她前面溪邊對岸哭著正在徬徨，最後小男孩吶喊出「依吶———」高呼長音一聲之後，小男孩在他緊要母親的心念，毫不考慮地跨一步想嘗試涉水追他母親，但就在蘆葦中躲藏的母親，眨眼之間就不見小男孩蹤影。

沒有聽到哭聲，只有流水聲。

「事情不妙，」一想，她從草叢中出來，直接走到溪水的出口喊著說：「我的孩子！」高呼一聲長音中掉入永恆寂靜的深淵，她們母子就這樣永遠消失了。

詩奈雖沒親眼看到這個事情發生，但自古就流傳下來。詩奈的母親不知講過多少次，她心想：「莫非母親是對將來要作母親的我，視為一種警惕。」

詩奈越過木橋到對岸之後，順著這一條路直走，是當她送丈夫時走過的路。她想：「不知道哪一天，當丈夫要回來的時候，也必然還是要從這一條路去迎接他。」但是，她又想起她大哥所說：「他可能失蹤了。」使她不得不有最壞的想法：「他可能永不再回來了。」

詩奈右轉便開始上山，來到這裡已經是聚落的後方，她舉頭看著正在冉冉上升的朝

6 奴奴（Nunu）：長輩對兒孫子的親切呼喚語，如英文的「My boy」或「孩子！」之意。

7 依吶（Ina）：小孩對母親的稱呼，即「媽媽」之意。

陽，於是在內心深處如此說：「除了那陽光以外，還有另一道生命之光正在感召。」但她說不上來。她對在肚子裡的小孩撫摸著說：「人間是多麼地苦，世道是多麼地艱辛。孩子！倘若你硬是今天要來，縱使知道我們前面有一條非常危險的急流要過，我只有等待牽引你。」

她想了一下又說：「但希望你不是男性，因為……」其實她本來想要說：「男人是要去打別人的仗。」但她說不出來。

她一面往山上走又不時地轉頭留戀地看一下她人生一度住過的地方，又想起在他們倆僅僅是一個月圓的愛情，彷彿是在深夜裡星空中突有一顆彗星閃過即逝。

詩奈走在爬坡的路段來到叉路口，此時，紗咳賴又來了，使她不得不停下來掙扎一下。

左邊一條路是往她丈夫的大哥之耕地，可是，當她想到那裡沒水不方便，所以她還是選擇走右邊這一條路，往較遙遠之他們的耕地。因她想到小茅屋附近不遠處就有泉水，再來是她寧可花更多的時光往高處行，因她爬得愈高覺得愈遠離人間。

她想：「萬一他已經是不在人世，他的靈魂應該是在他最喜歡的地方。」至少她覺得那裡是他們的大哥分給他們的，當然宿命地永遠擁有它。

她的人生不僅是孤獨的，心靈也是很寂寞。所以她選擇毫無人煙的地方去尋求更澈底孤寂的地方。這樣會讓她覺得進入她心靈宿命的國度，也使她更自由自在，並覺得她似乎已經進入他祖先的領域，他必然也會在那裡。詩奈始終覺得愈孤寂的地方，必有她丈夫的靈魂在默默守望著她。

不久之後，她走到小山頭來到另一處溪谷。她在小溪邊稍微休息一下，當她在沖臉的時候，感覺這裡的溪水比別地方的溪水清涼許多。這個是她以前走過這裡不曾有過的經驗。

她想：「可能因溪谷的上游不遠處是神聖的……」

她從名稱細唸起來，便知道是「使人的靈魂迷失方向的地方」之意。此時，無數的綠繡眼以大合唱似的笑聲響徹整個山谷，令她覺得僅僅是笑聲也可以是一首合唱曲！但是綠繡眼的合唱是一種嘲笑，所以她感覺好像是在眾多的人群圍繞著嘲笑她似地，又覺得又好像是在那看不見的靈魂國度，眾多所有已經不在世的人，正在準備夾道要迎接一位可能是她。

詩奈從水中看到自己的倒影，在陽光下清風中而引起微波粼粼裡，感覺自己的外形醜陋到見不得人，使她一時錯愕地抽腿離開水中。

一瞥轉頭，帶著恐慌地背起竹簍，趕緊離開那裡爬上一段陡坡的路。

爬坡的路上有一段設有臺階，但大部分都是泥土路，使她的腳底不時地感覺泥土地底下各種性質不用語言的話。

雖然那一段路並沒有斷崖，但她也覺得不可不小心走路，因為散落地上都是公的小石塊，萬一她不小心跌倒，沒有頭破血流才怪！所以她很小心翼翼地，深怕萬一跌倒的話，可能會傷害肚子裡的孩子。

在她生命中濃濃最典型的母性已經開始不斷地發出。萬一有任何外來的侵害者，即將可能性傷害她們，她會奮不顧身地死命抵抗到底，而她現在在這種石頭的路上，總是為肚子裡的孩子尋求平衡使不致於跌倒。

詩奈來到休憩處，當她還來不及坐下，紗咳賴又來了。使她不得不停在只差幾步就到的稜線，依著一根細小的樹在那裡先讓紗咳賴吹過之後，才鬆一口氣地走到稜線休息區那裡稍微喘息，以緩和剛才一陣紗咳賴吹來時的緊張。

她居高臨下眺望著日落的那邊，由近深綠的草原，漸遠漸藍的景色。在陽光下總是看到碧海深藍間發出白光一閃一閃的飛行物體，然後地面下是火煙，久久之後，耳邊總是有微弱的隆隆聲。使她想到他離開之前對她說過的話說：「當今年所種的芋頭，見芋頭葉當要枯萎時，便是我的歸期。」

但現在她走過的路上，從別人家今年深秋已經是第二次種的芋頭田，芋頭的葉子才剛剛長出芽來，但她思念的心已經堆積如山了。

她爬上最後一段路，朝陽正撒下溫暖的陽光，不久之後，又是一層淡淡的霧，好像才剛裂開而噴出白色的棉花，一朵朵密雲濃霧隨著輕風沿著山脊吹向山峰消失。偶爾是山紅頭在路旁近處輕柔地像口哨似地「呼～呼呼呼……」地劃開寂靜和沉悶，使她心情不時地感染起深秋濃濃的氣息。

她爬到最高處，左轉是稍微平緩的路段，路徑上下兩旁是茂密的箭竹，中間還有豔紅的野牡丹盛開著插雜其間。在上方是比較濃密的箭竹，她依稀可以看到幾棵喬木，樹上還有獼猴一家族，祖父母獼猴在樹底下互相打理衣毛，爸媽獼猴則帶著小獼猴們在樹上教導他們生活的法則。

當她看到那幾個小孩獼猴們貪玩的無心聽牠們爸媽獼猴的話時，使她心想：「或許不久的將來，她和她的孩子也必然是像牠們一樣。但她最羨慕的，是牠們一家族永遠是在一起。更羨慕牠們的世界永遠是和平沒有戰爭。」

在比較遠的地方還有一棵白櫸樹，樹梢上還有一隻年輕的獼猴在守望著一家人的安全。但牠手中並沒有像人類握有弓箭。當牠看到她時，便是一句句她不明白的吼叫聲以提醒家人。後來那守望者獼猴背對著詩奈讓她看到牠屁股以炫耀牠永恆攜帶的小板凳。

心裡不斷地想著肚子裡的孩子不知是男是女，「倘若是男孩的話」將來的某一天，她會親眼目睹她所生的孩子已經長大了的風采，就像那樹上守望者的英姿。

詩奈沿路上所踏腳的地方長出很多黃色的小菊花，當踩到時，赤腳的她感覺上比較舒服一點，同時空氣中隨著她的步伐散發出陣陣小菊花的香味。她低下頭來採了一些戴在額頭上，另外又摘了一束則放在她的竹簍裡，獻給她肚子裡的孩子……。

不久之後，她來到他們耕地的小茅屋。她在門前的小前庭放下她的竹簍，坐在陽臺邊緣一塊扁平的大石頭稍作休息。

此時，生命裡強風的紗咳賴，突然來得很激烈，使她不得不就地依在那扁平的大石頭痛苦一陣子。在她想像裡之生命強風的紗咳賴正在要開始驟雨，雖然還不是最強的，但這一陣比前面吹來的風強多了。

詩奈鬆一口氣之後，她從外面帶一些乾燥的蔓草莖和乾柴進到屋裡要起個火，取出早已預藏在砌牆縫隙間的火柴開始點火，可能因為受潮而每一次點起火柴來，總是點不起火來，再不然是發起「咻～」一聲發出火焰卻燃不起火柴棒。

她一而再地試著點火但始終失敗。她幾乎快要用光了火柴盒裡的火棒，數一數只剩沒有多少，使她擔憂萬一用光了而無能點火，即將要度過沒有火的一天。於是她把火柴帶到外面晒太陽後，再帶著熱過太陽的火柴進到茅屋裡開始點火，終於點燃，濃煙瀰漫整個小茅屋，然後從茅草中的縫隙冒出而裊裊上升。

她拿小鐵鍬到陽臺下面，挖她原來早已種在那裡預備好的老薑，然後帶到小茅屋附近不遠的泉水洗去泥土，順便以大葫蘆提水回來，想要盡快地把生薑打碎並上鍋。此時，她生命裡的強風真的來到。

此刻她真的進入暴風圈，一陣接一陣強風厚雨般的痛楚，從不給她有喘氣的機會迫使她坐下來。當痛楚稍微緩和之後，便勉強地又開始準備一些最起碼的所需。

因為她想到即將要到來的小生命，總不能落在泥土上，倘若萬一她不順利而即將要在這裡斷氣，也總不能在不體面的地上離開人間。於是她又去泉水旁砍一些細緻柔軟的蔓草回來鋪在地上。

她開始把那已經破了幾乎看不到邊緣的鐵鍋放上爐灶倒滿水，在煮開水的同時，她到陽臺那裡想要用石頭把老薑打碎，突然一陣收縮又來了，而且比剛才更痛，她也只能忍著痛楚以她僅剩的力氣將老薑上鍋，並將正在燃燒的木柴推進鍋底。

陣痛如狂風暴雨般，一陣接著一陣，毫不留情的襲擊她，而她也只能不由自主地奮力掙扎，但是，肚子裡的小生命彷彿是一塊大石頭卡在狹小的溪流通道，再怎麼是土石流般的衝力，頑固得一動也不動。

隨著痛楚瞬間稍微緩和下來，她想可能來不及煮熟薑水了，她把爐灶裡前面的柴火推進去繼續燃燒，並移動屁股面對著牆壁背對著爐灶，隨著痛楚開始使力。

詩奈深吸一口大量的空氣，發自內心呼出高聲長嘯，使在鄰近的鳥兒都驚嚇地紛紛逃亡，連草木都感覺到一波波的震動。也或許那是對她丈夫的失望和忿忿不平。

當她想起她們只是嚼一口檳榔的喜悅，而卻要換來死亡的代價，不禁吶喊出對人生之苦和無奈，在她使勁地以恨之入骨的力量的同時，意圖想吶喊著最後的恨與無奈，不知不覺地暈了過去。但是，當下的怨恨，以及超然的生命本能，反而讓她把孩子給擠了出來。

當她醒來的時候，她們母女倆早已分開了，小生命像老鼠般地躺在鋪有蔓草的地上正掙扎著。她伸出手撫摸小生命的頭，因在狹小的通道被一種無形如土石流般的力道擠出來，所以頭已經變形得如從斜坡滾下來的小南瓜似地。她把小生命擁抱起來，並從石牆取出她早已準備好的一塊有鋒的石片，按照她母親教過她的方法，想要把那連著她們之間的肚臍切斷時，發現小嬰兒的身體被她的肚臍纏繞著，她一看便知道這個情形並不吉利。因她想到她母親說過的話說：「這種形式出生的小孩，將來死亡的時候，並不會在家裡自然死亡，而是將在叢林野外意外地結束生命。」因肚臍意味著是血藤。

她並不是沒有看過從野外帶回來的屍體，也是以血藤綑起來。她家裡離「意外身亡」之歸路不遠，所有從西北方意外身亡的人，總是從那裡被背出來，並在那裡重新打理之後，家屬以及部落的族人在那裡告別，這個情景她已經看多了。

她心裡默默地為新生的孩子嘆息時，發現小嬰兒的下體是貝殼般的性質，便馬上認定是小女孩，然後對著她說：「女兒！」又微聲細語地說：「莎寶！但發生了什麼事？」然後對一個還毫無意識的孩子說：「我要把我們之間的生命彩帶（肚臍）割斷，以免阻撓你在人間的行程，尤其是妳的靈魂，當妳想要以大冠鷲般地滑翔飛舞時！」

當她要把她們之間的肚臍割斷之前，她停頓了一下，因為她心裡一股不忍心，也或許她不勝割愛。後來一股勇氣對她說：「女兒！妳放心，我和妳之間還留著那看不見的情感之永恆的彩帶……愛。」

閉著眼睛一刀割斷之後，在小女孩的那一端以盡快地打緊緊的結。乍然間，就聽到「哇！哇！…」悲壯的哭號一聲聲，在那一聲聲的哭號中，她知道那是她生命本身一種藉由哭聲尋求生氣之外，也是她一種宣告說：「依吶！我已經來到人間了，並且……」的意思。

詩奈聽到她的哭聲是那麼樣地悲哀，於是說：「疼愛的！是的，這個人間本來是悲哀的，可是，我知道妳會勇敢地面對，我必陪伴著妳一生。」

她心情最感到安慰的，是她的哭聲，至少說明她應該不是啞巴！於是又對她說：「疼愛的！盡情地歌唱吧。」其實，小嬰兒的意識仍處於混沌中。

之後，詩奈用爐灶上尚未煮開的溫水為她清洗身上沾留的羊水，並從竹簍裡拿出她早已準備好的那一件最好的裙子，裹住小女孩將她安置在爐邊並說：「疼愛的！躺一下。」

之後，便拿著鐵鍬就地掀開鋪有蔓草的地上，挖掘泥土掩埋從她肚子裡流出的血塊和胎盤，遂說：「孩子啊！我即將把我們連起來的彩帶掩埋在此，也正說明妳的肚臍是這塊地的符號，這裡即將是妳永恆的國度。」

之後，她走到小茅屋旁邊不遠的泉水處匆匆地為自己洗滌並趕緊回來擁抱並添加一些布來溫暖她。此時，她心裡對她的靈魂感到歉意，並對她說：「孩子！妳的宿命，就是這樣落在這個很不尋常的環境，而且就已經說明妳的未來也必然是艱苦一生。」

詩奈在爐灶旁邊擁抱著她，而小女孩是毫無意識來到人間，以她微弱的心肺正藉著微風中的能量，努力地呼吸想活著。

在小小的茅屋裡，她不時地聞出從她新生命身上所散發出來的新氣息，隨著是她內心裡正衍生出一個古老的疑問：「孩子！為什麼是妳被誕生？又為什麼以這種形式降臨在我身上，創造者的意思是？」

她想到她那不吉利的形式預示她的未來，並親吻她一下說：「哎依[8]！我的女兒……」

當她說這一句話的時候，她想到的是在她一生的命運裡，不知道是哪一天會失去她。所以當她說：「哎依！」時，對自己的命運也好，對她也好，那是她內心對她們母女的命運一種感嘆。感嘆她們人生的命運是這般地淒慘。

她心裡不斷地向創造者抱怨說：「我到底犯了什麼天大的錯誤？使我必定承受這個懲罰？」

8　哎依（Aye～）：在此是「你一生歲月必流著許多辛苦的眼淚」的意思。

她深思地又說：「我被懲罰倒無所謂，對一個無辜的嫩孩來說是非常不公平的。」

在她內最深層的角落裡，隱藏著這樣的祈禱：「如果在我們這個家族歷史上有那麼大的罪行，但願我一個人承擔，永不可以波及到我的小女孩。」

詩奈又再看看她脆弱的樣子，深怕以為她還活著，其實她已經……。她心思收回來，抬高雙臂將她貼近於她臉頰聞一聞她的前額，又試聽她的心臟是否在跳動？然後以她大奶的乳頭試著觸醒她嘴唇拍醒她的靈魂（意識），心裡說：「妳到底正不正常？」

小女孩此時下意識地接納吮吸，她便知道她會活下來，而且不僅想要活下去，她從她吸奶的力道便可以感覺到她會是貪婪地想活下去。

詩奈內心裡突有一種感覺說：「我們的相遇，在祖先生命流動中，僅僅是一個機會被我所生，是一件非比尋常的事情，比任何價值還要昂貴。」

她又心想：「正如我和妳父親，僅僅是當下……，但無論如何，希望妳老爸絕不可以讓妳成為孤兒。」

當她說這句話的時候，一方面是對她懷中的嬰兒的一種鼓勵，另一方面是對她思念的人之靈魂的祈禱。

此時，陽光的腳步正在門前悄悄地移動，像一位過路的陌生人以餘光般地一窺探究地悄悄越過。霧雲帶慣常午後霧雲濛濛低迷，使她無從知道太陽在何處？

她把爐灶加一些柴薪使火旺起來，便在爐灶旁邊擁抱著她取暖。此時，只有孤寂在寧靜裡圍繞著她們，偶爾在朦朧裡田邊的鳥聲傳來，使她猜測斜陽應該是正在緩緩西沉。

詩奈從早上走遙遠的路爬山來這裡，又遇上生命的狂風暴雨，當她們安全地分開之後，她已不勝疲憊地在爐灶的溫暖下，不知不覺地靠著石牆打盹了。此時，朦朧裡霧雲帶黃昏的蟬正在鳴吟，使她從打盹中醒來。她感覺只是打盹，但其實已經有相當的時光了。她趕緊收拾她原來帶來的衣服鋪在竹簍裡，在霧濛濛中趕路回家。

當她走在有乾燥的枯葉路上，是sirriki、sirriki……的一陣陣聲音隨著她的步伐，然後是一滴滴從她身上流下來的血液，沿著雙腿滴到每一踏過的地上，彩繪在這一條路並留下她們永恆的意境裡。

她每走一段便休息一下，可是從她身上流出的血愈流愈多。尤其當她走過溪流，在每一塊扁平的石頭上所踏過的，不僅是有她的腳印，還有從她身體直接滴下來的，並在每一段距離劃下逗號，彷彿是在烙印她們母女倆生命一度走過的路，此時，在陰影裡有一看不見的權勢正注目靜觀她什麼時候軟弱倒下來。

詩奈已經走過小溪，突然下起毛毛雨，她想要拿雨衣覆蓋竹簍裡的小女孩，但她發現早上她根本沒有帶防雨的工具。於是她趕緊往她右側路旁採幾片姑婆芋葉，把大片的拿來覆蓋竹簍，小片的則自己戴在頭上。

她來到最後下坡的路段，路上因毛毛雨使地上有一點滑，讓她更擔心滑倒。她用的拐杖又不是很好，所以一步一步走下去，覺得有一點要抽筋的現象，又有一點暈眩，但她對自己說：「我絕對不可以在這個路段倒下去。」

她時而走一段又停下來，毫不自覺地已經流很多血，卻始終心繫著竹簍裡的小女孩並不時地掀開姑婆芋看一下說：「孩子！忍耐一下，我們快到家了。」

詩奈終於走完下坡路段來到了達爾畔，她鬆一口氣地說：「再怎樣終於來到比較安全的路上了。」

可是從她身體上所流的血更多，暈眩一陣又一陣來襲，但她告訴自己說：「假如萬一我不支倒地，希望有人經過這裡就可能把我的孩子帶回去。我已經是在有人的地方，或許還有人可以看到我們並來援助。」

她過了木橋又暈眩了一下，她勉強依著左邊的石牆就地坐下來靠著，不自覺地昏了過去。醒來後，她看天色，覺得固然是黃昏，但因起霧所以感覺好像天黑了，但她還可以看得到路。

於是她趕緊起來小心翼翼地移動腳步來到水源地的出口，並坐在右側的臺面稍微休息，心裡想：「能來到這裡就已經不錯了，即便天黑也可以用摸的回家。」

她又拿起拐杖開始走路，依著拐杖一步步地走過臺階，經過運動場進入部落。她在一棵老相思樹底下方稍微站著休息，從這裡她不僅可以聞到芋頭才剛烘乾的味道，還可以聽到人家的聲音，使她感到安慰。心想：「希望不要在途中暈眩。」

於是又開始走路，緩緩走到下坡的第一戶人家，她不得不慢下來輕輕地走路，希望不讓人家看到她狼狽的樣子，卻不知天色漸漸地變暗，當別人看到她時，已經看不清楚她是何許人。

當快到家裡時，是一小段小爬坡，所以她奮力地走完最後幾步。

她終於來到家門口，她聞到從家屋隨著炊煙飄來的味道，便知道爸媽已經來到家裡了。她在外面屋簷下先放下竹簍，然後以雙手扶著竹簍進家門。

她的父母正在爐灶那裡等著她，她以僅存的力氣說：「您們的孫女……」說完便直接在窗邊的寢臺倒下來。

她的父親把在爐灶正在燃燒的蔓草乾舉起來，她母親把竹簍的姑婆芋葉掀開來看，是一個小嬰孩以單薄的裙子裹起來。她父親急忙上鍋倒滿水，把早已準備好的老薑以杵臼盡快地搗碎後，倒入水鍋，然後加強火勢趕緊將水煮熱。

她的母親擁抱著新生的嬰兒往她已經倒下去的女兒說：「疼愛的！妳發生了什麼事？」又很痛心地說：「我不是說過嗎？唯恐有狀況盡可能地前來田裡，我好照顧妳！」

她母親想要靠近一點撫摸她，但發現她女兒已浸在血泊裡，而詩奈已經不能說話了。她老爸很快地把老薑開水端下來傾倒在木盆，而她母親把小嬰兒暫時放在離爐灶最近的臥床躺著。然後拿毛巾浸在老薑熱水熱敷她的傷口，希望快一點能止血。她母親又以左手拿著另一條毛巾擦拭她的身體，而她的父親則負責舉起火把來照明。

小嬰兒偶爾的哭聲從黑暗的角落傳來，使她母親招架不住，於是說：「寶貝！妳稍微忍耐，我先把妳母親給救回來。」

當她把詩奈給擦拭完後，她母親仍然不斷地以兩條毛巾輪流熱敷，木盆裡的水已經如豔紅的野牡丹不能再使用，她父親只好更換熱水，讓她的母親不停地熱敷她的傷口。當稍微止住血後，她的母親將她移到旁邊新鋪好的草蓆上並換上乾淨的衣服，詩奈完全不知道這個經過，但仍然以微弱的呼吸撐著。

她父親再煮一小鍋沒骨消餵她喝之後，詩奈才逐漸地醒來說：「您們的孫女還好嗎！」

她父母倆才鬆一口氣地回答「女兒！我們還能聽見妳的聲音……」時，已經哽咽地說不下去了。

她母親看一下血流的狀況，好像緩和了一些。於是她母親把嬰兒抱到她懷裡一面說：「莎寶！寶貝！」又對她的祖父說：「再倒一下溫水！我要給她洗澡。」

當她在幫她洗澡的同時，心裡深感歉意地說：「孫女！神明給我們一件昂貴的生命禮物。」又補一句說：「可是我和妳祖父年已老邁，所以妳人生的路可想而知，但妳要勇敢地……」

小女嬰的祖父無言以對地說：「我們有了生命永續的陸粒[9]，可是……」當他說：「可是……」而後面以沉默地有所保留時，那是他對自己的不諒解。

他對祖先一種內心感慨地說：「家境是這般地清寒，怎麼可能又擁有這麼昂貴的生

---

9 陸粒（Drulhy）：「種子」之意。

命禮物？」對於他的小孫女即將是孤兒，從他口中一語不提，但是他心裡一定有，只是放在內心而已。

他們把小女孩洗好澡之後，拿新的布料為她裹好，便放在她母親的旁邊說：「女兒！我要把孫女放在妳旁邊，如果可以的話，試著給她吃奶。」

當詩奈聽到她母親這麼說，她仍然以她那沒有力量的手摸索尋找她的孩子。但她已經沒有力量掀開她的衣袍，是她的母親幫她掀開並移動她的身體讓嬰兒觸及到她母親的乳頭。

他們夫婦倆知道她們的女兒可能一整天都還沒有吃過東西，於是煮一鍋粟米稀粥讓詩奈糊口，才使她慢慢清醒。

詩奈的父母為她們忙完，黎明時的雞鳴在即。他們不僅是帶著這幾天在田裡過夜收芋頭累積的疲憊，又加上今夜的大忙碌，他們已經不知不覺已經倒下去睡著了。

次日，一位老人家一大清早看到路上滴血斑斑那麼多，而追蹤血跡來到他們家敲著門說：「你們是怎樣？」

「是我女兒……」她的母親緩緩醒來迎門，說：「是在山上生小孩回來所造成的。」

「人還好嗎？」

「母女倆還好。」

後來陸續有人也看到血的烙痕而來。使他們兩夫婦不得不打開窗門迎接前來關心的人。

詩奈的父親拿出他早已準備好的粟米酒，給前來表示關心的族人，她的母親開始為他們倆母女行逸然禮[10]。而詩奈很勉強地醒來躺著正在為小孩餵奶。

她的父親煮粟米黏飯裝在新編好的竹盆，黏飯上面還放著幾塊肥肉，然後端在她們母女倆前面說：「家裡雖然沒有什麼內容，但我的貴人啊！妳就是我生命的內容，而隨著因為妳的來到，妳的祖先必撒下甘露，不僅是要養育、滋潤妳，而且，即將在妳帶來好運瀰漫整個屋子，連帶使我們這兩個老頭子被潤澤。」

「我們要怎麼取名？」詩奈的母親問。

「等她爸爸那一方。」

---

10 逸然禮（Irrang）：魯凱族的習俗，產婦生了孩子之後的頭一餐禮儀。

小女孩的爸爸那一方，有人傳達說：「你弟弟有了一個小女孩。」

她的大哥感動的流下淚水說：「不出我意料，昨天看到她，始終讓我擔憂。」他又說：「可憐的小女孩！」

雖然他的弟弟已經被肯定失蹤了，但他仍然帶著原來他弟弟僅有的首飾和阿派去他弟媳的住處表示說：「她是我弟弟的血液」並舉行認子儀式（Kia silalake），然後給小女嬰取名叫娃娃烏妮（Vavauny），即「貴人之生命的杯」之意。當詩奈聽到她小女孩的名稱時，心中默默地感到喜悅而撫慰她可愛的臉龐，但又一陣寒霜拂揚地籠罩在想像的未來。

詩奈的父親以為這個名稱是「勇士生命的杯」之意，而興高采烈地在慶酒。

一位巫師冷靜地對他說：「在你盛年刀下流出不少男人的血，所以神明永不會給你男性的後裔。」他停了一下又說：「連你招贅的男人，也甚難留住。」

當他聽了巫師的提示，他無言以對地轉頭看著那倆母女，一位尚在朝著盛年爬升的生命正在提早枯萎，一位才剛吐出嫩芽的生命正在尋求曙光……。

夏本・奇伯愛雅

〈三條飛魚〉（二〇〇四）

Syapen Jipeaya，一九四六年生，臺東縣蘭嶼鄉紅頭部落（Imaorod）雅美族。童年名字是「西阿那恩」，當爸爸後更名為「夏曼・佳友旨」，當祖父後再更名為「夏本・奇伯愛雅」。

夏本當過臺灣世界展望會雅美中心的輔導員，也曾在中研院民族學研究所、國立臺灣大學外國語文研究所從事翻譯蘭嶼雅美語言的田野工作。如今他和妻子住在蘭嶼，維持捕飛魚、種芋頭的傳統生活，並以文化傳承、寫作為志業；由於他的文字質樸、不修飾而被稱為素人作家。著有《釣到雨鞋的雅美人》、《蘭嶼素人書》、《三條飛魚》、《五對槳》等書。

三條飛魚

三條飛魚是吉祥好運的數目，因此雅美漁夫都追求這個數目，把幸福帶給家人與團體。

一個寒冷的飛魚季「巴了了缽[1]」，剛祭拜完飛魚的那天下午，父親對我說：「今年你加入了家族的船組捕魚行列，一切飛魚季文化規律，都要遵守。別忘了下午拿一把乾蘆葦去船埠內剝開，此工作一定要做好。」

「努問。[2]」看父親說話很嚴肅，他是本家族的長輩，也是捕魚好手，曾有過捕魚的驚人紀錄流傳。

大約下午三點鐘，我去工作房內，拿一小捆乾蘆葦，然後，取一把殺魚小刀出門，到達船埠，那裡已經有人正在剝蘆葦了。他們是西得了森、西不友不厭、西馬烏米斯等船員。西不友不厭見我來了說：「我們的工作快做完了，你才來。」我沒回答他。他加入家族船組幾年了，對漁業知識都很了解。之後，我開始工作，其他船員陸陸續續地來到這個地方，他們每個人都抱著一小捆的乾蘆葦。

父親因為是個老人家，上山不遠，所以採的乾蘆葦不盡是好料，不是爛的，就是很短。西不友不厭見了說：「阿那恩！你剝的蘆葦，都是爛的，怎能看到飛魚來呢？」旁邊的得了森又火上加油地說：「那些蘆葦都不能用的，丟掉算了，一定不會著火的，且引不到飛魚。」那幾句不願意聽的話，我沒回答，一直低頭剝蘆葦。看他們沒有一個有同情心，只有輕視我。之後，船員陸陸續續的來，其中也有我的堂、表哥，但他們也不幫我說話，只做自己的工作。

我工作做完後，看到那兒有蘆葦葉，順手拿來綁蘆葦。這時，被得了森看到了，就順手搶回來說：「你去砍蘆葦葉，這是我砍的，要綁自己的份兒呢！」看他用不一樣的眼光看我，只好把蘆葦還給他。之後，我去砍蘆葦葉。當時蘆葦很多，沒多久，便砍了一大把回來。那蘆葦葉需要經過火烤一下才好用。那時，其他船員已經生火了，只待我來。我把收來的蘆葦葉烤在火舌邊轉來轉去，大約烤個三分鐘即可使用。我放在地上說：「你們可以自己取用。」我綁好自己的乾蘆葦，也綁好其他船員的份。先滿彬看了

1　巴了了缽（banenebg）：雅美部落的「一月」。
2　努問（nohon）：「好的」之意。

我們烤的火把不夠乾燥就說：「火把的頭部，需要加強烤乾，否則，很難著火的。」我才知道我的火把需要烤更久一點，方可好燒。

船組的老船員，他們工作完後，自動回家了，僅剩我們幾個年輕船員搬回一捆捆乾蘆葦。得了森輕蔑地對我說：「你要打掃我們工作的地方，才可以回去。」我沒回答他，很快動身工作。其他人也只是看著我一個人做，在一個團體組織內，都會有類此的人。其實那工作不是很重或困難，撿些垃圾而已，做這樣事有好處，雖然別人輕視我，我不在乎。

我們做好的火把共十二把之多，幾個留下的船員含我共五位，其中四位大人，每位得帶兩把回去，剩餘還有兩把，他們都分給我。雖然扛在肩上很重，但是，不能不拿，否則，被他們罵入細胞內，不是好過的。這些照明飛魚的火把，全部放在祭主家的工作房，好隨時取用。當然我是最後回家的，到家後，剝蘆葦的小刀放好一定地方，然後拔腿出去玩。當我踏上石階時，背後傳來一道聲音說：「別忘了今晚要下海捕魚，早一點回家。」父親不放心我。「我知道的。」我邊上階邊說。

以前部落沒有好玩的地方，只有到海邊玩水、玩沙而已，或是抓鳥。我看看太陽，已經落到海裡了，趕快跑回家去。

「快去換捕魚服裝，時間不早了，他們一定等你一個人了。」爸看到我回家，急著說。

「換的衣服在哪裡？」我反問他。

之後，父親給我十年未曾用肥皂洗的救濟大衣，這件衣服摸起來硬邦邦的。一層黑色的汗汁及好濃好濃的蟑螂味。想著，拜託！這件大衣怎麼穿啊！接下是第二件披甲[3]。這甲是芭蕉柄製成的，不知縫了好幾道線條。也許父親用了二十幾年。第三件是木帽，是一塊樹根，中央挖個適合頭的洞，是套在頭上的，不過父親是為他自已做的，而不是為我，所以這木帽一套在頭上，整個臉部與耳朵全被蓋住了，帽邊搭在我的肩上。

「沒搞清楚，叫我怎麼看飛魚嗎？」我自言自語地說。

不管如何，還是把這三樣裝備帶去祭主家，以備出海捕魚。祭主家離我家不遠，大約有一百公尺之距離。當我還沒踏上祭主家時，就聞到燒木柴的火煙味。知道捕魚夫已

3 披甲（asot）：相片中常見雅美人辟邪驅惡靈時穿用。

經到了而且生火了，便加快步伐上路。在屋簷邊伸頭，眼光往室內看去，在不夠明亮的火光內，坐著四、五個人的樣子。飛魚季有一規則，年紀小的船員，不可以進到屋裡面休息，只在進出口的地板上坐著待命。看看我的左右，在右邊坐著沒理鍋蓋頭的兩位船員，是啞巴表哥與馬烏米斯等，算算人數含我已有十個人在內了。

之後，捕魚夫知道時間差不多了，問說：「我們都到齊了嗎？」

得了森愛現的回答：「都到齊了。」

捕魚夫了解，便命令說：「你們快去換裝備，時間不早了。」我們九位船員聽到他的命令，很快地跑到不同地方自動換衣，就是一般船組換衣的地方，工作房及涼臺下等暗處。我也不例外地換上布製的丁字褲，然後穿上硬邦邦的救濟衣服。

得了森低聲對我說：「我們到工作房那裡抽出火把，帶下去海邊。你帶三把，我扛四把，年輕人嘛！哪會有很重的感覺。」

「好的。」我義不容辭地回答。

我們進到工作房的時候，看見早就有人搬出火把了。得了森想了解他是誰，便問說：「你是誰呀？」

「我是不友不厭。」那人回答。

「有人下去海邊了嗎？」

「已經有三個人去了。我看你們兩個是最後的了。」

我們不願意聽他繼續講下去，很慚愧地扛著三把火把，我跟在得了森的後面走。

「小心喔！會跌倒。」怕他掉入深溝地說。

「我知道的，這條路走了幾年。」他不願接受我的好意似地回答。

在還沒路燈以前，部落的小路，哪裡用眼睛可以看清楚，一片都是黑暗的，一不小心，會掉進水溝或是陷下去的地方，讓你頭部開花流血。

我們到達海邊時，捕魚夫早就在那兒等候我們這些船員。我把火把放在船內，然後，拴緊木槳。馬烏米斯是個老船員，有經驗，自動地將在船內中央的火把拴好。之後，大家都把工作做好，然後用暗語警示，讓大家準備。同聲說：「可以卡目[4]——」一口氣將大船推到灘頭上，時而停下來休息。捕魚夫宣布說：「你們趕快去放大、小號，減輕肚子裡的東西，否則，到時絕對不讓你們放便，記住。」所有的船員知道後，一哄

4　可以卡目（khykamo）：趕快的意思。

而去，我也不例外。其實我沒想去，聽了捕魚夫的吩咐，非得去不可，且採取壓縮擠出的方式排泄。方便的地方是聳立的大岩石。西風一來，糞味令路人難受。大家回到船邊之後，有一位船員說：「船來了。」這是補魚夫暗語，即推船之意。靠右邊的船員，右手牽著自己的木槳，左手抓緊後位的槳架。我在其中，左邊的船員也如此。這樣的姿勢用力拖著船推出在灘頭上。船在海面之後，上船的船員按順序上船。動作遲鈍的老船員，不小知踩了幾次甲板，才上到船內。年輕的一躍而上，我也不例外。那時的位置，是船中央的水手，為不足能力划水的船員。我不以為忤，因了解自己是如此的年輕。

我們划了離港口大約二十公尺遠時，便停下舀水。我不懂地低聲對旁邊的得了森說：「我們為什麼不划了呢？」

「你要出海了，抓緊你的靈魂，才不會跑掉。」他半開玩笑地回答。

「別開玩笑了，真的不懂嘛。」我很正經地回答。

「你不懂呀！就是祝賀自己好運啊！白痴。」得了森很順地說。

之後，找旁邊插的羽毛，卻找不到。周圍太暗了，根本看不到這小東西。正在急著找時，忽然聽到旁邊的船員及其他人同聲祝賀自己在海上平安。想著，我該怎麼辦。後來，急著找的那隻羽毛，就在槳架的繩索邊，立刻取下，到手之後，胡言亂語說自己在這一年內瀟灑英俊。說真的，賀語，我不是很懂。啞巴堂哥更不用說，他怎麼祝賀自己？是否只能喃喃自語呢？大家都賀完自己後，開始繼續划。航行中，船之兩邊水花往外噴放，水母也跟著起舞，宛如夜晚道邊的燈。漁業經驗的人說：海水中水母 發出光晶晶之星光，是海流變動的標示，因我是第一次在飛魚季捕魚，這些常識不是很清楚，還以為是海底的星星。

我們離開岸邊，約有七、八十公尺的距離，再怎麼近，也不可以看陸地，免得招來不相識的魔鬼。船行在海面，破水的水花，宛如三角形線地前進。我看了很有趣，也覺得很漂亮，像在另外一個世界似地心情。

我們到達某一個地點時，得了森對我說：「你沒力量了嗎？怎麼可以偷懶呢？」「神經病啊！我本來就還沒那麼大的力量划船。你不知道我還很年輕？又是第一次下海捕魚的，白痴。」

我覺得自己非常累，想放鬆木槳，可是不能停著划水。便順手拿瓢子舀水。這時，在旁的得了森見了急著對我說：「白痴！你怎麼可以在那地方舀水？在岸邊的魔鬼不上船才怪？放下！放下！」聽他這麼一說，很快地放下瓢子地跟著他划船。

「怎麼在這邊不可以舀水呢？」疑惑地低聲對得了森說。

「告訴你，你坐的位置是靠岸邊的，岸邊都站滿了魔鬼，不可以東張西望，更不能做其他的工作。魔鬼見你在做舀水的工作，他們會上船代替人划船，使捕魚的不吉利，甚至沒有收穫的。」他很正經地說。

了解之後，自言自語地說：「有魔鬼嗎？哪有？胡說。」也許是飛魚季的規則吧！初航經驗少，見識更薄，不得不遵守。航行中，可以舀水的地方，僅有三處，而且都只在我的對方，得了森那裡。

我們到「其馬拉賣」這地方之後，船員們加倍划水，而我沒有力量再加了，只有跟著他們打水、呼喊而已。得了森看我沒力加的樣子，便說：「你在偷懶啊！怎麼不加一點力划水呢？」「我實在已經沒力再加了。」「年輕人很快地消耗力量嗎！白痴！」他也喘氣不停地回答。划船中，船員們都發出喊叫聲，鼓勵其他船員跟著用力划船。相當有力量的船員，他們可使船斜著航行，讓撐舵者無法控制地操縱。基本上，一對船員都要一起用力划水，使船航行穩定而快速前進。老練的船員愈划愈猛，力量一點都沒有消耗。

我們划了大約半小時之久，終於到達想要去的漁場了。這時，有個船員說：「目的地到了，不要再划水了。」大家知道後，一起停下來休息。喘氣三百下的我，快停止呼吸了呢！還好我是土生土長的雅美人，否則，喘氣的速度簡直要送掉寶貴的性命。

肺部還沒休息夠，就聽到有人抽出火把的聲音。之後說：「遞給捕魚夫。」旁邊的船員了解後，把火給捕魚夫。他接到火把，很快地取出火梗點火。吹了幾下，火就著起來了，火勢愈來愈亮，在火光中，船員們的臉部看得很清楚。我瞄了一下，個個都很嚴肅，不知面臨什麼大敵似地。再把視線觀察四周情況，所見只是一片黑漆漆的海面。

這時，火光愈來愈亮，捕魚夫便在船內的蓋板上站起來，不一會兒，就舉起火把，然後插在船頂上，之後，順手取起撈魚網做好準備捕魚的姿勢，背著我們船員，屁股很結實，一身中央綁著一條白色布的丁字褲，專注四面的水面，迎捕游來的飛魚。之後，看到捕魚夫彎了一下，撈魚網一深入海中，網子裡就有一條白色的飛魚，名叫「叔文」。這種飛魚是最先到達蘭嶼漁場的，數量是不多，亦最先接受雅美族的祝賀。之後，捕魚夫把這條飛魚倒在魚艙的蓋板上，繼續擺著網魚的姿勢。風力吹著火把，火焰愈來愈明亮，使船員們的視野更清楚。海浪不斷地連續拍打船身，引來許許多多的浮游生物，海蛇也在其中。

靠近魚艙的船員先加弗愛，板上的飛魚，他用一手舀一點海水，潑在飛魚身上，並唸出賀經：「Peypapiyai namen okalavongan niyo manga katowan[5]。」然後伸出右手拿飛魚，放進魚艙裡。當火光正明亮時，船員們的眼光專注四面的海面，注意飛魚游進的動向。而我期待一條白色的飛魚，飛上身邊，凹眼的我，這時變了凸眼的人。但再怎麼專注海面，就是看不到肥肥的飛魚。失望的眼神，禁不起強勁的東北季風的海風，便收下心神，放輕鬆一點。

捕魚夫把火把熄滅後，所見的是一片漆黑的情景。因為有捕到一條飛魚的緣故，船員們才有聲音、有笑地高興著。而我不在乎，心想，一條飛魚十幾戶人家，根本是吃不夠的，很希望能獲得很多的飛魚，我是不了解飛魚文化的深奧意義。之後，我們又划到別處去，捕魚夫了解這地方會有收穫，取出火梗點火。他把火豎立之後，火光四射，可照到一公里遠的飛魚。這時，大家嚴肅地專注海面的動靜。我也不例外，年輕人的眼神如千里眼，非是老花眼的老人家。一眼望去五百公尺，即有見到白色的物體，直游地靠近我方位，認清是一條飛魚，便說：「阿拉卡都阿發得顧[6]。」這句話我在心中重複了幾次。站崗的捕魚夫知道後，便轉身做預備捕捉的姿勢，那條飛魚已經在我槳邊不到五公尺之遠了，牠在那兒慢慢地游動，也許是火光照花了牠的眼睛，而不知去向。捕魚夫距離我的位置遠，不容易捕捉那條飛魚。無論再怎麼等飛魚靠近他，可是那條飛魚一直在我的槳邊，不朝著捕魚夫的方向游去。這時，有人建議把捕魚網遞給我。捕魚夫覺得也是，很快地遞出捕魚網。我接到之後，船員們的眼光齊射在我，看我是否有福分，捉到那條吉祥魚。我看了那條飛魚，還在那兒團團轉。說時遲那時快，用四分力伸過去捕魚網，那飛魚驚動地衝進網內。一見飛魚已在網內，很快把網子拉上來。

飛魚上船後，有位船員玩笑地說：「答巴拉[7]！」之後，把捕魚網還給捕魚夫，我很高興地回坐位置上，捕魚夫接過網子，便開始預備捕魚姿勢，等待游來的飛魚。此時，火光愈來愈亮了，可以照射到四、五十公尺遠之海面。沒多久，捕魚夫往前移動，我一直專注於他的一舉一動，主要想在他身上學一點知識。他彎下粗大的腰部，將捕魚網深入海中，片刻間撈起網子，裡面即有一條白色的飛魚上船。船員們一見，喜樂滿意。捕魚夫很快地將火把熄滅，大家都覺驚奇，不明白為什麼他要這樣做。

---

5 Peypapiyai namen okalavongan niyo manga katowan：意思是「祝賀飛魚再多歸來獲得」。

6 阿拉卡都阿發得顧（alakadoavatko）：意思是「有飛魚游來我此方位」。

7 答巴拉（tadala）：「我也會呀！」的意思。

火光熄滅之後，一片黑暗的情景。捕魚夫就宣布說：「現在我們不抓了，船上已有三條飛魚是吉祥好運的，再抓就變為壞運氣，而且，堂弟西阿那恩剛加入我們捕魚的行列，這些都要考慮的，最重要的是，不可以破壞好運氣。」大家聽了，沒有一人出聲，表示贊同。我是不了解他們的意思，實在是懂得的飛魚文化太少。之後，捕魚夫開始用船舵將船首朝向回航的方向，然後船員們開始划水。慢慢地船破水而行。

「為什麼我們不抓了呢！只捕三條飛魚。」途中我低聲地問得了森。

「三條飛魚是代表好運的，而且我們是初次下海捕魚的，又是你第一次參加下海抓飛魚，當然我們不抓了，白痴！」他一面對我說一面划船。

「你才是白痴呢！」低聲對他說。

其馬拉賣漁場與紅頭進出的自然港，距離大約要划水一個多小時。不過船員很賣力划船，不需要那麼久，僅三十分鐘而已。划船不是容易的事，相當累的。有位船員看我們無精打彩的樣子，邊划船邊說：「啊！你們怎麼可以在船上睡覺，用力划船，不就可以快回家睡覺嗎！」大家都被他打水的聲音振醒了，加馬力的船飛也似地向前行，連續的波浪撲來，但船都視為平面的海大力航行。海面上的水母都來不及逃跑，而被輾葬。心想，好快的船，不知道船去哪裡，真的，在黑暗中，四周看不到景物，我們像在天空一樣，只聽到船破水、波浪分開的聲音。見到海面上亮晶晶的水母飛奔，宛如書上的漫畫。沒到幾十分鐘的時間，船就到達紅頭自然港了，這時，捕魚夫見船快進港口，立刻站起來握船舵倒轉，使船首朝向外海，船尾向著登陸的海灘，大家用力倒划地靠邊。靠岸的那一段航線，有很多忽隱忽現的海中礁石。心想，捕魚夫怎能躲過這樣的場面。不多久，我們順利地通過阻礙航線的礁石，而到達終點登岸了。他真的是經驗到家的好水手。

船靠岸後，大家很快地把自己的木槳搭在船內，然後船員下船，大家很快地扶著自己的槳架，一聲喊叫，伊大不[8]！用力推船到原來的位置。雅美族在飛魚季，不可以占他人的船位，以免招來戰鬥。之後，我問得了森說：「我們為什麼一定把船放在原來的位置？就近的地方不可以嗎！」

「你什麼都要問，我是你的老師嗎？你有錢給我嗎！告訴你瘋子，飛魚季內，不可以侵占別船的位置，否則，會打架的，看你有力量嗎？真的打起來，你是最吃虧的，

8　伊大不（irap）：用力的意思。

第一個倒地的，就是你，你沒有力量打人的。聽到沒有，白痴。」他半輕視的口吻對我說。

我沒有回答地點頭，表示了解。打架不是完全靠力量的，要附加基因的遺傳，就是石頭亂飛在身邊，也不會被打中的，這就是戰鬥風雲人物。說真的，在雅美族的社會裡，飛魚季是火藥味很濃的季節，一犯規，馬上打起群架來，海邊的石頭是沒長眼睛的，打中你的頭部，不流鮮血才怪，划船的木槳也沒人情，打下去，不倒地是不休的，更無X光照你的內傷，哪有醫院可治療傷口。

船安放在它的位置之後，大家在自己的面前，用一塊大石頭蹲著船。當時，實在太暗了，看不見很近旁的人，拿東西都是用摸的。我知道火梗放哪裡，便伸手拿幾把扛著上路回家。才走二十幾步，得了森知道問題會出在我身上，便對我說：「你有沒有在槳架上插上十字蘆葦記號？」

「什麼是十字記號，我不明白，我並沒有放呢！」我真的不懂他的意思。得了森給我的回答，真的是在飛魚季所不能忍受的。

「你要死了，等一下魔鬼會上船吃三條好運的飛魚，快去放，就是死了也一定要去放，我會在這等你。」沒等他講完，百年未洗過的救濟品大衣和火梗丟在他腳下，飛也似地去船那裡，途中反駁地說：「你才去死呢！你媽的——。」到達船邊，很快地找到蘆葦作成十字記號，立在我座位的槳架上，立的十字架號比其他船員高。之後，上路回家。心想，魔鬼一定從很低的地方上船吃飛魚的。如此精神文化是真的話，船內前後都立著十字記號來驅魔，鬼哪有可能上船吃飛魚。回到放在地上的衣物，得了森還在那兒像鬼影地等著我：

「你很守信呢！」看到他還在那兒像鬼地說。

「拜託！你才是神經病，怕你被鬼抓了。」他回說。

我們兩人繼續上路回家。那時的飛魚季小路，都是石頭路面，有的石頭不很穩定，稍微不小心，就會跌倒爬不起來，鍋蓋頭碰上石頭，不開花才怪。更何況今日是迎接三條飛魚的好運，如此地不幸跌倒，不就慘啦！

我們到達船主家時，沒有馬上進到房子裡面，而是先進到工作房內，把帶來的捕魚用具，放在一定的地方。然後，一個接一個去船埠那裡烤火取暖。大家到齊之後，有一位船員自動地生火。火梗燃燒後，大家圍著火舌取暖。有的說捕魚的情形，而我沒話可說，因我正學習中。雖然每位船員一身都是海水味，只能烘乾自己，不可以洗淡水澡，好難受的，但這是飛魚季的規則，漁夫們要遵守。後來，捕魚夫一聲魚季的話，大家各往回家的路回去。我家離船埠不遠，被火光直射的眼睛，簡直無法清楚地看路，石徑小路又難走，讓我寸步難行。好不容易才到達矮小的迷你屋。

進了屋簷下，便對屋內的人說：「門你忙伊旨拉那[9]。」

「喔！西阿那恩卡[10]？」屋內人回答。我進屋內坐下，見母親在那兒生火。之後她端上一鍋子的地瓜湯。

「這是你的便當。」母親說。又對父親說：「你也和孩子一起用吧！」

「好吧！」父親應聲。

我和父親用便當時，便對他們說：「我們抓到三條飛魚。」父母沒有回答，只有父親一直看著我，知道我很謙卑，是個好孩子。是的，在雅美族的社會文化裡，要了解一個孩子的前途，是在他的口語行為上，這是古人俗語。

「你們捕到三條飛魚嗎？」母親為了解地再問。

「是的。」我正經地回答。

從他們的臉上，我可以了解他們內心的喜悅。

之後，母親倒出地瓜湯，盛在自製的陶碗內，在不明亮的火光下吃。我嗅到地瓜湯的香味，和往常不一樣，原來母親加了一片乾豬肉，其香味四溢，就是讓魔鬼嗅到，口水也會滴滴流。父親把豬肉片切成小片小片，使吃起來順口。

我快吃完一塊地瓜，又對父母親說：「這三條飛魚內，其中的一條，是我抓的。」

「什麼？一條飛魚是你捕的。」母親不相信地問。

「是的。」我很誠懇地回答。

「你是怎麼抓的。」母親為要了解原因而追著問說。

「當初火把明亮之際，船員們的眼光專注自己面前的海面時，我看見在遠處，有一個白色的東西，不知道是飛魚，還是浮游生物，不敢告知捕魚夫。後來，白色的東西愈來愈近，大約在我的前方有二十公尺遠時，才看得很清楚，是一條白色的飛魚。而那條飛魚朝我方向游來，牠到達我的木槳十公尺遠時，就在那兒徘徊，當時，用捕魚話喊叫漁夫幾聲，可是他離我很遠，聽不到。透過船員的暗示，他才把捕魚網遞給我。我接到網之後，很快地把網伸到海中看魚。不幾秒鐘，我立刻拉上網子，內有一條動彈不得的

---

9 門你忙伊旨拉那（menimangid rana）：意思是「我們回航了」。

10 西阿那恩卡（Singanaheka）：意思是「是西阿那恩嗎？」，ka是「你」的意思。

飛魚。如此得了一條飛魚上船。」

老馬識途的父親，如聽沒聽的樣子，他心中明白我的前途，但沒說什麼話。不過，我一直想了解答案。之後，我們繼續用點心。母親明白明天有好運的三條飛魚吃，勤快地煮明天用的食物。她使用的灶，是專煮主食的。任何其他東西，絕不可以用這灶子。我們的房子太小，為三門房，母親生的火，煙布滿了屋內，讓我找不出有氧氣的地方。

吃飽後，想睡的對父母親說：「我該去般拉幹[11]睡了。」

「你不拿衣服蓋身嗎！」母親關心我著涼地說。之後，父親從屋內取出一件給我。接到之後，雙手抱著走出家門。在路上張開一看，是件不知道顏色而破舊的大外衣。好像日據時代得來的。蟑螂味非常濃，三十幾年沒洗的。雖然如此，總是比沒有被子蓋要好得多。

其實，雅美族一個船組獲得幸運數的飛魚，漁夫們一定把下海捕魚的過程，很仔細地述說給家人或父母親明白。當時，年輕的我，還不太明白這一點的飛魚季規範。

到達船主家，一眼望去，船員們都到齊了，有的談論捕魚的經過，也有的躺下睡著。「賢弟！怎麼慢來了，是否沒點心吃？」曾表哥看我才到地說。

「沒有事的，剛吃飽而已。」我很正經地回答。不明白，表哥是真的問，還是引用其他話題之意。

「才不知道，阿姨（指我母親）做『你賣[12]』給他吃，所以才慢到。」廖堂哥胡猜地說。

那時，我沒回應他們，知道是玩笑的話。在我旁邊躺睡的是得了森，也是個沒娶老婆的，看他還沒睡，便低聲問他：「得了森！我們為什麼很快地返航呢？只捕三條飛魚而已，時間還早嘛！」

「你不是有爸爸嗎！什麼都不懂啊！告訴你，三條飛魚的數目，是個好運氣的，捕到雙數是不吉祥，聽懂沒，瘋子。」他不耐煩地回答。又接下說：「我一直是當你的老師啊！教育費給我多少？睡覺了，明天起不來的，又要去海邊帶回飛魚。」

「你才是瘋子呢！知識要互惠共享啊！何況我們是同一船組。」我道出船組的志同

---

11 般拉幹（panlagan）：指的是船主家。

12 你賣（nimay）：芋頭糕。

道合精神。其實在雅美族的社會文化裡，單數是吉祥的數目，而雙數不代表什麼。尤其在飛魚季內，三條為最佳幸運數，其次是一到九的單數。

船主家得知得幸運數，便開始煮飯，火煙瀰漫了屋內。想著，也許使用的木柴四分乾，燒的火起濃煙。十個出海捕魚的船員，在這情況下無法安睡，更何況是我，年輕無法禁得起濃煙。這時，我把硬邦邦的大衣蓋在身上，又蟑螂味撲鼻，雖然如此，想到明天的工作，不得不閉上眼睛睡。

睡夢中，忽然有人推醒我：「起來了——起來了，我們快去拿飛魚來。」

我坐起來，看看旁邊沒有一個人，又躺著睡。說話的是得了森，他看我不在他後面跟著，又回頭進到屋裡，用力地推醒我，便離去。我起來一看，屋內的人都沒有了，天已經很亮了，在屋裡只有阿姨在那兒剝地瓜飯。她看到我起床了，便對我說：「快去把飛魚拿回家。」我知道後，沒洗臉的直奔海邊，明白自己太晚起床。部落的飛魚路，百處彎曲，也只好當成直道而跑，到達海邊的船，想撿船內雜物。得了森看我要上船，便說：「你不用上船了，我都撿乾淨了，來的這麼慢，沒看到別的船組，都已經把飛魚拿回家了。」這時，他正在卸下飛魚。

「你在這兒等我。我去取海水來祝賀幸運的飛魚。」他說。

說真的，我也不好意思，之前答應別人早起來拿魚。不過，年輕的確禁不起熬夜的能力，不像老年人僅睡幾小時，就可恢復體力。之後，他去海邊用手掌取海水，手中的海水潑在飛魚身上，並唸出賀語。我不懂他唸的經是什麼？「快點刮魚鱗，沒時間了，只剩我們一船組在這兒。」他急著要快點把飛魚帶回主人家。聽到了，很快地下船找刮鱗的蘆葦片。不到一分鐘，我們就做完刮魚鱗的工作。洗飛魚，我拿兩條，得了森一條，到海邊去洗，之後裝進網袋。

「你脫掉上衣，背著飛魚回船主家。」得了森吩咐地說。

我沒回應地順從，很快披上芭蕉甲，而後背著飛魚上路，我領路，他跟在後。按照規定，在一、兩個月之內，沒有出海捕魚的漁夫，不可以背著飛魚回家。

「背飛魚上路要小心，不可以踏上別人的家園，否則會招來別人的咒語。」得了森在後的提醒我。

走到部落內，有很多人觀望著我們，其主要是想看看哪一船組，捕獲吉祥數目的飛魚。走了幾道彎彎曲曲的飛魚小路，才到達船主家。

當時，有位船員及婦人盛裝了禮服，來迎接我們的到來。心想，僅是捕了三條飛魚，就穿上那麼貴重的服飾，如沒見過飛魚似地。

雅美族飛魚季，殺魚的地方都有一定的地點。我看了那裡，船員們都準備好了用具，如魚刀、水缸、漁具等等。捕魚夫也在那兒等著，準備殺魚的工作。

我背上的三條飛魚卸下放在殺魚的木缸內，那時，我沒把飛魚放好，捕魚夫見了馬上糾正，將飛魚頭朝向北方，尾巴對南方。他說：這是魚季的規定。之後，捕魚夫把掛在脖子上的金片，點在魚的眼睛及身子，並唸出幾句魚季的祝賀語。有一半我是聽不懂。之後又取下祭竹，同樣用那動作招福。他做完招福工作，接下來就殺魚，他光摸這三條飛魚，那一條是早上用的，那條是中午吃的。我不懂這個意思而問得了森：「為什麼捕魚夫做這樣的動作？」

「那是要選擇比較肥胖的，做為早上行祭都悠都悠嫩[13]的。也完全是迎福的意思。」得了森不情願地回答我。

之後，捕魚夫把那條飛魚用魚刀切開魚腹，然後在魚的兩邊切三道，放入水槽內泡水。另由一船員取出魚，後放入魚盤內。那兩條飛魚，依紅頭部落殺魚的方法殺開，這是中午行祭用的，稱 toyosyonen a ciniza no araw。其中一條是祭主家用之，叫 paladangen no panlagan so vahay。

早上用的飛魚，洗好之後，由一位船員送進屋內專煮飛魚的地方——pazazangan，此時，我也跟著，想了解煮飛魚的過程。伸頭一看，見到火的中央，立著橢圓型的陶鍋，口徑沒有蓋著。我懷疑地問那位船員說：「鍋子怎麼沒有蓋起來，如此蟑螂、老鼠等不會掉進鍋裡嗎？」

「煮飛魚的鍋子，在還沒有放進飛魚之前，千萬不可以蓋它，否則，別想吃飛魚肉了。」夏本瓜船員轉頭地看著我說。

我沒回答，只點了頭地明白。雅美族房子，沒有窗戶，陽光進不了屋內，室內一片昏暗。之後，他將那條飛魚放進鍋子裡，然後拿一片姑婆芋葉蓋住鍋口，便離去。我也跟著出去了。在外面想著，一定是姑婆芋葉蓋鍋子的口徑嗎？一直想了解這個答案，時間一個多小時之後，有一位船員說：「請你們把飛魚餐具送進屋裡。」之後，他出來坐在前室休息。我在外面注意看，誰來擔任倒魚湯的工作，進屋內的是表哥老么，他也是這船組的捕魚夫。得了森也來了，和我一樣專注倒湯的工作。他在我旁邊，問他：「為什麼一定是表哥來擔任這份工作呢？」

13　都悠都悠嫩（toyotoyonen）：「祝賀最初吃的飛魚」之意。

「你算了吧！沒搞清楚，倒湯不是像你糊里糊塗的人去做。做這工作的人是有條件的。屋內是熱浪高，會烤死人的，而且，鍋子又很燙，手力要控制好，這樣你當得起嗎？」雖然被他潑了冷水，但是從他口中學習了不花錢的知識。

那位表哥看了一個個的碗內盛滿了魚湯，然後倒出一條飛魚，放在餐具盤內。工作做完就出來休息，他滿身是汗珠，滴滴流下地板上，如落湯之雞。心想，這份工作，可不是一般人所能做的事。

這時，得了森對我說：「快把你們喝的魚湯端出來，你在發呆呀！」

「才不是的，爸說過，現在還不能在前室吃飯的，一定要在法愛[14]，這是飛魚季的規定。」我回答。得了森聽到了，也明白，便沒有說話。

之後，我很想了解，僅是一條飛魚，要怎麼分在十幾戶家庭，於是就坐在那裡看分魚肉的船員。這時，大家都搬開自己喝的魚湯，換上放飛魚肉的盤子，我也不例外地送上盤子。誰是擔任分魚的工作，我一直在想。不久，來分魚的是那位表哥。見了，想著，怎麼還是他，難道十個船員內，沒有人能做這麼簡單的事嗎？我真不懂。又去問不友不厭：「怎麼還是你叔叔擔任這份工作，為什麼別人不能去做呢？」

「因為魚是他抓的，大家不好意思分，照理說，應該是他來分才對。」他如此回答，我只點頭地明白，沒有再繼續問他。

捕魚夫分魚是把一條飛魚剝開，魚頭給組裡的長老，兩邊分給十幾戶家庭，當然每戶得到的只是不如指甲大的魚肉。我看了，心想，拜託！這麼一點點，三口人家怎麼吃，七、八口人更不用說了。捕魚夫分完飛魚肉後，十幾戶人家，大約二、三十個人，全部進到屋內吃飛魚。我一家人也不例外。那麼多人在屋內之兩道床板排橫式地一組為一家人，圍著如大拇指大的飛魚肉。我一家人坐在最靠右邊的位置。我們一家人也圍著如大拇指的指甲大的飛魚肉，之後父親用手分開飛魚肉，較大的分給母親，小塊的是我和他的。用餐之前，父母講了幾句賀語來祝福自己好運。因我不會說，由父親代講。片刻之間，一眼望去其他船員家人，男人都已經不見了，留下只有媽媽們及孩子。孩子有地哭著，大概是魚肉吃不夠吧！幸運的第一餐，如此地結束。大家用完幸運的飛魚肉之後，在院前休息，照規定，不可以馬上回家，而是停留在船主家半個小時，感受好運。在那兒，有的吃檳榔，閒談今年得好運的過程。

14　法愛（vanay）：屋內的意思。

之後，不友不厭走過來對我說：「不要忘記！中午拿木柴煮日晒的飛魚 nianotan，為最後慶祝的好運儀式。」

我不明白其意思地反問他：「為什麼還要拜已日晒的飛魚，剛才早上不就是慶賀好運的飛魚嗎！」

「告訴你，我們不是捕到好運的三條飛魚嗎！第一條是早上慶賀的，toyotoyonen mavasana，第二條是中午拜的，nianotan，第三條飛魚是船主家慶賀用的，paladangen。到中午之前就要結束拜拜。否則，對我們這一船組是不利的。」我點點頭，他說完話後，屁股朝著我就走開了。

到接近中午時，想到他那一句話，很快地從家中取出五、六根乾的木柴，當然是飛魚季專門煮飛魚木柴。之後跑去船主家送，進到屋內，已有人在那兒生火了，灶子上立著還沒蓋的煮飛魚鍋。「給你，這裡有木柴可以燒。」為了讓生火的船員了解，我家有交出木柴來地說。生火的船員聽到轉身對我說：「好的，就放在那兒，我這裡還有。」之後，他繼續做生火的工作。我走出去外面，又有一位船員抱著幾根木柴進屋內。這時候，船員們來工作的，陸陸續續地到船主家。屋內生火的出來說：「你們快把飛魚送進來煮。」說完又進屋內。因不友不厭在那兒很近，很快地取下飛魚，然後折去三分之二的翅膀後，從第一道折返地拼合，再用芭蕉繩綁緊放在木盤內。工作做完，把飛魚送去屋裡，他這一份工作，我很專注他處理飛魚的過程。這也是一門功課。

不友不厭從屋內出來，坐在我身邊休息。過不久，一看魚架上的一條飛魚不見了，便懷疑地問他，他正經地對我說：「船主家人已經給吃了，那是關係他們的財福，沒你的事，他們在還沒中午之前，就拜完了。」這時，各家的阿姨們頭頂著一盆主食地瓜、芋頭來到船主家，準備慶祝日晒的飛魚 nianotan。母親也不例外地來了在涼臺上休息，她們都穿上婦女的禮服，宛如面臨盛大的拜拜。

時間大約一個小時，屋內專煮飛魚的船員，從屋內出來喊說：「飛魚煮好了，你們使用的餐具快送進屋裡來。」我們幾個船員心裡不好意思：不聲不響地立刻取下掛在餐具架上的木製餐盤及盛湯的大缸碗送進屋內排好。屋內熱氣衝天，迫人不得不出去，否則，會被烤焦的。我在屋內忍著熱氣浴身，主要想了解，倒飛魚湯工作要領，想著，萬一有這麼一天，有份擔任這工作，如何因應。我一直注意屋內擔任倒魚湯的工作是誰？在我印象中，果然沒有錯，他是表哥，也是負責捕魚，位在水手最前方的划水夫。一看他在屋內，滿身汗水，滴滴流下，大家都排好盛魚湯的大碗，等著盛滿飛魚湯。看他手掌握著檳榔葉柄，然後將大鍋裡的飛魚湯倒在排好的大碗內，飛魚肉倒在木盤裡，之後再把大鍋放回原處。雖然倒魚湯只有短短幾分鐘，但是屋內熱氣很高，為一般人所耐不住。他工作完後，出去外面吐出二氧化碳之熱氣，吸進五百西西的氧氣。這時，大家把自己的大碗各自搬開。我也不例外地拿出自家的大碗。

後來，那一條煮好的飛魚，一直在那兒，沒有一位船員敢作分肉的工作，表哥覺得沒人做這工作，又進屋內把魚分給十幾家戶。每一戶船員家人，這時都已全到齊了。各戶選用餐的位置。我和父母親坐在最右邊，父親把得到的飛魚肉，再分成三小塊，當然父親沒嘗，僅唸經祝賀就出來院前休息。僅剩我和母親在那用餐，人口眾多的家戶，做父親的也如此地祝賀家人，便出去外面休息。不如指甲大的飛魚肉，我一口吞入肚子，地瓜僅咬了兩下，喝三口飛魚湯，便出去了。

這時，得了森、不友不厭船員，早就在外面坐著休息聊天了。過了很久時間，大家都全部在院前聊著今年的好運。船員們也不例外，但心中想的，是繼續出海捕魚，不是今天就結束捕魚。因此，想回家做捕魚準備的工作。迎接好運的金銀珠寶等，各家都帶回去，僅留下船主一家人，在那兒吸福氣的空氣。這就是三條飛魚慶祝好運的過程。

總之，一個船組的好運，不是每年常有的現象。因為好運，吉祥帶給每戶船員之家庭，有幸福快樂的氣氛。

現在雅美族的飛魚生活，如此的飛魚文化一環，年輕一代的人不再繼續採用，大船團體也消失不見了，為避免這種文化也跟著完全消失，就寫這個故事給大家知道。

尤巴斯·瓦旦

〈魂魄 YUHUM〉【節選】（二〇一三）

Yupas Watan，一九四八年生，苗栗縣泰安鄉大安部落（Mesingaw）泰雅族。國立東華大學民族發展研究所碩士，國立臺灣大學人類學系博士班肄業；曾任慈濟科技大學兼任講師、中原大學兼任副教授及國立東華大學兼任助理教授等職位。

尤巴斯擅長傳統泰雅藤編工藝，也記錄多位泰雅耆老的口述生命史，長年研究泰雅族的遷徙史、戰爭史、巫術文化及語言變遷。著有《魂魄YUHUM》。

魂魄 YUHUM【節選】

日本逼歸順

火燒 kbabaw 大勝利的慶功宴還在臺灣總督府熱鬧登場，突然傳來噩耗：slamaw 又死灰復燃，血洗兩個駐在所，日本警察、眷屬、警丁通通都被殺、被砍頭！

消息傳來，原本笑呵呵的日本高官臉孔馬上僵化，僵硬到合不攏嘴來。總督府上下就像被九級大地震震垮。「巴卡耶魯！」「蕃人！」這些高官臭罵了一陣，「他們不是被我們皇軍屠光、燒光了嗎？怎麼又復活過來？」「怎麼還有餘力出來殺我們？」

新任總督大人扭曲變形的臉，鼻下的一簇鬍鬚氣得揪在一起，嘴裡不停格、格、格地咬牙切齒，紫脹面孔也不停地罵：「巴卡耶魯！蕃人！巴卡……」「哼！哼！哼！你們這些混蛋的蕃人，別以為大日本帝國對你們沒有辦法，等著瞧……等著瞧……」

新任總督以最急件電報傳給南投廳廳長聽令，命令轄區內所有歸順蕃組織「蕃人奇襲隊」，即刻上山剿滅這些萬惡不赦的暴徒，誰敢不服，就以叛逆論罪。

南投廳廳長在霧社理蕃中心召開緊急會議，召集廳內所有歸順蕃（味方蕃）頭目、副頭目前來，高壓威嚇命令他們組織蕃人奇襲隊，以獵頭獎金為餌，命令他們即刻上山討伐 slamaw。

廳長命令霧社支廳長長崎警部宣讀：「討伐萬惡的 slamaw，到各駐在所登記、組隊。每人發一把槍，滿滿的子彈，帶一顆人頭回來就有償金，頭目一五〇圓，戰士一〇〇圓，婦女五〇圓，小孩三〇圓。」宣達不久，mhebo（馬黑坡社）頭目 Mona Rudaw（莫那魯道）第一個率領奇襲隊上山。

那一天，蕃人奇襲隊浩浩蕩蕩上山，經過 mstobown、maknazi、malepa 等 Tayal 部落時，那裡的親屬立刻飛奔警告 slamaw：「來囉！他們來囉，日本派來的突擊隊已經經過我們這裡，你們要快，準備應戰！」slamaw 驚慌了，聽來人說奇襲隊隊伍拉得好長，有的說兩百名，也有人說一百六十名，總之人數是相當多，好可怕的隊伍。

Mona Rudaw 的目標是 llyung Tmali 底下，對岸第二平臺的 bzinuk（slamaw 本社），這裡是 slamaw 的大本營、老部落。Mona Rudaw 奇襲隊從 makabubu 下到北港溪，再爬到 kuri Byukun，沿著稜線下來時，slamaw 遠遠地就看到奇襲隊沿著長板稜線慢慢下來，亮麗顯眼的紫紅 Seediq 服飾像一條紅斑燦爛的長蛇，沿著古道路線扭著彎彎身軀走下來。

長長的隊伍還在半山腰時，Iyung Tmali 對岸大平臺上的 slamaw 已一陣騷動，互相嚷嚷：「來了！來了！敵人來囉！」大平臺上的 slamaw 立刻應變，把老弱婦孺通通藏到部落後方的溪谷深山裡，男人假裝沒事，照樣在部落進進出出，也在周邊園地工作唱歌……。

Mona Rudaw 站在半山腰凸崖，手蓋在眉尾上，遠遠觀察對岸平臺上的狀況，「咦？怎麼好像沒事的樣子，不對哦！」「他們那麼有自信，那麼強嗎？」「哼！一定有埋伏。」馬上傳話叫前面的隊伍小心，「先不要過溪，停止前進」，在溪底緊急紮營作飯，不敢貿然攻擊。

在 bzinuk、kiyai 和 slamaw 的巨頭：Yumin Masing、Yumin Layan、Maray Suyan、Takun Lopaw、Temu Suyan、Tahus Pihik、Yabu Sulu、Pupuy Pawan 等勢力者，夜裡正在做最後戰情沙盤推演。Yumin Masing 邊喝湯邊說：「Mona Rudaw 嗎？他怎麼當起日本的走狗來了？」Yumin Layan 邊啃鹿肉邊說：「怎麼不會第一個先來呢，他妹妹 Ciwas Rudaw 嫁給日本警察，他是當紅的日本女婿呢！當然第一個先來啊！想搶頭一個大功啊！」大家臉上眼神訝異著。

Layan 家族的 Uking、Walang 以及 Piling 兄弟進來小聲報告，目前沒有任何異狀。

Maray Suyan 不動如山、坐著喝湯啃大骨，不疾不徐地說：「今晚他們不會來，儘管睡飽。」Temu Suyan 也堅定地說：「明天雞叫之時，他們就會進攻。」Takun Lopaw 斗大的眼球像銅鈴一般瞪著罵：「儘管來吧！看我一個個砍斷你們的脖子來。」

slamaw 排出最嚴密的陣容應戰。第一道防線弓箭手，埋伏在 bzinuk 出入口前方二十公尺黑暗處，由 Yumin Masing、Temu Suyan 以及 kiyai 戰士為主。第二道防線是部落的出入口，目的是擋住敵人衝進部落內，由 Yumin Layan 家族、Tahus Pihik、Mbing Walis 三兄弟、Pupuy Pawan 六兄弟等人防守。第三道防線是敵人進入部落之後，準備放兩百多隻 tkais 去咬，隨後由 Takun Lopaw 兄弟、Maray Suyan 四兄弟以及 Yabu Sulu 等快刀手出戰，嚴密陣容布局肅殺迎戰奇襲大隊。

mhebo 頭目 Mona Rudaw 是優異的軍事家，選定人們最疲倦、最睏乏的黑夜時刻進行總攻擊，大約淩晨四時，奇襲隊就開始行動。隊員們個個像佛地魔無聲無息的，從對岸幽暗之處游移而來，他們像鬼魂從溪底爬上，慢慢摸進第二平臺 bzinuk 部落。

部落入口處前方黑幽幽的，slamaw 第一線戰士寒星般的目光緊盯前方，雙眼繃得堆在一堆，他們發現一步一步蠕動前來的鬼魔，個個緊繃的臉等著指揮官 Yumin Masing 號令。前面五十公尺處有動靜，動作加快，一個黑影、三個黑影、五個、十個……，敵影愈來愈多，愈來愈近。第一線戰士豎起耳尖聽到耳語：「拉滿弓～閉氣……忍住！撐著……快到二十公尺了。」

突然一聲「射擊～」，霎時咻！咻！咻！咻！咻！亂箭齊飛，銼！銼！銼！銼！之後立刻傳來哎呦～唔～的痛苦吶喊，第一波敵人幾乎無一倖免，個個身上都中了兩、三支暗箭，倒在地上哀叫。後面跟上的奇襲隊馬上又遞補上，快速衝進部落入口，立刻遭第二道防線弓箭手亂箭阻絕。那些少數僥倖衝入部落的奇襲隊員，馬上被第三道防線攻擊，高頭大馬的 Maray Suyan、Takun Lopaw 等當頭棒喝斬殺，立刻砍倒進部落的奇襲隊員。

Mona Rudaw 一看不對勁，馬上大喊：「開槍！開槍！開槍！通通開槍射擊！見人就開槍！」在亂槍射擊中，埋伏的 slamaw 中槍，在暗處發出痛苦聲音。Mona Rudaw 怒氣沖沖帶領全隊急奔上來，大吼：「agal! Lalaw, sa～（拔刀！殺～）」只見他一馬當先衝入部落，此時面孔已紫脹的 Takun Lopaw 大吼：「放狗！」狗嘴上藤罩一解開，繩子一放，兩百多隻齜牙咧嘴的 tkais 像炮彈飛竄出去，直接跳向奇襲隊員猛啃亂咬；tkais 與奇襲隊員一陣混戰，兩、三隻 tkais 圍攻一個隊員，拚命地啃、咬、撕、裂、甩，戰況極度混亂。奇襲隊員在黑暗中像中了邪般被咬的哎呦！哎呦！哀嚎聲此起彼落。

Mona Rudaw 嚇到了，怎麼會有這樣的戰法？他戰刀已連砍三隻 tkais 了，但是戰況非常亂，都被 tkais 打亂了，不對勁啊！他馬上大吼：「衝啊！衝到部落殺光這些狗糞便的 knhakun（賽德克族語稱泰雅人之意）」「殺～衝啊！殺～」更多奇襲隊員殺進 bzinuk 內了。Maray Suyan、Takun Lopaw 大吼：「衝啊！殺光這些日本走狗。」

「殺～」雙方戰士像滾沸的血，在黑夜中砰然相碰，弄不清誰是誰？敵方或我方？戰士們聽音辨位遊走、躲閃，刺殺、砍切，纏鬥、激戰、肉搏，誰的動作快速、誰更狠更悍，保住命就贏了！

Mona Rudaw 在 Seediq 裡，一向以勇猛善戰聞名於霧社山區諸部落，他是濁水溪流域的一代梟雄，Paran（巴蘭群）各部落頭目、族長都敬他三分，但是他鮮少接觸高山地區的 Tayal。

當他帶領蕃人奇襲隊上山，以為可以輕易砍殺很多 slamaw 的頭顱，他輕敵囉！Mona Rudaw 面對的是活躍在三千公尺高海拔的 slamaw，連周邊部落也惹不起的一群兇悍民族。因此，這回 Mona Rudaw 失算了，奇襲隊隊員雖然都是精挑細選戰鬥力強的戰士，而且人人手上都有一把日本配給的槍和子彈，他也選在人最疲累的時刻進行夜襲攻擊，但是，黑夜的戰鬥，slamaw 戰士們比虎頭蜂更凶猛可怕！

Mona Rudaw 已砍倒、砍傷許多 slamaw 戰士，但他自己也受傷，傷口不斷滲血，在看到自己帶來的子弟兵被 slamaw 戰士撕裂殺戮，他的內心好焦急！Mona Rudaw 的隊員正被 slamaw 圍剿，他連想要衝過去救援都無法，因為他被高大可怕的 Piling Suyan 纏住，真的也自身難保。Mona Rudaw 心中暗暗叫苦：「怎麼這些人那麼厲害？這些英雄豪傑又都是誰啊？」

第二平臺上的戰鬥至少打了一個時辰，Mona Rudaw 帶領的奇襲隊傷亡慘重，他一面戰鬥，一面觀察戰況，最後趁著黎明初升，大地剛明亮之時，聲嘶力竭的大喊：「撤退！大家撤退～」

奇襲隊在總指揮下達命令之後，魚貫逃往下方的 Ilyung Tmali，又爬回昨日來時之路，趕緊回霧社。這回蕃人奇襲隊第一次攻擊，誰贏誰輸已經不重要，Mona Rudaw 一行人手上帶回不少 slamaw 的頭顱，但是他們留在第二平臺的頭顱更多，那些受傷帶不走遭到逮捕的奇襲隊員，通通當場被 slamaw 砍死、馘首。

撤退回去霧社之後，Mona Rudaw 心裡非常不服氣，堂堂 mhebo 大頭目，怎麼可以這樣呢？於是他去向日本人報告：「讓我再去一次。」他要求再去攻打 slamaw，日方對他說：「你且休息一陣子，下回再派你。」那個時候北港溪上游 Malepa 已經歸順，

Malepa 大社 mkmuyaw 大頭目 Tawli Yayut 對抗日軍時，率領族人第三度對日本戰鬥時終於被俘，日本人將他吊起來拷打，族人只好繳械歸順，贖回頭目。在日方「政略婚姻」之下，又強迫 Tawli Yayut 之女 Peku Tawli 下嫁日本警察下山治平，他就成了統管「蕃人奇襲隊」的大隊長。

因此，當 Mona Rudaw 率領的第一批蕃人奇襲隊敗戰回來，日本警察下山治平就慫恿 mkmuyaw 頭目 Tawli Yayut：「Mona Rudaw 去過了，你呢？條件相當好呢！」Tawli Yayut 無法反抗，不去會變成日本的叛徒，族人下場更不好，只好硬著頭皮接受，請一位部落頭目組織蕃人奇襲隊，準備上去攻打 slamaw。

Tawli Yayut 大頭目交代這位頭目召集族人說：「孩子們，走吧！我們無法不去，不聽 tanah tunux 的命令，我們會更慘。」頭目的夫人是 slamaw 頭目之一 Temu Suyan 的妹妹，於是頭目夫人力阻丈夫：「你們要去攻打的是我娘家呢！你要去殺的人是我的 bsuyan，你怎麼可以這樣，可以去殺自己的 yanay（姻親兄弟）嗎？這是最大的 psaniq 啊！」「tanah tunux 的命令，像這樣給那麼多的好處，我帶年輕人去，不好嗎？」太太一再勸說阻止都沒有用，丈夫執意一定要去。太太最後警告丈夫：「鄰近 Tayal 比喻我的家鄉 slamaw，虎頭蜂都沒有他們凶猛哦！你只要帶他們去，你們就會在那裡戰死。

我……我會為你們 merus 一個月，就是一個月，我們眼淚都還不會哭乾！」

Malepa 奇襲隊依照日方約定的日期出發，第二天路過 makabubu 一帶、在叫 mktatah 的路邊休息時，奇襲隊隊長 Suyan 站起來，興奮的拔出戰刀，對著路旁與人頭一般高的赤楊木高喊：「孩子們！我們就要這樣砍殺 slamaw。」然後殺！殺！殺！的把 yaki 種的一棵棵赤楊木通通砍光。yaki 見到一整排的赤楊木被砍，就對天發誓詛咒：「噢！你們這群 Malepa 啊，這些赤楊木是我忍著寒冬苦雨種植的，你們竟然把它砍光了。好！好！我發誓，我會在這裡等你們，瞧瞧你們還會有多少剩下的回來，看你們還能活著回來的有多少？」

Malepa 奇襲隊越過 kuri Byukun，再沿著長板山稜線慢慢前進，Malepa 身上光鮮亮麗的服飾在陽光照耀下閃閃亮亮的；一群醒目的隊伍走下山來了，慢慢下降到 llyung Tmali 溪底。slamaw 頭目們神情肅穆地說：「他們憑什麼理由來？Tayal 來打 Tayal 呢？」Temu Suyan 說：「讓我來！Malepa 奇襲隊的大隊長是我的 yanay，他憑什麼來？」

不久，Malepa 奇襲隊下到 llyung Tmali 再爬上對岸第二平臺的部落 bzinuk，身高將近兩公尺的 Malepa 奇襲隊頭目 Suyan，大搖大擺的大步向前，如入無人之境一般，高大的身影與健壯的身軀，簡直就像巨人，Suyan 毫無懼色站在 slamaw 面前高喊：「yanay，Temu，你在哪裡？我來了，tanah tunux 命令我來叫你們歸順投降，你們不肯，就來跟我一對一決鬥。」然後回頭對 Malepa 奇襲隊隊員說：「我對付我的 yanay，其他 paipulas（垃圾、灰塵）零零碎碎的就交給你們。」好個趾高氣揚的人，slamaw 個個氣憤填膺，都想立刻跳過去砍他了。

Temu Suyan 擺手示意大家全退下，微微笑著並踩著穩健步伐走到 Suyan 面前，雖然 Temu 看起來比 Malepa 奇襲隊大隊長矮一個頭，但他忍住波濤洶湧的怒氣高喊：「yanay……你是為何而來？這是你來探望 yanay 的方式嗎？」聲音宏亮中氣十足，震攝在場所有人。Temu 犀利的眼神如利刃般直視對方道：「好！好！有膽，就來！」馬上抖出手中長矛，對準 Suyan 的心窩，臉上露出的冷笑好像在說：「來啊！tanah tunux 的小丑。」一場驚心動魄的決鬥立時爆開，雙方都是戰刀行家，更是長矛高手，因此兩人都想用拿手武器刺殺對方，拿下首級。

眼看兩支長矛直向對方心窩，屏息靜氣怒視一陣子之後，突然「殺！」「殺！」長矛相互劈刺、拍打、橫掃，雙方如火如荼纏鬥。有好多次 Temu 被 Suyan 的長矛打飛，Suyan 的力氣實在太大，Temu 只能以靈巧動作遊走、躲閃，不敢硬碰硬。

但可別小看slamaw頭目Temu Suyan，雖然他比對方矮一個頭，身軀小一號，戰鬥力和膽識卻非常強勁。Temu在快速靈活戰鬥中，在對方長矛已刺到面前瞬間，他的頭已如閃電消失；而就在對方鋒利長矛擦過頭皮的剎那，Temu的長矛已在對方腹部戳一個洞，鮮血汩汩流出，他人早已躲閃一旁。而Suyan，動作力大無比，像野貓般快速，大多時候Temu被打飛、未落地之際，Suyan長矛已閃電飛撲跟上、劈刺，使得Temu到處都是傷。雙方都是戰場老手，比快、比狠、比準，更比氣勢。

此時戰鬥的任一方都一樣，滿身都是血，他們不停用手擦拭眼臉上的鮮血，繼續戰鬥。slamaw每個戰將都在一旁為Temu捏了好多把冷汗，兩邊觀戰的戰士驚呼連連，隨著場上慘烈的戰鬥，觀戰者為自己的頭目閉氣、扼腕、驚呼，連呼吸聲都不敢出。

轉眼之間，場上兩人已打了一個多時辰還未分出勝負，Temu的衣服被Suyan刺得坑坑洞洞、支離破碎的，臉面、手臂、身軀到處都是傷，站在那裡喘息、抿嘴舔血。Suyan也一樣，全身傷口不斷在流血。此時，戰場上，兩個yanay相隔七、八公尺，也都斜靠在地上的長矛，哈嘶！哈嘶！大聲喘息，虎視眈眈盯著對方，雙方都累了，兩人都累得搖搖欲墜，只是不能倒、不能輸，也不能棄械啊！只有拚，死也要拚到底。吁！吁！急促的呼吸聲，你瞪我，我瞪你，雙方像在凝聚最後的生命力，做出驚天動地的最後一擊。此時的大地宛如靜止一般，觀戰的族人像被定格、目光聚焦在場上兩人。

倏地，「殺！」「殺！」傳出晴天霹靂吼聲的同時，兩個人影衝向對方，閃電般撞擊，連續的攻擊與防守之後，兩人糾纏在一起，雙方長矛刺入對方，Suyan 的長矛穿出了 slamaw 頭目 Temu 的背後，兩人疲累地靠在一起，全場「啊！啊！啊！」張著口，鴉雀無聲，屏息靜氣看著誰先倒下來。

「啊！」有人在說話了：「你的 yanay，嘴巴怎麼滿口在吐泡沫了？」Suyan 的嘴巴口吐白沫，Temu 長矛穿透 Suyan 胸膛又穿過他背後背袋裡的 rhkil，使得長矛上沾黏著 rhkil，拔不出來。在勝負的最後一擊，Temu 在對方矛影刺過來的剎那，電光火石地往左挪移一丁點，並盡全力對準 Suyan 心窩，連人帶矛衝刺過去。就在那挪移的彈指之間，Suyan 長矛穿出 Temu 右邊的衣服，撕裂左脅皮層穿刺到外面。「啊！」場外的一句話點醒了 Temu，原來靠在身上的 yanay，嘴開開的，滿滿的泡沫還在冒，人已氣絕了。

Temu 一踹，用力拔出長矛，在 Suyan 尚未倒下之際，順勢抽出戰刀「鏘！」「刷！」俐落地砍下 Suyan 的頭，左手高高舉著 Suyan 頭顱吼著：「slamaw……殺光所有的 tanah tunux 走狗！」

「殺～」那些怒目圓睜的 slamaw 戰士，「殺！」「殺！」個個殺聲震天、跳出來砍殺還在瞪目結舌的 Malepa 奇襲隊戰士。雙方立時混戰起來，Suyan 帶來的戰士眼看隊長一死，軍心立刻渙散，死的死，傷的傷，最後 Malepa 奇襲隊能逃的人趕緊逃離。

Malepa 奇襲隊的戰士，一半的人都不見了、戰死了，連頭目 Suyan 也被他的 yanay 刺死。剩餘逃回來的人，經過 yaki 的田園時，那位 yaki 還坐在那裡等，靜靜地看著他們一個個像喪家之犬，垂頭喪氣敗戰回來，頭目都不見。

那次戰鬥回來，頭目夫人滿臉淚水迎接敗戰歸來的族人說：「awu simu wal nmaun kmal rua? ktay muril, wal simu trgun pi?（我不是早就說過了嗎?你們看看，有騙你們嗎？）」

蕃人奇襲隊攻擊 kiyai

日本官方本來以為 Tayal 打 Tayal，應該就可解決 slamaw，哪裡曉得 Malepa 奇襲隊還是被 slamaw 打回來，南投廳石橋廳長得知消息之後，憤怒地命令霧社支廳長長崎警部召開會議，緊急命令南投廳內所有歸順蕃的部落頭目，成立更強大的蕃人奇襲隊，違抗命令者視同違抗日本大帝國，一律嚴懲。逼得能高郡（今仁愛鄉）轄下所有原住民部落，不得不組織蕃人奇襲隊。於是 Seediq 之下的 Tgtaya、Turuku、Tuda，泰雅族的 Plngawan（萬大群）、Makanazi （馬卡那奇群）、Malepa，還有 Bunun（布農族）的干卓萬群法治社、依那各社（曲冰）等等，都紛紛組織蕃人奇襲隊，違抗就要受懲罰。沒有過多久，聲勢浩大的蕃人奇襲隊紛紛出現在 slamaw 山上和 llyung Tmali 上游，被命令追殺高山上的 slamaw。

一天，當太陽爬上福壽山背後的山頂時，蕃人奇襲隊出現，slamaw 看到一夥人從山頂下來，這一批奇襲隊由霧社支廳長長崎率領，帶領佐塚警部、多名巡查與警丁，配合由 Seediq 的 paran 總頭目 Walis Puni 率領的蕃人奇襲隊，當中有五十多名 Seediq 戰士，Kinhakun 大頭目 Temu Alai 率領的三十幾名 Tayal 戰士，以及其他各社聯合組成的百人奇襲隊。當奇襲隊走下來時，llyung Tmali 對岸平臺上的 slamaw 都看到了，族人們馬上飛快過溪爬到 kiyai 警告：「敵人來囉……敵人來囉……」「快逃……」，kiyai 的老少婦孺趕快逃到 llyung Tmali 右岸山林躲藏，大人們又回來等候應戰。

當百人奇襲隊伍在 llyung Tmali 右岸等候時，kiyai 十二、三個戰士已準備好對抗。kiyai 戰士們據守 gyung 頑強抵抗，激戰將近一個時辰，奇襲隊的 Walis Puni 臉孔已氣得紫脹起來，只有少數的 slamaw，怎麼還打不贏啊！Temu Alai 安撫一同前往的 Tayal 不必著急，讓 Seediq 表現表現吧！雖然日本機關槍不斷向對岸猛烈掃射，但巨岩上迎戰的 kiyai 戰士躲閃得飛快，箭又射得奇準，子彈又彈無虛發，奇襲隊員的身影只要在溪上，還在溯溪強渡時，就被 kiyai 戰士的弓箭或子彈擊中，哀叫倒下，隨溪水漂流。

這一戰打至傍晚時分，奇襲隊只好撤退回捫岡分遣所。夜裡，kiyai 戰士們在岩窟裡休息，升上營火，包紮傷口，互相打氣安慰。別看 kiyai 戰士只有十二、三人，對戰一百多名的蕃人奇襲隊，一點也不膽寒懼怕，這些都是 kiyai 勇猛的戰將，從小隨著大人們在高山縱谷追逐 qanux、bzyok，生死根本不當一回事。

此時，他們非常傷心難過，因為一名勇士死了，另外三名勇士負傷還在喊痛唉叫著，就連首領 Yumin Masing 也受傷了。大家坐在火爐邊為亡者哀慟，有的人撫著冰冷的同伴小唱著 merus，有的人在發飆臭罵：「混蛋的 Walis Puni，還虧你是 paran 大頭目，竟然帶人來攻打我們？」「kuci wah 的頭目了啦！」「怎麼？Kinhakun 大頭目 Temu Alai 也來了？荒唐啊！真是混蛋啊……」「沒辦法，tanah tunux 抓著他的族人，命令他投降，一投降就被俘被拷打被吊起來，能不歸順嗎？他的女兒 Yaway Temu 被逼婚嫁給日本警察……他是沒有辦法不來的。」「沒有看到嗎？他們只是虛晃往旁邊樹林打。」

大家一陣唏噓，為 Temu Alai 難過……唉！畢竟大家都是兄弟都是 Tayal 哪。Yumin Masing 有氣無力的為大家打氣鼓勵：「suxan ga musa ta moyay mtciriq, tanah tunux ga musa maras khmay na paris. sita kat' qnux, mrmul mtciriq. mnama ta mhngaw, suxan ga musa ta m'uiy mtciriq.（明天還會有苦戰，日本人會帶更多奇襲隊上來，我們只有咬緊牙根，繼續戰鬥。大家早點休息，明天會更艱苦。）」

第三天之後，蕃人奇襲隊又出現在 kiyai 附近，人數比三天前還要多，在部落外圍密林裡窺視的 Temu Rukun、Yukan Walis 和 Wilang Nabu 咬牙含恨看著這些奇襲隊的惡魔，搗毀耕地，燒毀 kiyai 的每一棟每一戶 ngasal，又把儲存在屋內的 trakis、ngahi、sehuwi、tkeitun 等搬到外面堆放焚燒。看著部落上空濃烈的黑煙和聽聞部落傳來劈哩啪啦大火的聲音，在溪對岸的 kiyai 心痛的直喊：「agai……agai……（痛……心痛啊……。）」並且撫著心口詛咒著：「真是萬惡啊！」日本警察所帶領的一百多名奇襲隊隊員燒毀、破壞 kiyai 所有的東西，盡可能的讓 kiyai 斷食斷糧。Yukan Walis 忍住悲傷，安撫大家：「ta-ngilis! hakaniya ta utux ryax smyuk muwah kmut, kutay ta kwara.（別哭泣！我們一定會找機會報仇，殺光他們。」

之後，奇襲隊沿著捫岡稜線下到山腹搜索前進，目標大保久駐在所鄰近的對面山谷，當他們下溪谷，在溪流上手牽手準備溯溪到對岸時，潛藏在斷崖上咬牙切齒的 kiyai 戰士，突然往下俯擊，一時之間奇襲隊被擊中，亂了隊伍，大家的手一鬆就跌入水中，被湍流的溪水沖下去，「砰！砰！砰！砰！」kiyai 戰士又繼續朝在水面上載浮載沉的奇襲隊射擊。此時岸上的日本警察急喊：「開槍啊！朝他們開槍啊！」機槍口馬上瞄準對岸，「噠！噠！噠！噠！」奇襲隊的子彈胡亂狂掃，「叮！叮！噹！噹！」子彈在岩石上亂飛彈跳，暫時止住 kiyai 戰士們的槍火。但不久炮彈又轟爛了 kiyai 戰士們躲藏之處，迫擊炮繼續轟擊過來，「咻~哐！咻~哐！」當 kiyai 戰士正想抽腿逃離時，突然，「噠！噠！噠！」機關槍又從後方三百公尺的大保久駐在所狂掃而來，kiyai 戰士兩面受敵。在機槍、迫擊炮雙重攻擊之下，Mbing Walis、Temu Rukun、Walang

Sumai、Umaw Suyan 被彈片、碎石擊傷，Tahus Pihik 大喊：「pgyai! nehi pgyai kraya.（逃！趕快往上逃。）」

在 kiyai 戰士們躲避攻擊的同時，底下的奇襲隊趁機上岸，尾隨而來，Tahus Pihik 一夥人逃亡的路線很快被發現，kiyai 戰士們逃到哪裡，蕃人奇襲隊也追到哪裡。於是 kiyai 戰士們死守一個 gyung，對戰武器精良又眾多的蕃人奇襲隊。因為大家深知，gyung 一旦被攻破，逃往後山 tapaq tunux 藏躲的家人們都將被屠殺殲滅，kiyai 戰士們憑藉天險和神準槍法，猛烈阻擋攻上來的百人奇襲隊，雙方對望射擊，猛烈槍戰繼續在半山腰上迸裂。

「我的子彈快沒有了。」「Wilang Pawan 中槍了。」「啊！我受傷……」kiyai 戰士們焦急對話，你望我，我看你，Yukan Walis 衝過去掩護中彈的同伴。殺！殺！殺！奇襲隊已殺上來了，砰！砰！kiyai 戰士用光剩餘的子彈，同時快速拔出戰刀，「rasaw ta mhuqil!（同歸於盡吧！）」kiyai 戰士殺紅了眼，把第一批上來的敵人殺退下去。但更多的 Seediq 奇襲隊員已從左右兩側快速攬山藤攀爬上來，kiyai 戰士打得如火如荼，根本無暇擋下，奇襲隊已經穿越 gyung 爬上去，朝向 kiyai 的家人躲藏處追殺。不久，上面傳來砰砰砰砰的聲響，接著傳出「agai……agai……」的哀嚎。Tahus Pihik 等人大喊：

「完了！gluw 都被殺了。」他們拚盡百分之一千的力量，把前方的敵人擊斃，不要命的打殺讓奇襲隊一時震住了，「快去救人……」

當 kiyai 戰士們衝上前一看，紛紛愣住、呆住了，怎麼？怎麼會是這樣？sqoyaw 的人正站在那裡，有 sqoyaw 頭目 Temu Rukul、Wilang Temu、Piling Pitay、Yakaw Walang、Tahus Pitay、Yukan Gagap、Tunga Nabong、Takun Nabu、Kawas Nabu、Lungaw Pitay、Yumin Piray 等人，這些人都是 sqoyaw 的 ngarux sqliq，追上去的奇襲隊都被他們砍了，頭顱正提在手上。

Tahus Pihik 等 kiyai 戰士們見狀，哇哇大哭起來，喜極而泣癱軟跪下，「噢！噢！兄弟啊～」sqoyaw 的戰將馬上向前扶住，「噢！噢！我們以為完了，一切都完了，嗚……」「幸好你們及時趕到，我們差一點就被殲滅了。」kiyai 和 sqoyaw 的戰將們緊緊相擁流淚。

當面臨死亡關頭時，誰能來救我們，也只有兄弟了。大家猛然抬頭，往上一望，奇襲隊又爬上來了，大家身上的大刀出鞘，迎戰追擊而來的奇襲隊。

蕃人奇襲隊攻打 bzinuk

kiyai 在被奇襲隊攻擊時，llyung Tmali 對面平臺上的 bzinuk 也看到另一批人數更多的人奇襲隊，正沿著 kuri Byukun 長板大稜線前來，「敵人來啦……敵人來啦……」「快準備迎戰！」「WOW～」大家奔相走告，「kwara lelaqi rulkneri, nehi pgyai～usa tkmu'suru rgyax.（所有老少婦孺，趕快逃！躲藏到後面深山。）」「敵人來啦～」奇襲隊出現時，探子回報，奇襲隊人數好多，多到令人心驚膽跳。

準備攻打 bzinuk 的奇襲隊是由 paran、malepa turuku、tuda 及其他 Seediq 組成，「啊～」bzinuk 裡的族人聽了臉上都變綠變蒼白，驚訝又憤怒。「糞便的 Seediq，又來！」Temu Suyan 氣憤憤地說：「Malepa 也來，來吧！儘管來受死吧！」bzinuk 頭目 Yumin Layan 嘴角上揚，怒目圓睜望著稜線上的奇襲隊，「哼！別以為我們怕了，來呀！」一旁的 Takun Lopaw 緊握拳頭罵著。

這一批奇襲隊是由蕃人奇襲隊大隊長山下治平親自領軍率領多名巡查、警丁，配合以 Malepa 為主，加上 turuku、mhebo、tuda、hogo（荷戈）等社的蕃人奇襲隊，人數更多，聲勢相當浩大，直下 llyung Tmali，直接上岸到對面第二平臺 bzinuk，打算直接攻擊 slamaw 本社 bzinuk。當走在前面的奇襲隊員慌張左顧右盼地抵達平臺時，還沒有見到 slamaw 就被亂箭攻擊，神射手的 slamaw 幾乎箭無虛發支支射中奇襲隊員，只見他們哀嚎倒地。第二波敵人馬上奔來救援，砰！砰！slamaw 已經有槍，這些槍枝是從前面的幾次戰役中獲得的戰利品，現在 slamaw 強大的火力讓奇襲隊員嚇到。

只是 slamaw 的火力只暫時止住奇襲隊的攻擊，奇襲隊速度超快，一下子衝進部落，而且一波又一波增援。slamaw 眼看敵人已高舉戰刀奔殺而來，馬上拔刀迎戰，撼天震地的戰鬥立時又爆發，殺～刀光、矛影、槍聲在戰鬥中交錯混雜，大家搏命血戰，拚了命地戰鬥，Maray Suyan 兄弟、Yumin Layan 家族、Takun Lopaw 家族、Temu Suyan 家族、Pupuy Pawan 家族，以及 slamaw 所有的 ngarux tayal 都出列，大家殺氣騰騰，滿身鮮血，如夢似幻混戰起來，打得到處血花四濺，哀嚎遍地，平臺上有人倒下，又站起來戰鬥，有人的頭顱飛出去，有人斷臂斷腳的，打得好慘烈啊！

slamaw 戰士是衛族衛民，保衛疆土與族人；而奇襲隊隊員又是為何而戰呢？賞金？或被日本逼著上戰場。在激烈又疾速的戰鬥進行時，有好幾次 slamaw 戰士被敵人圍剿到九死一生之際，就有人衝過來擋掉敵人刀光，瞬間把敵人砍死；是自己 Tayal，是兄弟，是 Malepa 的親戚冒死搭救。

雙方激戰已經數小時，還是難分軒輊，大家非要拚個你死我活的。要不是日本人的機槍猛烈火力的掩護，好幾回奇襲隊差一點就被 slamaw 戰士沖散。噠！噠！噠！猛烈的機槍不停在噴火，slamaw 戰士飛奔試圖搶下機槍，但迅雷不及掩耳的子彈一掃過去，立時血花飛濺，slamaw 戰士中彈倒下。「趕快救人！」Maray Suyan 急喊，幾個戰士奮不顧身飛滾過去救人。

日本機槍火力太可怕，來的奇襲隊人數又多，slamaw 已有多人倒地傷亡；另一邊的 Yumin Layan 高吼：「撤退～撤退～撤到密林中～」「什麼？要撤退，我還沒有殺夠啊！混蛋！」Takun Lopaw 在吼叫，旁邊的 Yabu Lopaw 猛然把他拉下，機槍子彈一下子從 Takun Lopaw 的髮梢掃射過去，他被嚇得冒出一身冷汗，好險！日本強大的機槍無止境地狂掃，蕃人奇襲隊一波波爬上來，「Ta kut la! nehi pgyay!（不要戀戰，趕快逃！）」有人高喊著，於是 slamaw 戰士們在互相掩護下，儘速逃離戰場。

slamaw 逃離之後，Paran 總頭目 Walis Puni 叫大家暫時停火，清點人數，包紮受傷的奇襲隊隊員，頭目們才發現自家的戰士傷亡人數很多。巡視一圈之後，Walis Puni 抬頭憤怒大喊：「年輕人，追～通通去把 knhakun 的人頭砍回來……」年輕氣盛的隊員，馬上又一窩蜂衝向山林追擊。留在 bzinuk 平臺上的隊員拿著火把，逐屋逐戶把一棟棟

ngasal 燒了，甚至連 khu'、tnobui（工作坊）也都燒毀。平臺上的屋頂、屋牆都是乾燥五節芒所製作，「颯～」ngasal 一下子著火，大火隨風蔓延，屋梁、柱、橫木瞬間劈哩啪啦燃燒，bzinuk 平臺上的部落變成火海。

奇襲隊頭目群望著大火中的 slamaw，大家沉默不語，一點戰勝的喜悅都沒有，頭目們心照不宣，倘若不是奇襲隊人多占盡勢眾，武器精良，一波又一波的援軍到來，哪能打得贏。這些凶猛的 knhakun。Seediq 本來就是驍勇善戰、勇猛剽悍的民族，可是這些 slamaw 未免也太恐怖了吧！

平臺上激烈戰鬥之後，slamaw 驚慌失措逃往後山密林，Maray Suyan 帶領家族和族人逃往 gong Lelukux 方向，Yumin Layan、Takun Lopaw、Temu Suyan、Pupuy Pawan 等人一起逃往小劍山一帶。

在逃亡的人潮中，火氣暴躁的 Takun Lopaw 一面爬一面咆哮：「差一點就要砍下糞便 Mona 的頭顱，你們為什麼要退、要逃啊？」即使已逃到半山腰了，他還在咆哮生氣；而緊追上來的蕃人奇襲隊循著咆哮聲，一下子就追上，砰砰砰的槍聲不斷在樹葉上打，見到逃亡人影就開槍。逃到後來 Takun Lopaw 不跑也不逃，索性閃身躲入爛巨木旁，用力折斷爛櫸木粗根，低著頭等候。當奇襲隊員追到爛巨木時，Takun Lopaw 突然泰山壓頂跳出，「niqaw sim ha!（吃了你們！）」見人就捶就打，力氣之大，動作之快，把前面的奇襲隊打得腦漿四溢、斷手斷臂的，後面追上的隊員一看前方族人死狀慘烈，又見到 Takun Lopaw 銅鈴般瞪大的眼珠、鼻孔噴氣的模樣，魂都嚇飛了，也顧不得開槍而趕快往後逃跑。Takun Lopaw 還在爛巨木旁咆哮，他可真的是一夫當關，萬夫莫敵啊！Yabu Lopaw、Tanah Sulu、Basaw 等人見狀，又衝下來攻擊追上來的敵人，一邊連哄帶騙地把 Takun Lopaw 帶回山上。

Maray Suyan 一行人逃往 gong Lelukux 深處，一路上老少婦孺走得慢，小孩嚷嚷哭哭的，丈夫戰死的婦女一路上哭哭啼啼，被其他婦女拖著逃亡。逃亡潮越過一線天峽谷，大家彎到險峻瘦稜時，腳程快速的奇襲隊已追趕而至，那些奇襲隊員簡直像餓慌的野狗，水垂涎的快追上來並大喊著：「逃不掉的啦！」正當這些年輕隊員相互對看且竊喜地說：「加油！馬上就有戰利品，有賞金了。」

冷不防一排弓箭咻！咻！咻！從上方疾射而下，一下子多人中箭，並直接往後翻滾落下，其他奇襲隊員還沒有回神，Piling Suyan、Tawli Suyan、Besu Suyan、Basaw 等人已從躲藏之處，像凶神惡煞的閃電跳出。殺！殺！砍！砍！本來想追殺人的反被屠殺，落荒而逃，拋下同伴抱頭鼠竄，頂上傳來 Maray Suyan 震耳欲聾的吼聲：「狗糞、狗奴才的，敢來追殺啊！」「呸！qoci wah!（狗糞便的，混蛋！）」Piling Suyan 繼續帶著幾個 slamaw 戰士追，一直追到 gong Lelukux 和 llyung Tmali 匯流口才罷手。

Yumin Layan 一群人逃到小劍山較安全地方後，便命令 Uking、Walang、Hobing、Tusang 快再去，找尋失散或被可能追殺的族人。此時，Pakaw 帶著家人逃亡時和族人們走散，自己身負重傷仍拚盡餘力背起小孩，拉著妻子和五歲的 Taya 逃亡。他哈嘶！哈嘶！喘著氣跑著，追兵已趕到兩、三百公尺後的樹林，Pakaw 使盡力氣把兩個小孩背往上面的山溝，放在大石頭後面藏著，又把受傷的妻子攙扶上去，一家人躲在上面禁聲、等候奇襲隊員經過。

這時聽有人說話：「咦？這裡有血，他們往上去了……」馬上大喊：「他們從這裡逃！快來！快來！」追襲者拿槍沿著一個個乾溝，左顧右看的爬著大小石頭上來。Pakaw 瞇著眼瞄準最前面的人，等著他愈來愈近時，砰！一聲，領頭的人往後一倒，後面的人拿起大刀，很快的衝上來，往前三公尺不到又砰一聲，Pakaw 轟爛了那傢伙的臉；只不過來不及裝填子彈，三個敵人已經殺到眼前，Pakaw 大喊：「Pisuy，帶著孩子逃啊……」他像顆炮彈般撲下去，把三人抱向山崖一跳。留下的 Pisuy 發抖地大喊：「孩子，快逃！」她拚命把石頭往下面拋……「嗚～救命啊！」「救命～」

當奇襲隊員追上，大刀正高舉準備砍向 Pisuy 時，篤！的一聲，一支利箭射入奇襲隊員的背，另外三支也極快速射來，篤！篤！篤！篤！支支射中奇襲隊員頭部、腰部、肩膀，就在隊員伸手撫傷之際，Uking、Walang、Hobing、Tusang 四人突然飛奔下來，憤怒地砍殺那些正扭著身體痛苦的敵人們，並一個一個砍下他們的頭顱。

「Pakaw 呢？」Pisuy 哭著指向山崖底，他們再衝下去看，只見在山崖底下的亂岩石上，Pakaw 戰刀穿進敵人腹中，旁邊還死了兩個被他抱下來的敵人，Pakaw 瞪著大大的眼睛，死不瞑目地直望著崖上的妻子兒女。Uking 把 Pakaw 雙眼闔上，命 Tusang 帶 Pisuy 與小孩們繼續往上逃，他們三人繼續去找失散的族人。

此時遠方傳來零零落落的槍聲，又聽到吆喝聲由遠而近，在三、四百公尺的右下方，正有一批奇襲隊員追逐逃亡的 slamaw，Uking、Walang、Hobing、Tusang 快步趕去。只見 Yuraw 一家正倉皇逃命，奇襲隊員追啊！追到還有兩百公尺、一百公尺，滿頭散髮的 Yuraw 在家人後面斷後，他揮舞戰刀拚命抵擋。

Uking 等四人互瞄眼色，「射！」四支箭矢齊發，咻！咻！咻！咻！追逐著 Yuraw 前面的四人中箭倒地，Uking 等人身影飛撲向前，霹靂刀光閃過 Yuraw 往後面的追兵砍殺。年輕的追兵突然被快箭擊中，又被大刀閃電攻擊，隊員嚇得顧不了受傷的夥伴，抱頭鼠竄逃命！「一人一個！」Walang 使個眼色似乎這麼說著；「好！」四人朝著倉皇逃跑的敵影，拉滿弓，拉滿……瞄準在兩百公尺之外快跑的敵人，「咻！咻！咻！咻！」箭矢好像長了眼睛隨著崎嶇山路追尋……篤篤篤！射中了，敵人還在跑，跑到三百公尺之後紛紛倒地，其他隊員更拚命連滾帶滑地逃，深恐箭矢又從背後射來。

另外一家兄弟 Payas 和 Yukan，一看族人潰逃，在想逃時已經來不及了，被七、八個奇襲隊員團團圍住，兄弟背對背的勇敢戰鬥打退一波敵人，馬上又有另一波刀光殺過來，兩人身上處處都是傷口。Payas 大吼：「呸！你們若是男子漢，就一對一來決鬥。」敵營中有人：「其他人走開！我來！」走出一位橫眉豎目魁武高大的隊員，拎著大刀排開眾人，叫大家不要插手，想要親自砍這個 Tayal 的頭去領賞金。他走到 Payas 前大吼：「knhakun，來！受死吧！」

Payas 不斷哈嘶！哈嘶！喘息著，負傷的左手已漸漸垂下，當高大身影殺過來時，Payas 像等死一般候著，等待敵人刀影砍下瞬間，「殺！」Payas 疾速衝入對方懷中，拚出最後一口氣，將大刀刺進敵人肚腹內，高喊：「Yukan！飛向懸崖。」Payas 用盡全力推著大刀，把比自己高大的敵人推往斷崖，大喊著「WOW～」兩人飛向懸崖。

在 bzinuk 平臺上，paran 總頭目 Walis Puni、mhebo 頭目 Mona Rudaw、hogo 頭

目 Tataw Nokan、lodohu（羅多夫社）頭目 Bagah Puhuk、suku（蘇庫社）頭目 Piho Mona、bugasan（普卡傘社）頭目 Tanah Rabai 等，坐在石頭或橫木上望著還在冒煙焚毀的部落，等候那些追殺上去的子弟兵回來。

等了又等，終於看到有些人出現，其中幾個隊員拎著人頭回來了，但是有些人空著雙手，更多人是搖搖晃晃、傷痕累累的歸隊，甚至還有身上中了箭，看起來好淒慘啊！「knhakun 的頭呢？」「怎麼啦？」「其他人呢？」「發生什麼事了？」大家七嘴八舌急促問著，當 Seediq 的頭目們聽到「都死了！都被 knhakun 殺死」時，大家簡直不敢接受事實，不敢相信年輕的精英戰士們會死，怎麼可能？平臺上的隊員悲傷大哭、大吼，頭目們更是憤怒，猛望平臺後面黑黝黝的森林，扼腕憤怒的想立刻殺人，Walis Puni 含怒悲愴吼著：「kn……ha……kun……（納……命……來……），我一定把你們的頭顱給通通砍下來……」

這次日本派大規模蕃人奇襲隊攻打 slamaw，雙方在 kiyai 和 bzinuk 進行慘烈戰鬥，蕃人奇襲隊砍了很多 slamaw 的頭顱，但是隊員死在戰場上的也多，沒人敢說誰勝誰輸。因此，當日本人宣布收隊下山時，奇襲隊雖拎著很多頭顱，頭目們卻滿懷感慨帶領隊員下山，因為許多隊員不見了。

霧社支廳日本警察得知奇襲隊凱旋歸來的消息，日本警察就在霧社理蕃中心設宴款待慶祝，論功行賞，發放獎金。在論功行賞的凱旋會上，真的是幾家歡樂幾家愁啊！帶著頭顱歸來的頭目、隊員在那裡接受英雄式的表揚與讚美，可是那些喪命在 slamaw 高山的隊員，他們的父母、妻子、子女、家屬都躲在陰暗角落哀嚎哭泣，內心呼喚著：「Walis……為什麼你沒有回來？為什麼？」「Pihu……可憐的孩子啊……」「Watan……噢嗚……你在那裡？」

家屬在家裡偷偷悲傷哭泣、呼喚親人，而那些在 slamaw 高山上戰死的隊員成了幽靈，流浪在 slamaw 的獵場上，找不到回家的路。他們被 slamaw 的 Ikotas 當成 qanux、bzyok、mit 來追捕獵殺，這些亡靈有家歸不得啊，永遠會在高山流浪，再也回不來。

蕃人奇襲隊又聚集來襲囉！

日本官方本來以為派了蕃人奇襲隊，slamaw 會乖乖就範，下山請求歸順投降，哪曉得這些高山民族愈挫愈勇，更加跋扈凶狠，slamaw 行蹤飄忽不定，根本不怕日本人，也不怕蕃人奇襲隊。臺灣總督府高官在發飆大罵南投廳廳長：「你在幹什麼？怎麼還沒有殺光？」廳長被罵得臉都綠了，於是橫了心更再威嚇逼迫廳內所有歸順著，命令整個部落組隊、傾巢而出，大規模上山攻打，務必在官方期限之內剿滅 slamaw。奇襲隊各隊長、帶隊的頭目們也被逼得紅了眼，決心要剿滅 slamaw 來達成任務。

不久，將近有一千個蕃人奇襲隊出沒在 Ilyung Tmali 上游的沿岸、溪谷，不同團隊不同梯次不同民族的奇襲隊，四面八方湧上來，只要見到 slamaw，不論老少婦孺通通都殺，蕃人奇襲隊已被日本逼得放棄了傳統的 gaga。

與此同時，逃竄到深山避居地的 slamaw 也輪流派人下山窺視敵情，以便隨時應變作戰。這一天，Uking、Walang、Yabu、Tawli、Besu 等人在大平臺部落後方的密林窺視。大約上午十時，在五百公尺處的溪對岸出現了密密麻麻的奇襲隊，由幾位日本警察在前頭帶領，當奇襲隊一個個通過鐵線橋時，大家驚呼：「哇！怎麼一下子，來了那麼多？」「咦？！怎麼他們所穿的衣服種類那麼多種，不一樣呢！有 Seediq 族服、Bunun 族服。」「蛤！也有我們 Tayal，不知是哪個部落的？」

Uking 一夥人驚呼連連。看到奇襲隊員一個個通過了鐵線橋，散立在第二平臺，就是上次大戰時被奇襲隊燒毀的斷垣殘壁 bzinuk，到處觀望巡視。Uking 等人躲在暗處遠遠地指著，有大家都認得坐在大石上的中等身材，但相當魁梧莊嚴的人，那是 paran 頭目 Walis Puni，上回和 Yumin Masing 打得不分軒輊。右方，正有兩位高大壯碩的人在交頭接耳，其中一位虎背熊腰的人是 hogo 頭目 Tataw Nokan，另外一位虎背雄腰巍峨壯漢，正是 mhebo 頭目 Mona Rudaw，上次對戰時曾被 slamaw 第一猛將 Piling Suyan 纏得無法分身救人。

另外一邊，boalun（波阿崙社）頭目 Wadesu Pelekku 和 lodohu 頭目 Bagah Puhuk 和副頭目 Awi Syat 雙手抱胸正看往 Uking 一夥人躲藏之處。看來 Paran 的頭目都來了。此外，遠處坐在巨木上的一群人，Uking 也認得，他們是 tuda 總頭目 Temu Walis 和 talowan 頭目 Bsaw Porang，還有 mstobown 頭目 Temu Arai、malepa 頭目 Twreh Yayut。大家驚呼：「哇嗚～ Seediq 全出動了。」「北港溪的 Tayal 大頭目也都來了！」「我們快上山報告。」

奇襲隊頭目群正在傷腦筋，日本逼他們務必在這幾天將 slamaw 趕盡殺絕。他們在平臺上抬頭仰望黑黝黝的黑色山脈，一重又一重的，心想：「怎麼找？怎麼打呀！」前面幾次的戰鬥，隊員已折損不少，很多子弟兵戰死在高山上，頭目們憤恨不平、咬牙切齒地大罵：「要到哪裡找這些 knhakun？」「是男子漢就下來，不要躲來躲去的。」「一定得想個辦法把他們挖出來不可……」臭罵聲連連不斷。

夜裡，奇襲隊的營火升得大大的，頭目群在開會，討論結果是：由 Temu Walis 率領 tuda、turuku 的隊員們繼續追殺逃往 gong Lelukux 和 rgyax tuxan 的 kiyai；Mona Rudaw 率領 mhebo、suku、hogo、bowalun、rodox（洛羅富）五社共一百五十名隊員往 gong Lelukux 更南一帶去找；Walis Puni 率領 paran、bukasan （布卡散）、shipau（西寶） takanan （塔卡南） tongan（東岸）、kattsuku （卡作克）六社的 Seediq，此外 Tayal、Bunun 的奇襲隊也由 Walis Puni 統領，這一組奇襲隊陣容非常龐大，人數最多，就以大平臺為總部，分散出去找，不論晴天雨天，務必要找到 slamaw，找到之後將這群 Tayal 一網打盡，達成日本交付的命令。

高山上箭靶場

日本派往高山的奇襲隊人數愈來愈多，他們以分組或分隊不斷上山尋找攻打slamaw，加總已近千人。slamaw 並不含糊也不怯戰，在經過日本軍隊上山屠社，又經過日本軍警火燒他們和 kbabaw，這回又遭受蕃人奇襲隊突擊來襲，slamaw 死了很多人，戰力不斷失血下降，slamaw 的 ngarux tayal 由最顛峰的五百名到目前只剩一百多名了，而且分散到不同地方逃亡，現在日本派來的千人奇襲隊如滔天大浪覆蓋整個slamaw 地區。

slamaw 目前處境艱困，他們處在沒有任何奧援，兵員物質又極度缺乏的窘境，只能任由敵人攻打剿滅。但是，他們仍然不畏懼萬惡的日本人，也不怕千人奇襲隊來襲，大家咬牙切齒說：「來啊！誰怕誰呀？來了就通通把你們吃了、啃光光，呸！呸！呸！」戰鬥意志仍然旺盛。slamaw 戰鬥團逃到 gong Lelukux 中上游 snkumi、Ixyux 避居地的有 slaq，逃亡在 gong Pyasan 下游的有 ulay-rima，逃到 gong Pyasan 上游左上更高深山的尚有 bebluki，此外，還有逃到佳陽山後面 tapaq tunux 的 kiyai。

在這些逃往避居地的領導者，slaq 領導人是 Maray Suyan，bebluki 領導人是 Yumin

Layan 和副頭目 Takun Lopaw，tapaq tunux 的領導人已由重傷的 Yumin Masing 移轉給年輕的 Tahus Pihik，每個領導人特別叮嚀交代，在狙殺敵人或遭遇戰中，儘量先用弓箭，因為箭矢射出去敵人察覺不到，也不知道從何處發射，又可以連續發射，非不得已才用槍。在高山 bebluki 的空曠處，族人們特別做了一個箭靶場，專門訓練射箭。

箭靶由五十公尺、八十公尺、一百公尺、一百五十公尺，甚至於兩百至三百公尺之處放置幾個靶位。一百公尺的靶位是最基本的訓練，除了可以練習精準射擊之外，也讓戰士們練習如何快射，就是訓練大家必須在五秒之內連射十支箭以上，而且支支都要命中靶心才算合格。bebluki 的戰士，在一百公尺的距離幾乎百分之百都能射中，並滿靶；而在兩、三百公尺遠的距離，箭靶上照樣可以看到多處箭孔，直接命中靶心，而且強勁的箭矢穿透靶心之後，又硬生生擊中靶心後面十幾公尺之外的樹幹上，這種強勁的臂力和精準的功力，簡直無可比擬！

slamaw 可以一箭命中兩百公尺之外靶心的戰將不少，至少有二十位，例如受傷前的 Yumin Masing，Suyan 家族的四兄弟（Maray、Piling、Tawli、Besu）、Lopaw 家族的兩兄弟（Takun、Yabu）、Layan 家族戰將 Yumin、Uking、Walang、Hobing、Tusang，以及 kiyai 的 Walis 家族三兄弟（Mbing、Yukan、Yumin）、Wilang Nabu、Watan

Lituk、Temu Rukun、Tahus Pihik等等，只見「咻！」一聲，就看不到箭了，再聽到「戮！」的聲音，知道箭已經命中好遠小影子的箭靶了。嘖！嘖！嘖！蕃人奇襲隊若碰上這些神箭手，大概只有乖乖獻上生命做靶心的份。

slamaw前輩規定，要在百步之內取走敵人生命，沒有第二次機會，像這群常在高山峻嶺笑傲的戰士，他們怎麼可能會屈服日本人，又怎麼可能一聽到日本人派了千人的走狗上來，就雙腿發軟顫抖呢，也許有人會遲疑slamaw的箭有可能射那麼遠、那麼強勁有力嗎？自己用過slamaw的弓箭，也親眼看他們如何製作，男人從山下帶著請託漢人打鐵工匠製作的鐵片，尺寸有四十公分上下不等，厚薄也不一，要看使用者的臂力。他們取兩個qanux的暗棕色堅硬大鹿角做左右的弓，選一個修整光滑、彈力強勁的鐵片，串連在兩個大鹿角裡，左右鹿角幾乎把整個鐵片都含住了，活像個真正的大牛角，在交接之處再用鋼絲慢慢用力緊，再緊，直到弓箭一體成形，弓箭的弦是用粗細適中的鋼絲，上下弓角把弦拉得繃繃的，噹～一聲，倘若沒有強勁臂力的人根本拉不動。

看到slamaw製作弓箭，又看著他們射箭，尤其是他們的快射比賽，真的精彩與恐怖，他們把箭一支支插在地上，三十支，目標一百碼，裁判一喊「開始射擊！」射、抓、瞄、射，再重覆射、抓、瞄、射……看得人眼花撩亂、張口結舌。「停～」還沒有十秒呢，地上的箭都射光了，每個人箭靶上堆積滿滿的，簡直是一群可怕的神鬼戰士啊。

slamaw 戰士除了具有百步穿楊的神技之外，在經歷多次的戰鬥之後，從敵人手中取得火力強大的槍枝和子彈，更是如虎添翼。高山戰士們仍然覺得弓箭有它的優勢、可怕的殺傷力與嚇阻作用，因為族人可以躲在暗處射箭，無聲無息地將一百公尺之外的敵人取去生命，然後不留聲響（痕跡）逃逸無蹤。可是用槍，「砰！」的一聲，馬上會暴露你的方位，立刻會引來一波又一波聞槍聲而來的奇襲隊追剿攻擊。

Mona Rudaw 偵查隊

南投來的蕃人奇襲隊出現了！

這一隊以 Mona Rudaw 為首的奇襲隊，至少有一百五十位，奇襲隊在高山深谷迷路三天三夜，原本打算奇襲高山上的 slaq 或者 bebluki，結果迷路了，在暴風雨侵襲之下走錯方向，奇襲隊在窮山惡水裡轉來轉去，走不出去，最後再下到 Ilyung Tmali 谷繼續尋找 slamaw 的根據地。奇襲隊的大隊人馬在峽谷裡艱困難行，幾天來的豪大雨，隊員只能弓著身軀抖縮在背後一張 hnkuy（獸皮）之下躲避風雨，每個人飢寒交迫，狼狽不堪，幸好有人回報找到岩窟，可以讓隊員落腳躲避風雨和住宿。

奇襲隊到了岩窟，大家發抖個不停的，頭髮、衣服溼答答的，在一千七百公尺海拔的大峽谷底下，冷哦！冷到牙齒發抖直打顫。他們找到了幾處岩窟，分別可容納一百五十名奇襲隊，窟內乾燥寬敞，可以生火煮飯休息，Mona Rudaw 命大家緊急紮營、升大火，準備晚餐。洞窟外依然傾盆大雨，風雨交加，但至少隊員有地方可以躲風雨落腳。

這幾天，Mona Rudaw 曾派四組偵查隊到高山縱谷尋找 slamaw 的避居地，只是派去的人都空手回來。今天，又加派一批人到更高更深的地方搜尋，已接近天黑了，都還沒有任何一隊回來，Mona Rudaw 開始焦急不安，心中暗道：「為什麼還不快點回來？我不是命令他們天黑之前一定要趕回來的嗎？」「難道……他們出事了？……不可能。」Mona Rudaw 很篤定地告訴自己，絕對不會出事的，因為派出去的都是他和頭目群精挑細選的精英，每一位都能獨立戰鬥，也都可以應付任何的突發狀況。

Mona Rudaw 在火堆邊低頭蹲坐著，心思重重，他那雙老鷹般冷峻的眼神，正目不轉睛看著火溝上燃燒的火焰，苦思纏繞在內心深處的問題，「我到底是在做什麼？為什麼一定要聽從這些可惡的日本人攻打 knhakun 呢？我們無冤無仇啊，而且我們不也是準備起義，殺光這群可惡的日本人嗎？唉……真是糊塗啊！」前面兩天派去搜尋的人接二連三空手回來，連 knhakun 的影子都沒見到，而此刻，天已暗黑，派去的人怎麼一個都還沒有回來呢？Mona Rudaw 內心肯定地想：「偵搜隊員都是精英，不可能遭遇不測，不會的……」

可是偏偏偵搜隊一直又沒有出現，Mona Rudaw 愈想愈焦急。外面的天色已經是烏漆墨黑，在迷濛的火光中，遠處好像傳來虛弱微小的求救呻吟聲，隊員們都聽到了，大家全面靜聽並持槍戒備，Mona Rudaw 向大兒子 Tataw Mona 使了眼色後，只見 Tataw 帶幾個兄弟一溜煙躡蹤過去，不久傳來：「怎麼是 Takis！」第一組偵查隊隊長 Takis 滿身是傷，背後還插了一支箭，奄奄一息地勉強爬回來向 Mona Rudaw 報告。

事情的經過是這樣的。

大白天時，Takis 帶著兩位夥伴往 Ilyung Tmali 下行，走了五至六公里之後，往右方的 gong Lelukux 方向溯溪而上，三人在布滿青苔溼滑的怪石嶙峋上艱苦爬行，到了一線天大峽谷時，發覺兩旁幾乎是筆直尖銳又堅硬的峭壁，峽谷中間是湍急又混濁的急流，三人避開湍流和深潭，攀著邊緣的峭壁，艱辛萬苦設法攀爬過去。約莫過了一個時辰，他們看到在前面堅硬峭壁後的一百公尺有個小平臺，可以讓他們爬上去就等同於上岸了，於是三人互相打氣，努力朝小平臺前進。

當 Takis 帶領的偵查隊在一線天橫過來攀爬時，在一線天高處上也有另外一組人正在窺視他們，三人一組的偵查隊，一舉一動都在 slamaw 巡邏隊監視裡。slag 頭目 Maray Suyan 立刻派 Piling 和 Besu，率領數名戰士前去埋伏，當看到奇襲隊在怪石嶙峋艱苦爬行時，Piling 下達指令：「先讓他們過來，到了小平臺，我們再突擊。」

Takis 三人終於爬到小平臺上，由於峽谷溪水冰寒，他們全身早已溼透，個個冷得直發抖，一踏上小平臺就馬上卸下武器，趕快脫衣擰乾，因為實在太冷，大家快凍死了。就在 Takis 一行人光溜溜的時候，神不知鬼不覺的強勁箭矢已經破風快速疾射，「篤！篤！篤！」三個人幾乎瞬間同時發出尖銳的哎叫聲，支支箭鏃深深射入 Takis 三人體內，有些還穿出身體來，負傷的三人下意識拔起大刀準備應戰，但是來不及了，Takis 三人慢了零點幾秒，slamaw 戰士閃電般的刀光和長矛已從四面八方砍劈過來，硬生生地刺進 Takis 三人光溜溜的身體。

遭到突如其來的襲擊，Takis 大喊：「逃！快逃！」

但怎麼逃？每個人都被數支利箭射中，又被 slamaw 閃電襲擊，Takis 一看隊員哀嚎倒地，頭顱一下子被憤怒的 slamaw 大刀給砍下，自己的頭顱也快不保了，突然 Takis 咬緊牙根往後縱身一跳，躍入湍急的溪流裡，洶湧混濁的溪水瞬間淹沒了 Takis 的身影，他拚出一口氣潛入急流裡的石縫，緊緊抱住水裡的大石頭。slamaw 戰士立刻縱身跳到水面上的怪石嶙峋，快速尋找尚未被馘首的 Takis，水裡的 Takis 聽到水面上吆喝：「還有一位啊！怎麼一下子不見……找！大家找！一定要找到。」「可能被水流沖走了。」「往下游找，繼續找……」Takis 憋著氣，憋啊！忍啊！大約半個時辰，那些 slamaw 戰士又折返回來，沿著湍急的溪水溯溪而上，仔細檢查一個個溪裡的岩石，看看 Takis 是否卡在石縫裡。Takis 忍著閉氣，並在內心吶喊「我一定要活著回去。」

Takis 真命大，slamaw 戰士越過去沒有發現他，腳步聲愈來愈微弱，之後漸漸消失。Takis 知道 slamaw 戰士們遠離了，才一個長聲「唔～」嘴巴終於探出水面，發出好深好大的呼吸聲，頭部缺氧到臉都呈現灰綠色，他觀察一陣子，覺得安全了，身體才慢慢伸出水面，並奮力從湍流的溪水爬上岸，箭還在背後插著，左肩膀上的肉也被削去了一大片，腰部的刀傷還深入內臟，僥倖的是他的雙腳完好未傷，才能即時跳入滾動的濁水，藏入水底石縫，躲開 slamaw 的馘首。

Takis憑著「我要生存」的超強意志，又沿著極難攀爬的一線天折返回來，當他終於走出gong Lelukux和Ilyung Tmali的交匯口，回頭望著一線天時，他哭了！低頭用雙手蒙著眼哭泣、抽搐，「兄弟們！事情怎麼會是這個樣呢？」他哽咽到跪了下來，「我們怎麼會到這個高山深谷送死？為什麼？」「你們死狀好慘啊！唔……」捨不得兩位同伴的Takis蒙著眼繼續在那裡哭泣抽搐，腦海中浮現同伴被slamaw圍剿馘首，Takis全身抖動得無法抑制，口中嗚咽：「回去怎麼向你們父母、親人交代？嗚……」

Takis抬頭望著一線天，雙腳跪著叩首拜別，再回頭遙望尋找方位，拚出最後一點力氣繼續往前，涉水到對岸，跪著爬著尋找蕃人奇襲隊的營地。終於……Takis看到遠處出現一點點的火光，他步履蹣跚、搖搖晃晃的拖著步伐，用盡最後餘力在要暈倒之際，Takis終於倒在急奔而來的Tataw Mona臂彎之中。

Takis回來了，但是帶來的卻是令大家悲哀的消息，他的兩位夥伴全死了，奇襲隊個個陷入極度的哀傷，奇襲隊員心想：「怎麼會如此？怎麼會被殺死呢？」大家靜默不語。

Mona Rudaw一共派出四個偵查隊，還有三隊音訊全無，此刻的他，眼神更加深邃可怕，他勸隊員們先睡，自己繼續等待。在熊熊火光映照之下，Mona Rudaw布滿火灰的臉龐更加滄桑陰暗，凜冽的眼神幾乎瞇成一條縫隙，他心中默念著：「Pihu、Tataw、Ukan 啊，你們怎麼還不回來？」

Mona Rudaw 想著白天，當奇襲隊沿著溪谷下來時，耳中曾經聽到遙遠的山谷傳來微小的轟隆！轟隆！的山崩之聲，轟隆之聲裡似乎還伴隨著令人心碎的哀鳴，奇襲隊員也許只當它是一件偶發山崩，但 Mona Rudaw 的內心深處像被針刺了一下，內心接收到來自高山的心電感應，那是人在將面臨死亡之時所發出來的恐懼之聲。

暗夜來臨，夜深了，Pihu 還沒有出現，Mona Rudaw 好想念這位年輕人……。Pihu 這個年輕人從小和自己的兩個兒子一起長大，身手矯健又絕頂聰明，叢林戰鬥經驗相當豐富，Mona Rudaw 對他疼愛有加，當奇襲隊在推薦偵查隊員人選，出去尋找 slamaw 避居地時，Pihu 自告奮勇自組一隊，Mona Rudaw 與頭目們都額手贊同，因為 Pihu 這個年輕人穩健又機伶，絕對是最佳的人選。本來 Tataw Mona 和 Basaw Mona 也想組一隊前往，卻被大家留下來鎮守。

夜更深了，Pihu 還是沒有出現。白天時，Pihu 一行三人，靈活如獼猴在叢林間穿梭，他們從溪谷輕鬆的由峭壁縱跳、攀爬了將近一公里的嶙峋稜脊，彎彎曲曲的，爬上更高的山嶺之後，在他們左前方三百公尺之處出現了黑黝黝濃密的原始森林，大家在稜脊上稍做休息，慢慢平息起伏不停的喘息。「咦？好像聽到叫聲呢？是不是slamaw的人？快！躲起來……」

不久遠遠的，大家看到兩個、三個、四個……大小不一的影子跳躍閃入密林。Pihu叫大家壓低身子，以免形跡敗露被發現。約莫十幾分鐘，確定不是人，三人才敢露出頭臉，繼續往密林偵搜。進入密林之後，發覺他們三人正行走在神木群的中心地帶。Pihu突然感覺周圍有一股看不見、陰森森的危險氣流，正一波波湧來，Pihu用眼神叫大家注意，暗示這裡有危險！

寂靜中，三人耳邊聽到有動物在濃密樹木枝椏間輕盈跳躍、穿梭，當大家抬頭一看，不瞧還好，一瞧上去大家身子僵住了，樹上有好多隻可怕的動物在枝椏上張牙舞爪吼叫著，體型比tkais還大，身長又凶狠，正當大家還在猜疑那是什麼的時候，牠們突然發出毛骨悚然的「吼噢～」叫聲，聲響猶在耳邊，牠們已經霹靂撲擊下來，一聲尖叫來自Pihu，他的脖子被極鋒利的鉤爪劃上，噴出了鮮紅的血，Pihu被怪物攻擊了，兩位同伴也在剎那間遭受攻擊。三隻巨大pklit盤坐在他們頭上，猛啃、猛咬，pklit的尖齒利爪深深嵌入Pihu三人的頭部臉面，他們根本無法還擊，被咬的「哇噢～哇噢～」滾倒在地，哀嚎狂吼，此時Pihu倏地站起，雙手往上猛抓踩在自己頭上的pklit雙腳，帶著 pklit 奮力衝向前方，以百米速度往前方大樹幹蹬著、飛撞過去，「WOW～」巨豹的頭被大樹幹撞得稀巴爛，終於從 Pihu 的頭上鬆脫下來，可是 Pihu 頭部、臉上都被咬得血肉模糊，眼睛被濃血掩蓋住讓他看不見四周也看不到同伴。

就在 Pihu 甩著亂髮，用衣袖擦拭眼簾之際，他突然聽到同伴「哎呦～」「唔！」「唔！」的痛苦聲，原來他們又被強勁的弓箭擊中，一群帶著盛怒的 slamaw 戰士，彎弓搭箭，咻～咻～咻～不停的朝三人身上疾射，Pihu 和同伴一下子又身中了好幾支，Pihu 胸膛、腹部、背部都中箭，三人跪在地上痛苦哀嚎，他內心叫苦：「完了！敵人來襲……」在來不及反應時又聽見「殺～殺～」咆哮殺聲爆傳而來，戰刀、長矛四面八方砍劈、猛刺著，三位偵查隊還未看到敵人面孔，就已被亂刀長矛猛烈砍刺。

Pihu 倒地斷氣之前，聽到有人大罵：「哼！糞便的 Seediq，敢來殺我們？這是我們的地盤呢！豈容得下你們來撒野！」原來是滿臉黑鬍鬚的 Walang Yuraw 在大罵，Hobing 和其他戰士正高舉戰刀閃電的刷刷刷砍下 Pihu 三人的頭顱。Walang 他們從這些無頭屍體上拔出自己的箭鏃，並往屍體衣服上擦拭箭鏃所沾的血跡後，將箭收回箭袋內。

其實 Pihu 三人的一舉一動都在 Walang、Hobing 巡守隊等人的眼中，Pihu 三人一路遭到跟蹤，Walang、Hobing 故意把他們引到 pklit 的窩巢中，再予以圍剿，巡守隊把三人頭顱砍下後，又消失在密林中，繼續巡守家園。

Mona Rudaw 還是無法闔眼，仍然雙手抱膝蹲坐在營火旁，眼睛瞇得半睡半醒的，他的心還在懸在那些未回來的孩子們，喃喃自語的：「怎麼？你們怎麼還是沒有回來、沒有任何的消息呢？」想到這裡，Mona Rudaw 心臟緊縮絞痛著。

第一組 Takis 隊長回來了，第二組隊長 Pihu 沒有消息。第三組的隊長是 Tataw，他與 Mona Rudaw 的長子同名也同年齡，兩個孩子從小一起長大玩耍、上山狩獵，感情非常要好。Mona Rudaw 也一直將 Tataw 視如己出，疼愛有加。

白天，Tataw 帶領第三組偵查隊上山，搜尋那些神出鬼沒的 slamaw 這一天，Tataw 一行人腳程之快，還未到中午就已經翻越了好幾座小山，他們由 gong Pyasan 底貼著峭壁攀岩到二、三公里的高山上了。此時三人正沿著乾溝往上爬，在整片都是黝黑茂密的原始森林中，他們抬頭望見頭頂上三百公尺，隱隱約約看到透亮的一片天，Tataw 三人心想，在那一片天之後可能有一個另外的部落或避居地！

於是 Tataw 三人繼續沿著乾溝向上爬行，乾溝兩側起先是緩緩的峭壁，愈往上就愈陡峻，他們小心翼翼爬著，繼續往上爬人心裡想：「在上面透亮之處可能真的是一處柳暗花明的嶄新地帶吧！」的確沒有錯，那上面正是 slamaw 最大的根據地 bebluki，住著三十幾戶人家，地面坡度緩緩又平坦的，面積大概有一百公頃，好寬敞的。那裡房屋一排排羅列著，幾個住家屋頂上正有幾縷炊煙裊裊而上，大人小孩在屋外來來往往活動，這是 slamaw 戰鬥團最大的根據地；日本派出將近千人奇襲隊，就是要尋找並消滅 bebluki，日本誓言要將這群抗日的老窩找到剿滅。

Tataw 一行三人繼續往上爬行，原本的乾溝逐漸窄化成又窄又陡峻的山壁，愈往上爬陡峭更加險峻，陡勢幾乎在七十度以上，人也已無法後退，只能設法慢慢往上爬。眼看那一片天就剩下不到二十公尺，Tataw 抬頭仰望時，發現頂上橫躺著巨松，一半樹身在林木裡，一半樹身橫出來在山壁上空。此時乾溝陡峭的更顯險惡，只要稍一失神就會墜落，一命嗚呼的。大家互相打氣：「加油！努力呀！爬到那棵橫木上，一切就沒事了。」橫木愈來愈近，只差個十來公尺了，三位隊員眼看就要爬到橫木上，心情愈來愈興奮。

Tataw 三人還在山谷底下乾溝出現的時候，slamaw 的巡邏隊就已經發現，而巡邏隊不離不棄地反跟蹤過去，Tataw 三人還以為自己的行蹤是神不知鬼不覺的。三人很努力苦難的爬到距離橫木只有三公尺那麼近，頭頂馬上就可以觸到巨木，只要翻身跳到樹身，再縱跳即可躍入林木之內。爬在最前面的 Tataw 抬頭一望，一看，天哪！他的臉部表情突然驚恐害怕，眼神閃出前所未有的死亡恐怖，原來橫木上方有一根粗藤綑綁著，把巨木撐著往上吊，粗藤能負荷的重量剛好拉住巨木，使它不再下墜。

Tataw 發現巨木上的藤索又看到橫木旁出現一位滿臉黑鬍鬚的可怕男人和 slamaw 戰士，馬上知道他們將要做什麼了，Tataw 在心中吶喊：「慘了！完了。」滿臉鬍鬚的 Uking 慢慢取出弓箭，拈弓搭箭的瞄準橫木上的藤索，Tataw 尖叫：「兄弟們！我們要完了，要死了！」耳中傳來「咻～」一聲，Uking 的箭不偏不倚射穿藤索，鋒利的箭鏃穿越藤索的中線，Tataw 大喊：「大家跳……逃命啊……」

可是要往哪裡逃？兩側都是將近陡直的峭壁，怎麼逃？上面的藤索開始嘎嘎作響，巨木上下搖晃。而一片天上面，slamaw 戰士可怕的箭矢已從上方近距離疾射而下，篤！篤！篤！完全命中 Tataw 他們，三人嚇得魂飛魄散，Tataw 強忍中箭的痛苦，看著隊員中箭哀鳴求救，內心焦急「怎麼辦？怎麼辦？」上面可怕的 Uking，一手摸著黑鬍子向下怒視 Tataw 等人，另一隻手直指巨木上的藤索，引導 Tataw 的視線，嘎！嘎！嘎！左半邊的藤索斷了，右半邊藤索繼續發出巨響，終於也斷了，巨木開始傾斜，往下傾倒，巨木壓到 Tataw 三人的頭頂，「轟隆」一聲巨響，瞬間萬鈞之力的巨木往他們三人頭頂傾瀉沖刷，巨木連滾帶人轟隆！轟隆！疾速沖刷墜落，連帶的將兩側大小石塊拉著沖刷下去，伴隨著 Tataw 三人的「救命啊～」淒厲慘叫聲，轉眼之間，轟隆！轟隆！巨木帶來的大坍方，全部崩落到底下的乾溝。

轟隆之聲在山谷間連續迴響，回音直達雲霄……那就是大白天裡 Mona Rudaw 等蕃人奇襲隊在大峽谷溯溪時聽到的聲音，轟隆之聲由山谷直達雲霄，埋葬了三個蕃人奇襲隊的年輕生命。

另外一組偵查隊，由穩健成熟的 Ukan 率領，也是一行三人，他們一路上張大耳朵、小心謹慎，眼觀八方，四處張望搜尋。這一組人避開光亮的峭壁和稜線低矮明顯的草原，選擇背光陰暗面處上山，他們手抓著藤蔓、攬著葛藤慢慢向上爬升，中午來臨之前，他們已平安爬到兩千五百公尺海拔高峰的稜脊上，並坐在大木頭上休息。

Ukan 發現在四、五公里遠的盆地，在一片蓊鬱林木之上有一縷縷輕煙時斷時續的升騰、飄散，Ukan 搖手示意請同伴注意，然後大家慢慢望著遠方的縷縷輕煙爬升、飛散在高空。Ukan 壓低聲音說：「那肯定是住家，才會有炊煙，有炊煙就證明有人，所以那裡肯定是 knhakun 的避居地。」

沒錯，那些炊煙的下方正是 gong Lelukux 裡的 slaq，這個部落占地約五十公頃，地方平坦，周遭動物、魚類非常豐富，這是 slamaw 另一個避居地，第二大的抗日根據地。部落四周都是高聳入雲、千年的肖楠巨木林，頂上的藍天，只有手掌大小，湛藍的天光一小片的從樹梢縫隙穿透下來。

slaq 的領導者是 Maray Suyan，帶著自己家族和幾個家族避居在此。幾年前，日本軍隊屠殺 slamaw 之後，Maray Suyan 就派人先到 slaq 地區勘查，順便開發幾塊地來種植 ngahi、sehuwi、tbuil，並播種 trakis，蕃人奇襲隊來襲時他就帶族人舉家逃到這個地方。

Ukan 一行人小心翼翼正朝著輕煙上升的地方，一步一步接近。逐漸的，他們可以聽到人們互相呼喊、打招呼的聲音，也看到有人在部落外圍工作。Ukan 他們謹慎的匿蹤接近，三人在遠處幽暗的樹後窺視著，看到有人在伐木，清除倒下樹木的枝幹，砍除亂草藤蔓，看樣子像是在開闢 ngaqaw。Ukan 三人興奮對望微笑：「找到了！終於找到 knhakun 的窩巢。」他們觀察一陣子，確定了這裡就是 slamaw 的避居地之後，互相用眼神示意撤退，不聲不響地準備下山。

當 Ukan 等人慢慢撤退的時候，發覺周遭氣氛不對！一股恐怖氣流正朝三人襲捲而來，像漩渦不住的旋轉，把三人拖往漩渦裡，但是 Ukan 等人就是找不到危險的氣息來自何方，因此他們只有趕快撤退離開。

突然，從巨木林的樹後，幾十支強勁的箭矢無聲無息射向三人，等到 Ukan 發覺全身爬滿疼痛的時候，三人腹部、腰部都中箭。Ukan 痛苦的癱軟倒下，但他仍手握戰刀勉強支撐，他看到兩位同伴和自己一樣，背後像刺蝟一般都是箭。三人拿著戰刀想再狠狠戰鬥，但喊叫的聲音已細如蚊蚋，手扶著插在地上的戰刀，痛苦跪著。

他們回頭看看到底是什麼樣的敵人，竟能讓他們毫無察覺中箭，在恍惚迷離的眼神中他們看見敵人出現，是 slamaw 巡邏隊，提著戰刀像凶神惡煞圍殺過來。一位走在最前面、個子高大的壯漢，憤怒瞪著如銅鈴的大眼睛。Ukan 認得他，在大平臺上兩方人馬戰鬥時曾經跟 Mona Rudaw 拚鬥決戰的人，此人正是 Piling Suyan，帶著 slamaw 戰士怒氣沖沖跑來，大吼：「huzil tanah tunux，kuci wah!（日本的走狗，混蛋！）」

巡邏隊高舉戰刀飛奔來砍 Ukan 三人的頭顱，Ukan 拚出最後一口氣大吼：「兄弟們！和他們同歸於盡。」他奮力高舉戰刀衝向 Piling 迎戰。不消片刻，受傷的 Ukan 等人被 slamaw 撕裂砍殺，Ukan 知道大勢已去，停下腳步大吼：「兄弟！走吧！飛向彩虹。」用盡餘力將大刀往脖子上一抹，「噗嘶！」鮮血從頸動脈噴灑開來，其他兩位奇襲隊員也咬緊牙根刎頸自盡。

Piling Suyan 大吼：「把頭顱砍下，刀、槍、子彈都帶走；屍體，兩個人一起，往懸崖下拋去，讓那些 tanah tunux 的走狗瞧瞧，還敢不敢再來！」

偵查隊找到 ulay-rima

午夜，岩窟內的奇襲隊，除了守夜隊員都累得進入夢鄉，有的呼呼大睡還在打鼾，在火堆旁蹲坐的 Mona Rudaw，眼皮也漸漸垂下闔眼，頭也時而低垂的，他也累了。在精神恍惚中，Mona Rudaw 看到 Pihu、Tataw、Ukan 回來了，只見他們衣衫襤褸、滿身是血，跟在後面的是他們的組員，也一起回來，Mona Rudaw 驚恐叫著：「你們終於回來了，我好擔心你們。」「可是，啊？你們的頭顱呢？身子怎麼飄來飄去……有的頭怎麼被擠壓得扁扁……。

Mona Rudaw 突然掩面，失聲哭嚎，驚醒了睡夢中的隊員，以為是敵人來夜襲了，Tataw 和 Basaw 兩兄弟趕緊去保護爸爸，Mona Rudaw 傷心抽搐指指外面，「都走了，他們都走了，都死了。」「嗚……剛才 Pihu、Tataw、Ukan 帶著隊員來道別，我的愛將啊！你們怎捨得離開我？」Mona Rudaw 傷心哭泣，隊員們也陪著低頭哭，「我的英雄，我的愛將，誰膽敢取你們的命，砍你們的頭顱呢？我 Mona Rudaw 一定將這些混蛋追殺到底，我要啃他們的心肝，knhakun，納命過來！嗚……」Mona Rudaw 等人在淒風苦雨的岩窟中傷心哭泣。

這已經是第四天的清晨，雨停了，天空慢慢放晴，隊員仰望峽谷的兩側，發現昨夜大隊紮營的岩窟，陡峭石壁直線上升著，幸好上面沒有落石，否則上面堆疊的石塊只要一崩落，百分之百筆直墜落在營隊門口。

蕃人奇襲隊經過一夜的休息，體力又恢復了，早餐用過之後，Mona Rudaw 和 suku、hogo、boalun 的頭目們商討，決定再派另一組搜查隊上山，繼續尋找敵人避居處，頭目群派 Mona Rudaw 的大兒子 Tataw Mona、hogo 的 Walis Cili 和 Awi Timi、boalun 的 Watan Lobai、talowan 的 Temu Mona 等五人，由 Tataw Mona 當隊長。

出發之前，頭目群祭告 utux，祈求 utux 保佑他們平安，順利找到 Tayal 藏在深山的窩巢。當奇襲隊隊員們望著 Tataw Mona 一行人離開的背影時，內心寄予無限厚望遙喊著：「一定要找到啊！」

Tataw Mona 五人順著岩窟前面湍急的溪水，費盡九牛二虎之力攀爬岩壁又橫越一座又一座山壁，才抵達平坦的下游，他們在一處寬廣河床的密林邊緣稍做休息，商討下一步。Tataw Mona 偵查隊記取先前四組偵查隊失敗的經驗，更加小心謹慎地從溪底慢慢爬升，經過大約四、五百公尺的峭壁才爬到稜線，大家再沿著稜脊繼續上坡。

當他們俯視底下黝黑的大峽谷時，才驚覺那正是他們奇襲隊昨夜紮營的深谷，營地的對面是蜿蜒曲折幽暗的溪谷，那就是 gong Lelukux，一線天的大峽谷就在昨日紮營的底下啊！哇嗚！大家驚呼著。

Tataw Mona 五人繼續沿著山嶺往上走啊爬的，當太陽高照上空，他們已汗流浹背坐在線上橫臥的巨木喘氣，並拿出午餐來吃。坐了十幾分鐘之後，年輕人不約而同往同一個方向望去，他們朝大小劍山一帶眺望，在直線五、六公里之外的高山，斷斷續續傳來汪！汪！的狗吠聲，大家異口同聲地說：「哇~有人正在追獵，是 knhakun 哪！」沒錯，Slamaw 獵團正在進行 qmalup。Tataw Mona 小聲說：「等著瞧！不會很久的，他們就會衝過來了，大家要趕快躲起來哦！」Walis Cili 也叮嚀：「小心！千萬不能被發現。」

遠山的狗吠聲由遠而近，果然，狗吠聲正朝他們這個方向而來，「趕快躲藏！快！他們來了！」不久，一大群驚慌失措的動物就在 Tataw Mona 一行人前方的一百公尺處飛躍而來，跑在最前頭的是大型的 qanux，qanux 在他們眼前騰雲駕霧地飛越奔跑，qanux 後緊跟著大大小小的 bzyok、mit rgyax、para 等等，就像土石流一般沖刷過來，嗚～嗚～，吼～吼～，幹～幹～，咩～咩～，動物嚎叫拚命逃亡，哇！動物群縱跳飛越，拚命逃亡，場面壯觀又恐怖！

緊跟在動物後面的出現了一大群齜牙咧嘴的 tkais，像人猿泰山的追獵者飛奔而來，與 tkais 爭先恐後拚命狂追，一面追一面大吼：「換我！交給我！讓我來殺、來刺。」追獵者如巨鷹飛躍又縱跳，他們就像是和獵物、tkais 競技，看是狗先咬到或人先殺到獵物。

「躲好！躲好！」Tataw Mona 小聲警告，偵查隊快速掩藏在亂草蔓藤裡，瞬間聽到：「WOW！WOW！」slamaw 的獵人，飛在空中的身子尚未落地，已搭箭拉滿弓，咻～咻～疾射而去，嘟！嘟！紮紮實實擊中狂奔中的動物身上，每個追過來的 slamaw 獵人都一樣，空中飛掠，彎弓搭箭，咻！戮！咻！戮！迅速擊中目標，看得 Tataw 等人瞪目，不敢相信。

奇襲隊的家鄉大都在一千二百公尺左右的中海拔山區，很少見識數量如此壯觀的 qanux、mit gyax、bzyok 等動物群被追殺逃命的畫面，他們也親眼目睹受傷公鹿一拐一拐稍微延遲的時候，咻~咻~，長矛已先飛拋而來，沒入牠的背、胸、腹內，qanux 步履踉蹌還未倒下去之時，霹靂刀光突降而砍，往下「刷~」一刀砍斷鹿頸。

五位偵查員目瞪口呆、傻住了，心中驚嘆「哇噻！太強了……」這種石破天驚、高超技藝的身手，對這群生長在中低海拔、在雜木林 qmalup 的年輕人而言，是很少見識過的；眼前這是海拔三千公尺的高山，只有長年生活在高山縱谷的民族才有機會和天地學習這等追獵工夫。

slamaw 追獵大隊吆喝斬殺的聲音，又繼續朝 bnaqi 裡的 bu' Lingisan 大草原前進，聲音慢慢由強而弱，消失……。Tataw Mona、Walis Cili、Awi Timi、Watan Lobai、Temu Mona 等人，終於見識高山民族大地競技的 qmalup，大家你看我，我看你，輕輕搖頭或點頭讚嘆：「太強了，knhakun 也太強了吧！」「我們真正碰到強勁的對手，而且是堅硬如磐石的可怕對手！」五人眼中露出讚嘆又不服輸的光芒：「看看誰厲害……」

Slamaw 獵團走遠之後，五位偵查員才現身，繼續往西南方向，他們翻越兩座稜線又繼續尋找 knhakun 的避居地。當爬到第三個大稜線，他們在一個凸崖站立瞭望時，眼前赫然出現一個部落，靜靜安詳座落在三、四公里遠的地方，那個部落在 gong Pyasan 和 Ijyung Tmali 匯流處的三角臺地上。

五人更加快速往前，最後在濃密的樹林裡，蹲在葛藤亂草底下觀察三百公尺之遠的部落，裊裊炊煙從屋內斷斷續續飄然上升，孩子在屋裡屋外跑來跑去嬉戲玩耍，也清楚看見人們在部落進進出出……。偵查隊臉上呈現無比的喜悅：「真是不負苦心人，終於被我們找到，找到 knhakun 的老窩了！」

Tataw Mona 觀察一陣子之後，趕緊把好消息向 Mona Rudaw 報告。

阿道・巴辣夫・冉而山

〈路・Lalan〉【節選】（二〇一三）

Adaw Palaf Langasan，一九四九年生，花蓮縣太巴塱（Tafalong）部落阿美族，臺灣大學夜間部外文系畢業。年輕時當過捆工、店員、計程車司機、菜農等，參與過「差事劇團」、「阿桑劇團」、「都蘭山劇團」的演出，曾在一九九〇年代第一個立案的原住民表演團體「原舞者」擔任多年專職、特約團員，二〇一二年回太巴塱成立冉而山劇場，致力於樂舞復振與傳承，也帶領年輕族人以行為藝術展演發聲。

阿道演出經驗豐富，擅吟詠族語歌謠與行為藝術；他組織的冉而山劇場以劇作《Misa-Lisin 彌莎・禮信》參與愛丁堡藝穗節（二〇一四）、亞維儂藝術節（二〇一五），二〇一九年起舉辦多次冉而山國際行為藝術節。著有《路・Lalan》。

路・Lalan【節選】

第一幕第二景

人物：吉赫、韶瑪、卡卡、珩豆、
札菈、拿默

地點：太巴塱

時間：一九五八年

〔I sala^no no facidol a kilang〕
I sala^no no facidol a kilang, mifohat a miasip ci
mama to cudad no ripon a siysiw,
misinanot to sapakimad;
Ira i pala ci ina ato wawa a mawmah......

〔法菊露樹蔭下〕
法菊露樹蔭下，瑪瑪翻開日語聖經朗誦（mama：父親）
準備講道詞；
伊娜和孩子們在旱田上工作，除草……。

札拉：呵～咿～呀～呵～呀～嗨～婀睞[1]，卡卡拉揚，有這塊田，供我們種植。
呵～咿～呀～呵～呀～嗨～供我們種植，辛勞、仰望，才有收成。
呵～咿～呀呵～呀～嗨～才有收成，餵飽……壯健體魄。
呵～咿～呀～呵～呀～嗨～壯健體魄，和樂家庭、親友族人。
呵～咿～呀～呵～呀～嗨～

（太巴塱古調，自編詞）

珩豆：好熱的吉辣兒[2]啊，口又渴，還有水嗎吉赫？
吉赫：沒有水了樣子，我去舀水。
韶瑪：伊娜[3]，還是休息一下好嗎？
伊娜：好啊，你們先去。

1 婀睞：array，「謝謝」之意。
2 吉辣兒：cidal，「太陽」之意。
3 伊娜：Ina，「母親」之意。

（大家往樹蔭底下）

拿默：來這裡比較涼……。

珩豆：要到哪個部落了呢明天？瑪瑪[4]。

拿默：加里洞，想去嗎？

珩豆：想去，韶瑪你呢？

韶瑪：那麼遠，很累走路。

珩豆：吉赫你呢？

吉赫：還要照顧弟弟、妹妹啊。

珩豆：好吧，如果不去，就去我。

瑪瑪，平常你唸《聖經》都用日語，什麼時候才會有磐扎[5]的《聖經》。

拿默：聽說還要很多年，翻成磐扎語言文字不簡單，

還在商討中……會有一天的。

札菈：沒事的，趕快去燒飯……。

珩豆：吉赫、韶瑪你們去。

吉赫：那你呢？

珩豆：我要跟一位大哥放法嘯[6]。

吉赫：奇惰嘎[7]！

（珩豆往偏遠的溪邊有一搭盧岸[8]方向走去。）

卡卡：吃過飯沒？

珩豆：還沒。

卡卡：有米飯和醃肉這裡，隨便吃吃。

珩豆：婀睞，卡卡。（邊吃，邊問。）

看到卡卡的法嘯好嚇人，比人高又大大啊愾[9]！不像我們常買的小風箏。

---

4 瑪瑪：mama，「父親」之意。

5 磐扎：pangcah，中、北部阿美族自稱。

6 法嘯：fasiyaw，「風箏」之意。

7 奇惰嘎：citoka，「懶惰人」之意。

8 搭盧岸：talun，「工寮」之意。

9 大大啊愾：tata'akay，「很大」之意。

卡卡：嗨，法嘯是把刺竹削成拇指大，
　繫成兩大正方形，再繫疊成八角形，像星星。
珩豆：哇，好特別……。
卡卡：而且有故事呢，太巴塱的。
珩豆：什麼故事呢？
卡卡：很久很久以前有兩兄弟，叫瑪耀．卡卡拉望和巫納．卡卡拉望。
　瑪耀設計滾大石壓傷弟弟巫納，氣得他們的伊娜天天罵他。
　只好瑪耀著裝盛服在屋簷下，喃喃語……。
　頓足，陷到腰部；再頓，陷到胸部；
　剛三頓，早就取下了他的羽冠啊伊娜，
　咻地——亮在東邊的天空，是僅存最亮的晨星一顆。
　以後有空會再說故事。
珩豆：弓上薄薄的籐皮呢？
卡卡：先把碎玻璃片把籐皮削磨得薄薄像蝶翼，迎逆風，
　哇～嘯之音大起，滿嚇人的，是不是？

珩豆：是啊，誰發明的？

卡卡：好問題，只是從未想問呢我，

不過，風大時，派出所的電話線，不是迎風就響嗎？

而妮雅廬[10]周圍都種高而聳的刺竹叢，

只要你一進入叢竹間，咯喇之斷裂聲，

嗚～嗡～之似蜂窩音，

葉片的脆響聲，織響成奇妙之聲，或怖音……或諧樂音，

躺在其間，是一大享受啊，就像臥在高山上的松濤響中……。

珩豆：曾住過高山上？

卡卡：曾待在林田山林區當養護工……西邊的山上就是了，看到沒？

砍草、修路、溜籠……，伐木是別組在做。

珩豆：而這尾巴的稻草繩卻比屋頂一般高，為什麼？

10 妮雅廬：niyaro，「部落」之意。

卡卡：為的是保持平衡，過長不易上升，

過短，才上升，咻地亂墜地……。

好疼啊心……。

珩豆：法嘯的正背面是以報紙糊的，很密實，而這捆線呢？

卡卡：都是法姨[11]種苧麻的。弄完細線後，

法耆[12]把兩、三條線在大腿上搓成像這麼粗……。

放了法嘯後，才不會斷。

珩豆：可以教我作嗎？

卡卡：可以，先作小小的，像這張桌子……下次啦。

漸漸大大啊慷了……東風，

揚起了幾隻法嘯，飛舞在卡卡拉揚中，

可以幫我放嗎？

珩豆：可以……放了！（隨法嘯之聲學吼。）

哇～～～～噢～～～～～喔～～～～～噢～～～～～

哇～～噢～～～～～嗡～～～～～喔哇～～～～～嗡～～～～～

卡卡：看看東邊……看看西邊的馬太鞍上，漸漸多起的法嘯升上……。

抖擻像蝌蚪的竄升……輕盈得似蜻蜓飛舞……興奮地如游魚吻藻……。

綴成的聲籟直似風琴，迪是卡卡拉揚的交響樂，奇不奇？妙不妙？

珩豆：太奇了，太妙了卡卡……。

卡卡：現在，把繩綁在檳榔樹下，並放大石固定住。

風還強，可以休息一下，喝喝水……。

珩豆：好的，卡卡。

（卡卡把菸袋取出菸草，均勻放在小報紙裡，捲起來，點炭火，吸吐幾下，裊起煙來……舀自阿陶墨[13]裡的「醪．糟」於碗內，給珩豆。）

卡卡：嘗嘗看，看起來雜雜混混的……不要怕。

---

11 法姨：fa'i，「阿嬤」之意。

12 法者：faki，「阿公」之意。

13 阿陶墨：'atomo，「陶壺」之意。

珩豆：不會怕的我，常常偶爾偷吃過。

卡卡：好的，喝了點巴哈[14]，就想吟唱……。

珩豆：吟唱什麼歌？

卡卡：吟唱故事，看到沒法嘯的線？

珩豆：沒看到，只看到法嘯。

卡卡：那就對啦，是孚通的故事，唱完一句，就答唱好嗎你？

哈～～嗨，喂～～哈～～嗨～～

珩豆：好的，開始……。

卡卡：有一善良的人，叫孚通……。

珩豆：哈～～嗨，喂～～哈～～嗨～～

卡卡：有一晚作了一個夢……。

珩豆：哈～～嗨，喂～～哈～～嗨～～

卡卡：是天神瑪拉道託夢……。

珩豆：哈～～嗨，喂～～哈～～嗨～～

卡卡：要孚通和懷有孕的妻子叫思啦……。

珩豆：哈～～嗨，喂～～哈～～嗨～～

卡卡：抓天梯級級登上……。

珩豆：哈～～嗨，喂～～哈～～嗨～～

卡卡：是紮徠[15]織成的天梯……。

珩豆：哈～～嗨，喂～～哈～～嗨～～

卡卡：循天梯登上卡卡拉揚的門前……。

珩豆：哈～～嗨，喂～～哈～～嗨～～

卡卡：不許回頭看，是戒律……。

珩豆：哈～～嗨，喂～～哈～～嗨～～

卡卡：登上卡卡拉揚的門了，孚通……。

珩豆：珩豆：哈～～嗨，喂～～哈～～嗨～～

---

14 巴哈：pah，「酒」之意。

15 紮徠：calay，「絲」之意。

卡卡：快要踏上一腳卡卡拉揚門前……。

珩豆：哈～～嗨，喂～～哈～～嗨～～

卡卡：興奮的孕妻回顧來處……。

珩豆：哈～～嗨，喂～～哈～～嗨～～

卡卡：嘩～～地墮谷碎骨……。

珩豆：哈～～嗨，喂～～哈～～嗨～～

卡卡：腹破，生出爬滿的蟲類……。

珩豆：哈～～嗨，喂～～哈～～嗨～～

卡卡：如是的故事，祖先說的……。

珩豆：哈～～嗨，喂～～哈～～嗨～～

卡卡：到此為止了，卡卡講的……。

珩豆：哈～～嗨，喂～～哈～～嗨～～

太迷人呢。

卡卡：以後還有機會講故事。漸漸地風減弱了，下次再見面。

珩豆：婀睞，卡卡。

第一幕第三景

人物：淡侯、卡照、蓉婀、珩豆……。

地點：馬太鞍溪邊放牛、放牛

時間：一九五九年，颱風後的暑假

〔Paka^en to kolon〕

Itira i caay ka talolong a nanom a misalama kami......

Hilam talolong to...... a mapawpaw......

〔放牛〕

我們在淺的地方嬉水……。

漸漸往深……踏空了……。

淡侯：可以放牛吃草嗎在這岸邊？

卡照：可以，溪流還很急又深。

颱風過後的草扁的扁，樹倒的倒……尤其苞力樹[16]。

淡侯：是啊，看起來很淒涼……還是搭蓋搭廬岸為先。

卡照，你砍芒草和月桃葉，我來搭支架，而你蓉婀找野菜和蝸牛。

（搭完後，扎三塊石頭，起火，濃煙直冒……蓉婀洗野菜和蝸牛，回來。）

卡照：哇，又有豐盛的午餐了，蓉婀好會找啊。

蓉婀：合歡木叢多的是蝸牛呢。

淡侯：只是野菜斷的斷，比較少。看看誰來了？

蓉婀：哇，是放羊的小孩珩豆。

卡照：怎麼那麼喘啊你的羊？

珩豆：就是怕泥巴水啊山羊，

淡侯：背袋裡有什麼東西沒？

珩豆：芋頭、地瓜、花生和草叢間撿的蕃石榴……淡淡的。

淡侯：好，擺一邊，花生，放進鍋裡煮。

珩豆：有水牛較好，走起路來快，

哪像羊怕水，不好拉動，吉辣兒當空，喘得猛……。

蓉婀：太虐待了吧你？羊都蹲下不吃草……。

珩豆：也很久沒跟你們玩樂啊，想找知音罷了，在曠野，何況都是親戚呢。

蓉婀：煮熟了。

（野菜、蝸牛、花生舀放在鋁鍋裡。）

這裡有米飯、地瓜，可以吃了。

淡侯：其實，在曠野吃大餐，比在家裡吃得還痛快、自在，

不必爭著搶，尤其孩子多的家庭。

珩豆：深深地打痛了我的心，不過，人在苦中不知苦，習慣就好。

其實，很羨慕有水田的家。

蓉婀：話是沒錯，就是奇怪，收成的稻米往農會倉庫倒，所剩何幾？

---

16 苞力樹：pawli，「芭蕉樹」之意。

卡照：是啊，所剩何幾？水牛都往溪中伏，山羊在樹蔭喘……。

珩豆：是啊，真羨如魚得水的水牛。

蓉婀：上多了主日學禮拜，就是有這麼個好處。

淡侯：出了名的厲害我家的公牛，鬥起牛來，都是贏，但常被罵。

卡照：還好，我們的是母牛，而小牛的爸爸又是你的……。

淡侯：什麼我的？

卡照：公牛啊。

蓉婀：珩豆，看你皮膚跟我們不一樣，是不是喝羊奶多了？

珩豆：可黑可白，夏黑冬白……。

蓉婀：但，冬黑還是我們的啊。

淡侯：曾喝過你們的羊奶，好喝。

珩豆：天未亮，都是瑪瑪或伊娜輪流擠的。羊吃得飽就有奶，吃得少不奶擠。

淡侯：曾試擠過嗎？

珩豆：技術不好，往上輕，往下緊擠……噴到褲子上來了。

淡侯：聽你伊娜談及差點火燒房子……。

珩豆：是的還在美崙玉山聖經書院時。

淡侯：伊娜當廚師，瑪瑪當學生，廚房旁多的是乾草、木材，

又對火柴好奇，才劃一下，呼——嘩啦響，濃煙竄起，壯烈可觀……。

淡侯：忽吼聲亂起，澆得澆，打得打……平熄了一會兒，卻見呆立的我啊大人。

太危險了珩豆，而況又是齊整的日式瓦屋，是自臺肥租來的聽說。

可以唱歌了嗎蓉婀？

蓉婀：你先……淡侯。

淡侯：唱完了一遍我，重唱一遍你們……。

笆卡容矮[17]啊我，

十六歲，佩番刀、鋁鍋啊，上山牧牛去。

騎在牛背上啊，高興地吃草……。

唱啊歌呀我，哞～哞聲啊應和呀水牛。

17 笆卡容矮：pakarongay，「青少年」之意。

蓉娴：玲眸之璨[18]啊我，十五歲，
佩番刀、鋁鍋啊，上山牧牛去。
騎在牛背上啊，高興地吃草……。
唱啊歌呀我，蹦～蹦跳聲啊應和呀水牛。
卡照：巴卡容矮啊我，十三歲，
佩番刀、鋁鍋啊，上山牧牛去，
騎在牛背上啊，高興地吃草……。
唱啊歌呀我，哞～哞聲啊應和呀水牛。
珩豆：笆卡容矮啊我，才十歲，
佩番刀、鋁鍋啊，上山牧羊去，
放任山羊走啊，興奮地吃草……。
唱呀歌呀我，舔汗的喘聲啊應和呀山羊。
（參見《阿美族兒歌之旅》一三八頁並改詞）
淡侯：再請蓉娴唱一首。
蓉娴：採野菜啊在山上，採野菜啊在山上，

喔～呀～唉～
進深處～深深處呦，
山上，喔～呀～只我兀立，
啊呀～伊娜噢……。
怎沒男子伴我啊這體潤[19]？
洗衣服啊在小溪邊，洗衣服啊在小溪邊，
喔～呀～唉～
探向上游～探向下游，
喔～呀～只我兀立，
啊呀～伊娜噢……怎沒男子問安啊這體潤？

（參考《重返部落．原音重現》九〇頁改詞）

18 玲眸之璨：limecdan，「花樣姑娘」之意。
19 體潤：tireng，「身體」之意。

淡侯：想不想游泳？

卡照：想，你呢珩豆？

珩豆：想，那裡有苞力樹幹……。

淡侯：一人一幹，蓉婀看我們泳溪……好好抱住苞力，游……。

卡照：好順啊……。

珩豆：好快啊……。

淡侯：不要游遠了……快要近阿陶墨部落了。

好，就在這邊停，讓苞力順流而下，不要管了。

（大家緩緩地走回原來的地方，蓉婀照顧牛和羊……。）

蓉婀：好羨慕你們的大膽，痛快嗎珩豆？真擔心你。

珩豆：苞力的浮力夠，起起……伏伏……好漫波。

卡照：什麼時候才學會游泳？

珩豆：其實游得不好，還不都向你們學的。

記得是一年級的暑假，

曾和同學到花蓮港的海邊浴場，多的是大人在岸上。

我們在淺的地方嬉水……漸漸往深……。
踏空了，雙手直打水，
同學看到了，把我拉住，才著地，
輪他在雙手拍打，再拉住他，
又輪到我了，就這樣雙雙著地了，
只氣的是大人在岸邊，不拉把勁……。

蓉婀：太危險了。

珩豆：搬到吉多罕後，才在溪的灌溉蓄水區練習。

淡侯：看起來牛吃得飽飽了，可以回去了吧？

（大家就騎上牛背上，唯珩豆慢慢拉住羊們緩緩步向吉多罕去……。）

第一幕第四景

人物：耆老、札菈、淡侯、珩豆

場景：太巴塱

時間：一九六〇年

〔Taringoan〕

I kafaliyosan a dadaya, o paro no loma' ni Hinto,

Tayra i sakafiyaw a moko, deng ci ina ko i loma'ay,

Mimingay ko dawdaw...... i terong no kamaro'an ira ko taringoan.

〔小火塘〕

颱風天的夜晚，珩豆家人，

除他瑪瑪外到鄰居住，

搖晃的煤油燈蕊⋯⋯小中廳置一小火塘。

耆老：盧嘛我們的，算是堅固，而你們的柱子都在石頭上，

可能怕會被泥裡蛀食快，

不過，一碰上發力悠斯[20]，那就很難說了。

札菈：也才發覺到，去年的發力悠斯來時，也傾了點，

婀睞你們幫忙很多，把盧嘛扶正了。

耆老：應該的札菈，要相互幫忙。南默怎麼不來呢？

札菈：他說，他要照顧盧嘛，這樣就較為安心。

耆老：淡侯，加添一下柴火。

雖然有煤油燈，風大時會被吹熄。火稍旺一下，

暖暖身，又可照到彼此……可不可以講故事呢？但不許唱歌。

淡侯：為什麼呢？難得大家在一起呀。

耆老：一唱歌……發力悠斯更大……怕會被掀翻……不怕嗎？

20　發力悠斯：faliyos，「颱風」之意。

淡侯：怕啊當然，法耆，那麼，誰先講故事呢？
都沒回應，可不可以講者拿默的故事……好嗎？
札菈：可以呀淡侯，也不知從何談起呢，這樣好啦。
珩豆：可不可以從那張照片談及呢伊娜。
札菈：哪一張呢？
珩豆：瑪瑪站在後面，前面有一伊娜抱一嬰兒，
小男孩和小女孩湊在一起的那一張……。
睡午覺時，瑪瑪會介紹呢，
講一點故事嘛。
札菈：可以，那時……拿默娶了莎勞部落的女子，是美女，
生下三個娃娃，曾工作在臺東某工廠，
是阿米綠卡的飛機亂轟炸期，
炸毀了工廠和他的廬嘛，炸傷了拿默的心，
心痛欲絕地回太巴望了。

淡俟：後來呢法姨，怎麼在一起的？
札菈：親戚看到我只一人，是已生病又麻巴始[21]了我的丈夫。
親戚才幫我們倆湊合起來的。
後來他到花蓮幫土地代書工作。
經教會的長老鼓勵，進入玉山聖經書院讀書，在美崙。
札菈：每當晚上讀經禱告時，會痛哭、懺悔……。
問他怎麼了？曾貪汙過，這樣。
淡俟：珩豆，沒你們的伊娜和瑪瑪，怎麼會有你們現在呢？
已削好皮了毛柿子這裡，請大家吃吃看，還很香又甜。
對啦，可不可以談談珩豆的那個故事？
札菈：是那個故事嗎？真把我氣死、又緊張。
全妮雅廬的人都知道，又所到之處被指指點點的，

21 麻巴始：mapatay，「亡逝」之意。

札菈：好丟臉，怎麼會生下這樣的娃娃。

是小娃娃的他時，很會哭，天天哭，

還真把我們氣死，氣到還叫拿默丟進海裡去好啦。

是他小學三年級時，有天級任導師找我，正好在工作除草，

看到我就跪下、發抖、哭起來了。

我：是怎麼了老師？

師：有沒有看到很多輛的紅色吉普車經過？

警察要抓你兒子珩豆啦，更不能自保了我……。

我：慢慢講好嗎老師，是怎樣呢？

師：珩豆在橋上寫字，寫的是「共匪很好，中國不好」。

會被槍斃了我……。

我：可以靜下來嗎？讓我們先禱告一下……。

師：啊呀，好吧先禱告一下……。

（禱告完了後……。）

我：但願不會有事的，相信我，不會亂講話的，他。

老師走了後，一直發抖啊⋯⋯。

過沒多久，來了很多不認識的人進到廬嘛，

翻那倒這，不知找什麼⋯⋯走了。

拿默到南部的妮雅廬傳道，傍晚找我妹妹陪我到派出所，

而珩豆還吃得津津有味，面有喜色⋯⋯。

帶他回家途中⋯⋯。

我：有什麼哈啦婷[22]？

答：派出所的飯菜，比家裡的菜好吃多了！

我：啊～呀～呦～怎麼會有這樣的哈啦婷啊你！會被綁起來啊你！

22 哈啦婷：harateng，「感想」之意。

淡俟：怎麼會寫起那些字呢珩豆？

珩豆：上學途中必經那座橋，橋面上有很多碎木炭，

又看到很漂亮的字在橋梁上，就開始練習寫字，寫到橋尾。

中午被叫到辦公室，又被帶到橋上，

有位警察直拍照……看到好多輛的紅色吉普車來，

一則興奮為我這小娃娃，二則可能有事情發生……。

有幾位警察輪流問我……後來，有位警察說：這個小孩真會騙人啊。

因為，有位同學剛轉學到別的地方，

說是他教我寫的，他來了……

又，我說：不是他。

第二天早上，有大人問我，並寫筆記……。

一個禮拜後，伊娜陪我到鳳林分局，蓋完了十指頭的黑手印後，

警察說：再寫，就槍斃。

淡俟：聽說，全校學生都在白紙上寫「橋上的字」……。

珩豆：是的，他們都很氣我……。

札菈：更生氣的是，怎麼那麼多天的晚上很晚回來，才知他去看電影。
有天，上家庭禮拜回家路經客戶的店的老闆說，
每天早上都有給你小孩羊奶的幣啦喔，
是的，我說。
馬上衝回去，看到他就反綁起來，吊在梁上，
邊痛罵……邊痛打……。
拿默靜靜地看我，拿下珩豆後，怎麼說呢珩豆，
他：如果再打我，就告訴警察說，是伊娜教我的。
哇，看看，怎麼會有這樣的娃娃。氣死人了！
（大家都在笑。）
淡侯：珩豆是很愛工作的，拔花生、削甘蔗……相當勤快……。
札菈：沒錯，給我的幣啦一點點，都獻給電影院去了。
（屋外的風很大，主人說，已太晚了，先休息睡一下。）

第一幕第五景

人物：珩豆、淡侯、狄洛、蓉婀、卡羅

場景：巴莉莉場

時間：一九六〇年

〔Micakay to sapaiyo〕

Tilo: Micakay kako to sapaiyo.

Rongac: Aray, ini ko sapiadah to kodic.

〔賣藥〕

狄洛：我要買「狗皮藥膏」。

蓉婀：婀睞，可治你的癩皮鬼。

淡俟：什麼時候回來的？

珩豆：三天前。

淡俟：聽說，你伊娜帶你們去池南玉山聖經書院。

珩豆：是的。

淡俟：我們缺人手，想不想幫拔花生。

珩豆：太好了，又可賺，在哪裡？

淡俟：在巴莉莉場，馬太鞍溪邊，地很廣，可能要住搭盧岸一晚。

珩豆：就是喜歡。

（白天有多人幫拔花生，近晚，有些回家，餘者住搭盧岸。）

淡俟：剛煮好了花生，又有巴哈和浮啦。可以唱歌了吧。

狄洛：唱「鼓耐雅」怎麼樣？

淡俟：我們肚子的蛔蟲是他治的……。

蓉婀：我們的頭蝨也是他治的……。

珩豆：還有頭癬……。

珩豆：淡侯卡卡演「鼓耐雅」，蓉婀演吉阿髮絲[23]，怎麼樣？

（淡侯拿繩子當手風琴樣。）

蓉婀：賣膏藥的開始……。

1人人啊，全部都痊癒，
只要哪個人啊，
全會治好好的，
將在明天晚上喲，
會等待啊我，在路上。
2唱歌的……是鼓奈雅、吉阿髮絲，
任何誰啊的人，
全都治好，
將在明天晚上喲，
會等待啊我，在路上。

（參考《重返部落．原音重唱》一六六頁並改詞。）

（唱畢，眾再重唱數遍。）

狄洛：不對，邊唱邊抬高大腿呀，
　要不然不買你的。
蓉婀：奇噁凸[24]——啊你。好吧，
給你看個夠，要一起唱呃！
　1是老師啊我喜愛，
　是老師啊我喜愛，
　很會彈鋼琴喲，令人稱讚。
　2是閩南人啊我喜歡，
　是閩南人啊我喜歡，
　很會做生意喲，令人稱羨。

23 吉阿髮絲：ci Afas，人名。
24 奇噁凸：ciotoy，「好色之徒」之意。

3是壯漢啊我愛上，
是壯漢啊我愛上，
很會賺錢喲，令人仰慕。
4是頭目啊我敬佩，
是頭目啊我敬佩，
演講流暢喲，令人讚美。
5是太魯閣人啊我欣賞，
是太魯閣人啊我欣賞，
紋面細膩喲，令人陶醉。

（參考《重返部落，原音重現》的〈勸世歌〉。）

狄洛：我要買「狗皮藥膏」。
蓉婀：婀睞，可治你的癩皮鬼。
卡羅：買蛔蟲藥我。
蓉婀：婀睞，祝肛門順暢。

珩豆：買給妹妹的頭蝨藥。
蓉婀：婀睞，才不會拚命抓癢。還有嗎？
狄洛：要巴哈。
蓉婀：可以，待一會兒，輪你唱。
狄洛：唱一首故事……。
淡俟：什麼故事？
狄洛：是珩豆的瑪瑪講的故事，要答唱，是這樣的故事，
眾人：嘿～呀～哈～嘿～嗨～
狄洛：他們在玉山聖經書院，鯉魚潭邊。
眾人：嘿～呀～哈～嘿～嗨～
狄洛：當廚師啊伊娜，照顧弟妹啊珩豆。
眾人：嘿～呀～哈～嘿～嗨～
狄洛：划一小船啊珩豆，還載弟弟妹妹呢。
眾人：嘿～呀～哈～嘿～嗨～
狄洛：一時興起啊珩豆跳水，船兒搖啊曳呀。

眾人：嘿～呀～哈～嘿～嗨～

狄洛：緊張得弟弟妹妹啊，哭的哭啊，叫的叫呀。

眾人：嘿～呀～哈～嘿～嗨～

狄洛：知道了後伊娜，痛罵啊不停……。

眾人：嘿～呀～哈～嘿～嗨～

狄洛：唉～嘿～嘿～耶～嘿～呀～嗨～

眾人：嘿～呀～哈～嘿～嗨～

狄洛：賭氣了啊珩豆要回太巴塱，用走的啊，不管其他。

眾人：嘿～呀～哈～嘿～嗨～

狄洛：快要昏暗了卡卡拉揚，快近溪口站前。

眾人：嘿～呀～哈～嘿～嗨～

狄洛：快近溪口站前，赫然發現啊有兩元紙鈔。

眾人：嘿～呀～哈～嘿～嗨～

狄洛：溪口到臺安要二元五角啊，售票員給他五角呢。

眾人：嘿～呀～哈～嘿～嗨～

狄洛：敲了盧嘛的門啊，嚇得瑪瑪問為何要回來。
眾人：嘿～呀～哈～嘿～嗨～
狄洛：吃完飯後啊珩豆，就倒頭睡著呀。
眾人：嘿～呀～哈～嘿～嗨～
狄洛：有人敲門啊天剛亮，赫然是聖經書院的學生呀。
眾人：嘿～呀～哈～嘿～嗨～
狄洛：騎兩部腳踏車啊兩學生，說要尋珩豆啊。
眾人：嘿～呀～哈～嘿～嗨～
狄洛：快叫醒珩豆啊瑪瑪，見見兩學生。
眾人：嘿～呀～哈～嘿～嗨～
狄洛：羞於見到兩學生啊珩豆，拍拍肩膀安慰啊兩學生。
眾人：嘿～呀～哈～嘿～嗨～
狄洛：怎麼回到家的，倆學生問，
　　撿到二元紙鈔這樣，在溪口，才坐火車的。
眾人：嘿～呀～哈～嘿～嗨～

狄洛：感謝主啊，兩學生說，是上帝給你的啊。
眾人：嘿～呀～哈～嘿～嗨～
狄洛：唉～嘿～嘿～耶～嘿～耶～嗨～
眾人：嘿～呀～哈～嘿～嗨～
狄洛：就講到這裡了，我。
眾人：嘿～呀～哈～嘿～嗨～
（眾人皆累了，要進屋睡。）

第二幕第一景

人物：札菈、珩豆、阿帕、
　　　阿帕之父、校長、同學們
場景：臺北火車站、T中學
時間：一九六一年九月

〔Taipei〕
Kalomaamaan i tolonen i Tapang,
Sarocoden ko faloco', hakimeren a micudad,
Aka piharateng to iloma'ay!
(tangicsan ci Hinto……)

〔臺北〕
凡事都要祈求禱告主，
好好讀書，專心點，
不要一直想家！
(珩豆一直哭……)

札菈：之前就和阿帕父親約在臺北火車站，
有要事和一位牧師見面，才會晚一點來。
珩豆：為什麼不在火車站裡等呢？
還在外面，人車又那麼多。
札菈：他們一來就會看到我們啊！
珩豆：也是啦！渴不渴伊娜，有水這裡。
札菈：喝！婀睞你。
珩豆：他們來了伊娜！你看！
阿帕之父：讓你們久等了，不好意思。
札菈：沒有關係！事情辦好了就好了。
阿帕：這裡有糖果，嚐嚐看珩豆！
珩豆：很特別，從沒吃過，婀睞！
阿帕之父：可以往淡水的火車時間到了，
是多提早兩天來了，不過學校校長已安排好我們作息，
你們不用擔心。

札菈：婀睞牧師，都靠你的引導，要不真不知如何搭車呢！此地的語言不好通，只能與年紀大的通日語。

阿帕之父：不要客氣！看來淡水站快到了。這條叫淡水河，那山是觀音山，在西邊是海了，夕陽漂亮！

札菈：是阿！第一次來臺北。

阿帕之父：能看到太陽落下真的奇妙，好看！好吧！車停了，請下！

（大家慢慢地順山坡路上去，到了校門口旁一小磚房。）

阿帕之父：我們已到了校長紅磚屋了。

校長：真高興你們的到來，歡迎～

（交談是日語，並帶到暫住的宿舍房間。）

札菈：謝謝校長幫我們安頓，那麼好！

珩豆：謝謝校長！

（新生訓練完了後，山地生都集聚在一塊，由學長帶大家自我介紹！）

瓦旦：我來自桃園的復興鄉泰雅族！
添沐：我來自花蓮萬榮鄉的泰雅族！
學長：這所是基督教會學校。
之所以有「山地獎學金」設立，
都是加拿大長老會捐款贊助！
希望能珍惜、感恩。
（札菈將離去前……。）
札菈：凡事都要祈求禱告主，
好好讀書，專心點，不要一直想家！
（珩豆一直哭。）
札菈：好了！要像個男人！我們都會為你禱告的，
多照顧自己！
（阿帕之父和札菈就離去了。）

第二幕第二景

人物：珩豆、瓦旦

場景：T中學

時間：一九六二年

〔Opicudad〕

Talolong a asipen ko cudad, ta'kod han aniasaip!

Matiya o iraay ko 'adingo!

Alaen nira ko 'adingo ako a talacuwacuwaan,

Hilam matini ko cudad hananay......

〔文字的存在感覺〕

雖然文字艱深，都給他跳過去！

好像有某個東西或稱之靈魂吧！

帶我飛翔、遨遊，

沒有想到文字的存在感覺……。

珩豆：瓦旦，週末下午，
你總會帶一包厚厚的，
而晚上睡覺熄燈時，
總會躲在被子裡，
用手電筒看書，書什麼呢？
瓦旦：武俠小說！
珩豆：有什麼好看的呢？
瓦旦：嘿～你是不知道的！
而照顧我們的學長，
也借來看，太迷人了。
珩豆：讓我瞧瞧一下，
怎麼都看不懂啊我，
太深奧了！尤其文字！
是怎麼會讓你看得懂？
而我看不懂。

瓦旦：我也不知道，
就是直看下去！
珩豆：而你看的速度又那麼快！
一頁一頁地翻過去，
而如果我看一頁，
你早就翻了二、三十頁啊你，
真的是怪人，怎麼練出來的？
瓦旦：不知道啊，也不講速度，
只是劇情之迷人，
讓我直看下去，
雖然文字艱深，都給它跳過去！
好像有某個東西或稱之靈魂吧，
帶我飛翔、遨遊，
沒有想到文字的存在感覺。
珩豆：真的好奇妙呢！

珩豆：每當作文課，
　都是得甲等啊你，
　而我都是丙等的較多！
　是什麼讓你可以得甲呢？
　可不可以教我如何作文？
瓦旦：其實我也不知道，
　雖然你拚命地讀教科書，
　考試又考得那麼好，
　我的不好，都是被小說看迷的。
珩豆：不是談教科書的事，
　而是作文啊！什麼時候才有乙等以上？
瓦旦：教不上！
珩豆：平常作文都是「論說文」，
　有次老師定了要自己出題目，
　自由發揮，而我就以學校西邊的，

高爾夫球場為題，
以為會有進步，
山坡地的舒舒……緩緩……。
是我最喜歡的，
卻給我的還是丙等，
更下了評語，「看不懂」！
啊~什麼時候才會被「看得懂」啊？
好急死人了。

瓦旦：讓我欣賞一下好嗎？
不錯啊~是有味道的，
只是……。

珩豆：只是什麼呢？

瓦旦：我是很懂你的心思心情，
每當中秋月時，
老師會帶我們到高爾夫球場賞月，

瓦旦：跟你一樣對山有情感、情思……。

又我們都住在山上，

成長在山上，天天仰望山且外有山，

水外有支流、源頭……。

老師之所以評丙等，可能，

你跳得很快，快得也不知你生長的背景，

可以了啦～加油！

只是可能多識了幾個字我，

在武俠小說世界裡，

活用的可多，尤其想像力！

只是不想把你誘入武俠小說迷，

你還是多用功在教科書裡好啦……。

不要像我一樣，成績平均六十分，

而你的都平均八十分以上，

又可拿「獎學金」每學期，

瓦旦：不要學我，真的！
活在「奇幻的世界」裡，
也值得，尤其在目前，
好啦！我們出去打籃球！

第二幕第三景

人物：媢輝、瓦旦、阿帕、添沐、珩豆、阿塗、阿順

場景：登陽明山自新北投

時間：一九六四年三月九日，校慶

〔acefelay a nonom〕

Matatala i Peito, paytemek saan ko masakapotay a tala lotok……

idongdong to ci 'acefelay a nonom

mato ci lamalay kora nanom......

〔溫泉〕

集合在新北投，各班級各自行上山……。

沿路溫泉冒汽……。

汽霧裊繞……。

嵋輝：你們有洗過溫泉澡嗎？
瓦旦：我爸曾帶我過在烏來瀑布。
嵋輝：你呢？添沐？
添沐：曾去過紅葉溫泉。
嵋輝：珩豆和阿帕你們呢？
阿帕：也是紅葉溫泉。
珩豆：也是紅葉溫泉。
嵋輝：我們家有塊地在谷關山區，
下工後總會在吊橋下溪流，
水溫溫的，也有點冒汽……。
大夥兒脫得精光，痛洗痛玩一番！
瓦旦：我們也是在溪流，溪流邊的溫泉最好玩！
添沐：只是我們的都是室內，
是日式的房屋，
休憩可以在塌塌米上喝茶聊天。

添沐：日本人好厲害，很懂得雅趣！
　松樹高大，茂密有聲響的松濤，
　當風吹來時，好享受舒坦！
嵋輝：雖在吊橋下，偶會有遊客過橋時，總會看到！
瓦旦：看到什麼？定是那個吧？
嵋輝：好啦，別談這個，
　我有個「便當」，
　到上面就會知道。
瓦旦：我知道一定是那個，
　我也有 tmmyan[25]。
嵋輝：好啊！只有我們住在山上的，
　山地人才有！
（到了目的地……各自帶開，賞花的賞花，吃的吃……。）
阿帕：來～我們坐這樹蔭下。
嵋輝：知道我們要上陽明山，

就寫信給父親定要寄山肉來，
父親和叔叔們到山中打獵，
並烘烤……輕輕的重量……。
可一撕一撕地吃，
來我們的阿美族多吃一下，
你們的只會 siraw[26]。
添沐：我的也有，雖不會打獵只會跟班！
一放假後定自己放陷阱，
分享給大家！
珩豆：是山羊肉呢！
嵋輝：怎知道呢你？

25 tmmyan：泰雅族語，「醃肉」之意。
26 siraw：阿美族語，「醃肉」之意。

珩豆：放羊的孩子啊我自小，
當然知道羊肉味啊，
雖然烤得黑黑的，
還是辨味出來的。
添沐：哈！是放羊的孩子，
小心是個很會騙人的孩子囉！
伊索寓言這麼說，
打獵的不會騙人，
扎扎實實、實實在在的，
我們土人。
嵋輝：初一新生填資料時，
有一個項目志願，
寫什麼呢大家？
我的是軍官。
瓦旦：老師。

阿帕：牧師。

珩豆：牧師！

嵋輝：都是師之級的！

好啦！算我是粗獷的人，

你們都是斯文的，

不過我爸也是牧師，

阿帕的父親也是牧師，珩豆的父親是傳道師，

難怪都基督教家庭的孩子！

瓦旦：我爸是農人又會打獵，打香菇！

嵋輝：打香菇的很賺錢，

難怪你很有錢租武俠小說，又愛看電影！

瓦旦：沒有拉！只是興趣而已！

添沐：珩豆每學期有獎助金一百五十元，

珩豆：沒有啦~只是不敢要家人的錢！

想藉死讀教科書，賺點零用錢而已。

添沐：是個好學生，
不要把身體弄壞，瘦瘦的，
有空跟我們玩橄欖球嘛！

阿帕：想不想逛逛，賞花一下。

嵋輝：去年都逛過了，
不想再看，沒什麼！
要不要到老學長那邊去！

阿帕：好吧！
學長好！

阿塗：老學弟們好！
只有山地生們才會聚在一塊，
也要懂得跟平地生一起玩啊！

阿帕：有啊！平日都相處得很好，
只是難得的在這裡相聚，
還有登觀音山的時候。

阿塗：我們即將畢業，各奔前程，
之所以要組「山光團契」，
又辦「山光刊物」，
目的無非凝聚感情。
各族的各部落都已經這樣了，
什麼「這樣了」以後你們會知道，
還年輕大家！一定會碰到的你們。
珩豆：我們初中生都是平頭，
而你們高中的都 High Class 留長髮的，
好帥！又像老師大人級的，
很羨慕！
阿塗：不要這樣，學校是私立，可以獨立，
每晨做三十分鐘禮拜，
晚上又三十分鐘禮拜，
又鼓勵大家有獨立思考能力。

阿帕：又穿喇叭褲，霹啦啪啦地，
　多神～啊～氣！
順哥：是個流行，怎麼個流行外面，
　也會流進校內的，
　聽說有個叫ＡＢ褲的醞釀中，
　我們高三畢業，
　就輪你們穿了，說不定！
阿塗：很替你高興珩豆！
　教務主任頒發中文版《新舊約聖經》，
　英文版的《新約聖經》。
珩豆：沒有啦！是教務主任要我們背中文〈路加福音〉共一百節，
　英文〈約翰福音〉五十節，就可以啦！
　只是想測測一下記憶力罷了！
珩豆：還好是累積法的，
　一天一兩節沒關係，

老師會記錄，
很好玩，看重的是有英文版的《聖經》就興奮了！

阿塗：其實你們當中也有在背，
有意思，多加油，
雖然即將畢業我們，
定會來探望你們的，
每一屆來的同學都很可愛，
盡量珍惜，思考，
因為太魯閣山上部落，如西寶、天祥……
聽說要被迫下山居住，
以後再說，
不會知道苦況的你們。

第二幕第四景

人物：瓦旦、珩豆

地點：復興鄉

時間：高一寒假，一九六四年

〔Fusing a niyaro'〕

Miholol ci Hinto i loma' ni Watan i Fusing a niyaro'.

〔復興鄉〕

珩豆拜訪復興鄉的瓦旦家。

瓦旦：角板山站未到，要下車，

啊！總統可能來角板山行館，

很多警察、衛兵站崗或巡視，

又要繞很大的彎路呢！

珩豆：難怪那麼多警衛！

以前來時並沒有那麼多呀。

走在角板山小街、涼亭，

往下看石門水庫綠而彎的長河，

秀麗得真是！

而我們的馬太鞍溪就沒有那麼深，

深得可以行船啊你們的，

記得你舅舅帶我們坐船，

很刺激，比渡淡水河好玩！

小碼頭裡又可大吃肥魚，

心情舒舒服服，很甜美。

瓦旦：羅浮到了，吃碗麵吧。

珩豆：好！也餓得很了。

瓦旦：在我表姊新開的店，
　　表姐夫是剛退伍的外省老兵，
　做的麵很好吃。

珩豆：這條路正開建中，會開到哪裡呢？

瓦旦：到拉拉山下的部落，
　　我還沒上去過，
　聽父親說很遠，
　部落間有往來或傳福音去，
　聽說有神木群，
　也是日據時代的伐木林區。
　好像是插天山吧。

珩豆：初二你帶我來時，總會看到大男人挑扁擔上去，
　真辛苦，佩服他們的體力。

瓦旦：也有的順便送信去，
　信箱本都固定在角板山上。
　生活得怎麼樣，
　自在快活就好。
珩豆：第一次你邀我到義盛時，
　我很害怕上岩壁，
　佩服的是你們小孩子們還有說有笑地爬，
　靈巧得很，相形之下，
　直發抖啊我！你們都在笑，
　很窘我這個山地人在平地習慣了，
　攀岩都不會，尤其是過溪，
　有時很急流怎麼過？
　都會斜游過去，佩服你們！
瓦旦：平日上小學時約清晨五點就起床，
　就要下岩壁、過溪，走路到角板山，

瓦旦：去就讀。

放學又要回來，

練就了我們「習以為常」

所謂的「習慣成自然」了，

沒什麼啦！

只要你出生地在這裡一樣啊！

何況若我在平地，

也是不會攀岩的，

帶你來是我的榮幸，

家人都喜歡你，

又聽說你爸爸生了大病，

我爸爸好想有空去探望，

知道寒假你是來打工，

他們都願意你來打工，

可能我們會在攔沙壩做工，

很多退伍官兵會在那裡，
聽說一天打工五十元，
很多了吧！
珩豆：是很多！
對啦！石造的教會蓋好了嗎？
瓦旦：快要蓋好了！
珩豆：一直很佩服你父親才當長老，
瓦旦：服侍教會就很勤，
雖然不懂泰雅語我，
唸起ㄅㄆㄇㄈ還算可以，
唸起經句有趣！尤其是聖歌！
妙的是曲調好像是泰雅古調的也有。
是外國傳教士鼓勵我們也要有古調的，
想你們阿美族的也有，
每族皆然，也聽說！

珩豆：是的，我母親就是愛唱！
　常驚訝也可以古調來作詞呢！
　滿順口、好聽又耐唱，
瓦旦：好了！可以下路了，
　不需攀岩了，另有路繞可走，
　但還是要過溪！

第二幕第五景

人物：札拉、郭老師、珩豆

地點：太巴塱

時日：一九六五年

〔singsi Kuo〕

Ci lemed ci Hinto ci mamaan mati'nang i ca^ca kafoti'an

Caay kadademak, masla' a mafoti'.

〔郭老師〕

珩豆夢到父親靜靜躺在籐床上，

動也不動，就是醒不起來。

札拉：法菊露熟了！

拿條長竹竿爬上去，凸拱大[27]而漂亮的法菊露，

裝成一袋，還有木瓜！

送給你們的郭老師，該是孝敬之時了，

平常暑假都是我們送去，

要婀睞老師悉心教導，

才有你現在求學的機會，

知道了吧！

珩豆：知道了，阿睞伊娜的提醒，

（到了郭老師的宿舍……）

珩豆：老師午安！

郭老師：回來了，是放暑假。

珩豆：是的，老師你們都好嗎？

郭老師：是的，謝謝，又帶來了一袋，

每逢暑假，你伊娜或你大妹都會送來，

不要那麼客氣嘛！
珩豆：只是一點小小心意。
郭老師：長高了，只是瘦瘦的，
有吃飽嗎在學校？
珩豆：有啊！只是……。
郭老師：只是少運動對吧！
吃飽又多運動才會結實，
身體緊要。
珩豆：謝謝老師！
郭老師：曾想過要去淡水玩，探訪你，
團體行動，不好分身。
學校生活一切好嗎？

27 凸拱大：tokong，「頂住弄掉」之意。

珩豆‥不錯，週六或週日，

會有阿姨、叔叔、堂姐、堂哥找我玩，
阿姨、姨丈在陽明山果園當長工，
果園環境清淨、舒坦，吃了橘子不少。
而堂姊夫又愛看平劇，
偶爾會邀叔叔和我到國軍藝文中心，
看了平劇真迷人，
人物只有幾位，桌椅簡單，
居然可以演得那麼精彩，
太妙了，印象深刻，尤其會翻跟斗。
當然也看電影，
逛逛中華商場、植物園，
還有科學館、兒童樂園。
晚上逛兒童樂園，
最喜歡看歌女在戶外樹下唱歌，

都是流行歌曲，
時有歡欣、時有幽怨，
不知訴說的是什麼？
臉長得恬靜、舒活、笑得好甜，
這使我想起小學生時，
賣膏藥的「鼓耐雅」和兩位小姐，
都是我們磐扎，
場地在路邊，擺了四個電石燈[28]，
唱起歌，偶也跳起舞來，
膏藥是買不起，只是愛看，
他們的歌聲好聽，舞跳得手臂長揚。
哇～同學們都著迷起來了！

28 電石燈：即瓦斯燈。

郭老師：聽你這麼說，親戚都來看你了，也真幸福。
　　說實在的功課固然重要，
　　能見見這麼有趣的世面，是頂重要的。
珩豆：親戚們來訪時，
　　除了女生宿舍園區，學校的建築最讓他們叫奇！
　　古舊的紅磚校舍和八角塔，
　　都可遠望淡水河、觀音山，
　　又可欣賞橄欖隊員的～
　　奔馳、傳球、抓住隊友的雙腳。
　　還有純德女子籃球隊的練球景象，
　　真是活潑的學校！
郭老師：那你有練橄欖球嗎？
珩豆：沒有，他們的身體精壯有力，
　　而我的瘦力，很自卑，
　　不過倒是乒乓球較有意思。

郭老師：還有沒有別的地方可去嗎？
珩豆：我叔叔會吹洞簫，
曲調是日本風味，
租房子在雙蓮，
常受邀到電臺吹奏，
氣之長、渾厚、帶點幽嘆。
就是好聽。
有時會帶我到基隆玩，
夜間在跑近遠洋族人家玩，
大家聚在一塊有說有吃喝，
吃的大都是肥魚。
最奇的是好像回到部落一樣，
有歌、有故事、甚至起舞了……。
更好的是叔叔、阿姨、堂哥，
都會塞錢給我，生活無憂。

郭老師：最近你父親都在家裡，身體狀況有點……。

珩豆：是的，最擔憂的就是這樣。

不瞞老師說，還是小學四年級時，

有一清晨父母親問我，半夜怎麼哭得那麼厲害？

啊不好意思說，因夢到父親靜靜躺在籐床上，

動也不動，就是醒不起來。

最近平日都是母親和大妹二妹輪流照顧，

真難為她們了。

郭老師：雖然我不是基督徒，

部落牧師不在時，

會請你父親主持喪禮，

而且寫了一手好毛筆，

在木製的十字架上，

「信耶穌得永生」

有力好看。

珩豆：記得在美輪明恥國小讀一年級，
　父親會幫我握如何地描……寫……。
　可能受日本教育很深，
　而《聖經》是日語本，還沒有阿美語翻譯，
　講道都是日語和阿美語混合，
　就是好聽，雖聽不懂。
郭老師：平日見面只有打招呼，
　沒有深談，
　看來你父親年紀也不小了。
珩豆：有五十九歲了，算算約四十二歲時生我……。
郭老師：約略聽說過你父親的生平。
珩豆：一談到他的前任妻子，
　就會想起小學三年級時，
　睡午覺前他拿了一幅舊照片，

珩豆：說：這是我太太，三個孩子，
　太太是住在莎勞很漂亮，
　孩子活潑可愛，
　在臺東的糖廠上班時，
　美國飛機看到工廠就炸，
　就這樣他們上天堂去了。
　有時我堂姊一談到我父親，
　就會說：如果他們還在，還會有你們嗎？
　也是啦，就是愛開玩笑我的堂姊。
郭老師：你的弟弟妹妹我都有教過，
　還不錯，都乖巧。
珩豆：謝謝老師的開導，
　有工作要做，打擾了，
　老師保重，再見。
郭老師：你也保重，有空就來，再見。

伊替・達歐索

〈夾縫裡的呻吟〉（二〇一四）

〈瑪阿露（謝謝）〉（二〇一九）

itih a ta:oS，根阿盛，一九五七年生，苗栗縣南庄鄉巴卡山部落（ka paka:San）賽夏族。二〇二二年五月過世。

作品側重賽夏族的傳說與生活信仰，以此重建族群的核心精神，二〇〇二年以〈矮人祭〉於文學獎嶄露頭角，後分別以〈朝山〉、〈屋漏痕〉獲得兩屆原住民族文學獎小說首獎，頻獲原住民族文學獎肯定。他的文學語言浸透著賽夏文化典故，擅長以憂悒卻又勁韌綿長的語調，描繪不斷撕裂又縫補、被摧折而又持續繁衍的族群和生命圖像。著有《巴卡山傳說與故事》。

夾縫裡的呻吟

二〇一三年十二月廿三日晨，臉書上寫下「持續的寒冷，開始擔心起故鄉老父親，祈求上帝給予退休傳道師，尊貴的溫暖，阿們！」

每逢聖誕節，餐客廳兩用的牆角都會架上一棵人工聖誕樹，伯利恆星星、纏繞樹身彩帶、卡片吊飾，以及象徵雪塊的棉花，閃爍燈泡照映下，徹日徹夜地提醒著救世主的降生。今年，這空間像缺少了什麼似地，整片牆透著慘白和肅穆。

午後，臉書上許多朋友傳送應景的「平安夜 Silent Night 合唱版」歌曲，在重複播放的樂曲中，窩在沙發沉沉睡去。

「乙紀！拿水給爸爸喝。」放下書包，用瓜瓢舀了大炒鍋裡微溫的開水。

「爸！你怎麼了？」

「被虎頭蜂叮得全身包，你自己看呀！」貯水池旁，搓洗衣服的母親回答。

全身發燙、腫脹的雙唇勉強地張開，一口、一呻吟……。祖母低著頭處理父親拼了老命的戰利品，肥碩蜂蛹。一旁太白酒空瓶內，竄動著斷翼的成蜂，嗡嗡聲與父親的呻吟，一搭一唱著。正當咬碎蜂蛹，在嘴中爆漿時，突然被驚醒。

「阿公，起來，起來！接電話。」四歲孫搖醒我。

電話彼端：「父親走了，他……」

雙腿一軟，登時天旋地轉，滑落膝部的話筒嗚咽說著聽不真切的話，凹陷的沙發仍未隆起，呻吟聲還在迴盪，嘴角尚留蜂蛹滋味……。

歲暮，總是提早扭下夜幕，陽臺外的冬雨，一絲絲飄著愈來愈冷的寒氣，突然感到，冬天真是令人悲慟的季節。

急馳的車，濃厚霧氣阻擋車內、外視線，也緊緊裹住滿車悲傷。

「到休息站噴噴防霧液。」壓著嗓門，交代電召返回的甫兒。

叮咚叮咚……手機傳來堂弟簡訊「慢慢開，我們隨侍在側。」

下交流道，轉入南庄與獅潭的叉路口，腦海中突然閃出一幕鮮明的記憶……。

「我要去，我要去外婆家……」

小四學齡的我，死皮賴臉要跟著父親到獅潭山區部落作禮拜。接近五個小時翻山越嶺的路程，到達只有四、五個信徒聚集的家中，已接近中午，唱聖詩、讀《聖經》、講道、禱告……半小時結束。

簡便午餐，話家常後，又得面對長距離的返程。嘗過苦果，再也不敢冒然跟隨。然而，父親竟然如此不畏風雨，來回近十載。

「就算只剩一位信徒，仍得前往聖靈訊息微弱之地。」父親經常用族語向教友們宣示。上帝給了他什麼？他獲得了什麼力量？一連串的喪子之痛，試煉對他是甘甜的？猶記，十餘年前的日記本，寫下「因疼惜日漸衰老的父親，我開始痛恨祢，上帝！」

「爸！到家了。」甫兒將我從湮遠的場景喚回。

撲倒在直挺挺躺在床上的父親身上，他不再回話。瘦削臉頰安詳閉著眼，來不及闔上的嘴巴，究竟說了什麼？高聳鼻梁，為何殘忍地放棄再呼吸的力量！

「昨日還談笑風生，嫂子幫他刮了鬍子，誰知今天午睡後再也沒醒來……」唯一的兄弟，悲傷說著父親過世前的生活狀況。母親補敘更細微情形後，悲不能抑地看著父親移靈至廳堂。

接近午夜時分，小村莊外頭，隱隱傳來歌聲「普世歡騰，救主下降，大地接祂君王……」報佳音！我掩起耳朵，靜靜守著一陣陣來自心靈深處的哀傷。

「媽！起來，過來這裡。」甫兒輕喚在大門通道上的妻子和婷兒。

汗毛豎起，屏氣凝神看著父親「影子」，由內室緩緩走向門口，門外著西裝者輕巧握住父親手，慢慢消失在濃得化不開的寒夜裡。且心驚於甫兒敘述一模一樣的「內視」情景。

先前進入村莊時，急遽扭力讓車身閃避什麼似地晃了一下！

「幹麼？」他姊低叱。

「有東西，在路中央。」甫兒的回答，似乎提前了陰沉氣氛。

「乙紀，牽 baki' 到屋後祭祖。」父親丟了一句話，頭也不抬，逕自編著竹簍。

巨石前，一串肉、捏成團的飯、竹杯裡的酒，祖父吩咐取出他腰際上菸草袋裡的菸葉，交代每說一句話，將細碎菸葉灑向祭品周圍。

「祖先，讓祢們恥笑這些祭品，雖然我雙眼已盲，但是敬拜祢們的心，從未軟弱，即使 taos 和 ataw 拐了彎走向他們的神，捧《聖經》的雙手不再侍奉祢們，膝蓋也軟弱地不再跟隨祢們的步伐，如果要懲罰就對著我，就將黃藤纏在我身上，藤刺的血正是我甘心的懺悔，流多少，懺悔就有多深，請保佑執我手前來的孫子，讓他明白祖靈是無所不在，隨時能受召喚，寒酸的祭品請笑納，請享用。」

冗長的祭詞，手中碎菸一下子被灑完，伸向祖父腰際菸草袋時，瞥見串豬肉的竹籤輕微晃動了一下。後來，每回祭祖，期待那再「晃一下」卻始終未現，反覆苦思下，在三十歲的日記本，寫下「最接近祖靈，十二歲。」

「乙紀！你知道我們是誰創造的嗎？」我搖搖頭。

「你爸爸沒告訴你嗎？」

「有啊！爸爸說我們人類是上帝所創造的，石頭、風、樹、蝴蝶、小鳥……所有萬物都是……」

祖父抽開嘴上的菸斗，煙霧隨著「啐！」一聲，濃烈噴出。祖父慢慢抬起手杖，瞄著一個方向。泛白的單眼、頂著肩窩的杖頭、紋風不動的杖尾，正巧不巧點著教會十字架，那神情，彷彿面對碩大的獵物一樣。

「太古時期，大壩尖山神創造了一批人類，快快樂樂、無憂無慮地在一塊土地上過日子。有一天，一團宛如藍色冰塊的雲堆，開始在蒼白的天際不斷湧現，陣陣雷轟，天幕黑沉沉地壓下來，連十公尺外的景物都看不清，淒清灰藍的天空給閃電割裂成碎片變得發紫。一聲更大的雷吼過後，天蓋打開，傾盆暴雨變成山洪，立刻將山上的朽木根梢和泥沙石子沖刷下來。

雨不停地下，混濁的洪水逐漸上漲至人們居住的部落，瞬間高過屋頂淹沒了大樹，驚慌奔逃的人們失去了聯繫，父母、夫妻、小孩如狂風掃落葉般全失去了蹤影。一個月後，雷停雨歇，大地成了汪洋大海，水上靜靜漂浮著粉碎的屋舍，沖積的漂流木，人類牲畜的屍體，景象慘不忍睹。突然！一截織布機胴趴著一個人，他手上緊緊抓住從他身側漂過的數串芭蕉。

洪水稍退，天際露出一個桶型山頂。山頂上坐著白霧狀 opoeh a bo:ong 的神，祂難過地看著所創造的人類，只留一名男子奄奄一息於水中載浮載沉著，為了免於人類滅絕，於是將那男子撈到山頂予以撕碎，將其碎肉用樹葉一一包起來丟到水裡。過了不久奇蹟出現，水裡突然冒出一個個大小不一的水泡，那水泡逐漸往山腳岸邊移動，而後幻化成人類。上岸的人們，opoeh a bo:ong 神一一給了他們姓氏，等到洪水消退，他們便下山，成了我們的祖先。」

「baki' 你說的和爸爸完全不一樣，那……哪個比較大？」

祖父不語，放下的手杖再度舉起，指向雲深不知處的大山。沒得到答案，三十年後的日記上，寫了「在坎坷而幽深的年代，築起一道道信仰和語言的高牆低牆之間，出現稀奇古怪的生活樣貌。神與神，人與人，互相較量演繹著蹊蹺的命運色彩，劇烈震盪了原本山神留居之地。」

有一天，發現祖父對著十字架的手杖偏了，同時發現屋簷下的泥地被雨水滴得凹凸不平，板凳斜向左側。一季冬雨，改變了季節。祖父空了又滿的菸葉袋，依然看不清季節。

二〇一三年十二月廿四、廿五日，，在內室休息中，被前來弔唁的親友哭聲驚醒，與哥哥、嫂嫂言明由我晚間長夜守靈。白天，卻睜著眼躺著。

「持續的冷，與尋求炭火溫暖之間，隨興上了一堂又一堂，不斷遷徙的悲傷課程。」

傳出的手機訊息，回覆留言千篇一律「請節哀！」而瓦歷斯說了，「兄弟，無常即平常，保重啊！」

總是說要釋放悲傷，可這一回，我體會到是悲傷釋放了我，卻又緊咬不放！悲傷如影隨形，澈底臣服，順著悲傷之河，完全臣服於內心真實感受時，思緒猛然把自己推向另一個層次，或者不是另一個層次，而是，把我推回「兒時」，推回源頭，推回本性，推回我一直尋找的自己。

在那久遠的聖誕節，父親交代我們兄弟，務必將 baki' 帶來作禮拜。微醉的 baki' 竟然不反抗我們的連拖帶拉。難得來，他坐在最後一排，跟著教友站起來、坐下、垂首、張口……講臺上的父親，三不五時地瞄向他，那神情——好似隨時會突如其來地發生什麼事情似地。然而，baki' 的出奇乖巧，讓父親更為忐忑不安，昨晚報佳音之夜，父親在結束禮拜後，氣得和 baki' 大吵一架。

報佳音之夜。年輕的唱詩團員，翻山越嶺地到達每一戶教友家，在門外高唱平安詩歌之後，主人開門引入家裡，嘘寒問暖間吃些主人備妥的小點心，準備到下一個目的地。

最接近教堂的家，是最後一站。父親未歸，留在教會執事家商討流程細節。baki' 殷勤地延請報佳音團入屋，趁 ataw 叔叔與唱詩團禱告讀經之時，指揮我們兄弟拿出高粱糕、飛鼠肉和一堆醃肉，擺滿一桌。這些年輕族人，面對傳統食物，狼吞虎嚥了起來，享受著黏而不膩，微酸中帶著十足的咬勁。

正當大家埋頭苦幹的時候，叔叔二度制止而被斥退之下，我聽命於 baki'，扛出祖母私藏的一罈糯米酒，甜甜酸酸的味道可征服了年輕人的味蕾，一杯再一杯，膽子壯大了起來，心中的上帝，也就涼快到一邊去囉！

「你們知道這個酒怎麼來的嗎？」話落，滿滿一杯糯米酒，一仰而盡。取出菸斗，塞入菸葉，使勁吸著炭火點燃處，緩緩說那釀酒人的古老傳說……。

說到釀酒老祖將紅藜種子藏在生殖器包皮，躲過鬼卒搜查，由鬼國度帶出，播種人間……，又說起糯米製酒的方法，未使用酒麴發酵之前，嚼爛煮熟糯米，混合唾液所釀成……。

「嘔……嘔……嘔……」

是喝多了，還是對喝下去的東西，起了噁心，反胃聲四起，空氣滿是酸氣。

聽完故事，團員七嘴八舌談論起部落的現象，有人唉聲嘆氣，有人乾脆抱起酒罈豪飲了起來……。這會兒，可苦了身為團長的 ataw 叔叔，好說歹說地催促他們稍作休息，可他們沉浸在 baki' 吟唱的古謠中，跟著學唱，愈唱愈快樂。

這些人，忽略了糯米酒後勁，罈倒人翻。興奮之餘，誰理會誰家小孩誕生！報什麼佳音！教堂的一切一切，丟到九霄雲外去了。

天亮後，團員醉眼惺忪、歪七扭八的回到教堂，醉臥沙場的肯定來不得了。

父親聽聞此事，全身毛細孔冒了煙，發顫地垂頭默禱：「主啊！他們無法通過祢的試煉，求祢救救他們的靈魂，驅趕他們心中的魔鬼……」

魔鬼！在冗長的布道時間，百無聊賴地呵欠伸懶腰。

「你給他們吃了什麼？吐得教堂四處臭氣沖天，作禮拜的弟兄姊妹都受不了，掩著鼻子……」又說：「獵敵首的歌謠，你不能教他們，野蠻的行為和它有關的一切，都是違背上帝的教條。」

「肚子裡出來的東西跑出來能不臭嗎？古謠而已，難道會把別人的頭唱下來？獵敵首已是過眼雲煙，唱唱又何妨。教條，什麼跟什麼嘛！」

慶祝聖誕節的火花終於炸開，從質問到反駁，同樣的護主、護祖。父子翻臉，祖母與母親，無法勸架的場合，同樣的焦慮，爬到二人臉上。一群孫子，在如此巨大的拉力中，少了支撐，隨風擺柳而忽左忽右，不正是無定向傾倒的牆頭草；那群年輕的唱詩團員預演了這碼戲；大風，襲捲整個部落。鴻溝，愈挖愈深，成了遙遙相對的局面。

從前，森林裡住著一隻兩頭鳥，這兩個頭的鳥相依為命。凡事兩個「頭」都會討論一番，達成協議同時行動，譬如到哪裡去找食物？在哪兒築巢棲息……！有一天，一個「頭」不知為何對另一個「頭」發生了很大的誤會，造成誰也不理誰的仇視局面。其中一個「頭」想盡辦法和好，希望和從前一樣快樂地相處。另一個「頭」卻不理不睬，完全沒有要和好的意思。於是兩個「頭」為了食物開始爭執，那善良的「頭」建議多吃健康的食物，但另一個「頭」則堅持吃「毒果」。和談無效，只好各吃各的。最後，終因吃了過多的有毒食物，兩頭鳥死去了。

父親在證道中，曾經說過這故事。內容彷彿活生生在家裡展演著，我們似乎成了一株株牆頭草，禁不住風兒吹襲，時而上帝，時而祖靈。

父親一生，處在兩個極為不同卻又同是極為橫逆的時代。畢業於第一屆南山蕃童教育所。萬歲、萬歲、萬萬歲……多於早安、你好、老師再見的童年教育。

「要珍惜來自天皇聖地物資，這套衣服好好保管，它們是你們人生茁壯的開始，時時要心存感激，效忠天皇一輩子。」

朝會，分發日式小學制服的精神訓話言猶在耳，畢業典禮結束，集中繳回的命令，心情像包上石塊的族服，擲向山溝的垂降弧度，墜落……墜落……。

「哈哈哈……根本欠郎沒穿褲子！哈哈哈……」光著屁股衝出訕笑的人群。「什麼鵬程萬里！」、「什麼天皇幼苗！」、「狗屎蛋！」、「叭嘎呀肉！」。

十二歲，一頭栽入林班「深造」、參與「公共勞動」、扶老攜幼強迫學日文的夜課……，生命成長精華階段，卻持續在歲月中，遭受支配。

「爸，你就拿出來呀！」

「這是你祖父唯一留下來的啊！槍托還有握痕。」

「派出所已放話，被搜出來是重罪，自繳就沒事了。」

「要砍頭也不報繳，除非你死去的祖父答應！」

耕作鐵製器具，番刀、匕首、槍械一律報繳，甚至鍋盆鋁蓋只能留一鍋一蓋一盆，其他一律歸公。而那把有歷史淵源，刻上雷紋圖騰的家傳寶物，父子倆埋在誰也不知道的地方。

體力勞動，飢餓是最大的敵人，它無時無刻折磨著肉體。嚴格控制定量的糧食，吃過之後覺得比沒吃還餓。因而想盡辦法尋找可吃的東西，蚱蜢、魚蝦、青蛙這些隨手可得，青蛙只要去掉頭及大肚子後，剩下兩條腿，水中洗一下便可以吃了。敢吃生肉，就不會成為肚子的附庸。只要是人，就不能讓肚子指揮。

父親常昏著頭想，大人說了真話？說黑熊、水鹿、山羊滿山遍野都是，肥滋滋地從春天吃到冬季。可現在面對塞不滿牙縫的青蛙腿，為何變成無法計量的挨餓？又為何困苦寫在每個人臉上！再大的意志力也無法掙扎而起。

有一天，祖父半夜將大伯和父親搖醒，輕聲說：「跟我到山上去。」

躡手躡腳摸黑到杉木園，裡頭十餘位族人蹲著支解一頭黃牛，聽說是吃了竹節蟲死的。忙著分配裝袋，每一戶都有。

在族人緊守口風之下，過了相安無事、口欲最為豐饒的時光，儘管三更半夜摸索到僻遠的崖洞裡烹煮，守著暗藏美味的祕密，從不喊苦叫累。

好景不長，一名族人便當裡的醃牛肉，特殊味道引起了日警注意，這件事因而曝光。那名族人遭受到嚴刑拷問之後，左腳瘸了。而部落二十餘戶族人，幹的活更長，工酬也取消一半，日子過的既悲哀又痛苦。

這一段父親生前重複說了好幾遍，幾乎能倒背如流的過往，已成絕響。

二〇一三年十二月廿六、廿七日，，接連兩天的助禱禮拜，禱告中偶爾傳出啜泣聲。在這個之前的每一頓晚餐，熱鬧無比，嘈雜聲幾乎衝破搭蓋的雨棚。鄉下就是如此，前來協助喪家的左鄰右舍，似乎想用「熱鬧」方式，沖淡些喪家的哀傷。

「別難過，八十歲以上算是喜呀！」

這個邏輯，反映在孩子們忙著繕寫粉紅色訃文、毛巾裝盒、花圈花籃布置、鮮花素果擺放。一首重複播放「我為你禱告」詩歌，稍稍傳遞出悲傷氣氛。

這幾天，感受到鄉下濃厚的人情味，東家送來青菜、水果、家禽、山產……不一而足，西家提供酒類、飲料、茶葉、米粉、麵條……不等。我族就有這項非明文規定，大凡婚喪喜慶，紅白包幾乎全族性承擔，儼然巨型老鼠會，一種不斷「複製」非傳銷、銷售組織，卻又是充滿活力、充滿生氣、磁性式傳達與運作，成了非刻意營造的日常生活。

基督教儀式，少了繁文縟節。但出殯日期還得請託命像地理師。

他說：「讓往生的人有所歸依，陽世間子子孫孫得到福蔭，時辰日期一定要算。」

「要配合我們兄弟倆的八字？」

「是的，我已經算好，最好的日子是在二〇一四年一月十二日。」

「不能提前嗎？太久了，想早些讓父親入土為安。」哥有些心急。

「那……不太好，會傷害你們其中一位。」

「折我壽，沒關係！」我突然表明立場。地理師急速翻閱他的書，說：

「你們用教會儀式，選在二〇一四年一月一日好了。」說完，匆匆拾起他的書，彷彿被識破的詐騙者，丟下要求喪家不一而足的價碼。

面對刻骨銘心的離情，心靈深受悲傷衝擊，喪親之痛，任誰也想快快走出悲傷，深刻體會的遺憾，往往不容易消失，堅強與脆弱儘管是一體兩面，寧願選擇脆弱，放鬆下來，讓生命挪出一些空位，好讓其他東西進來。

與父親相差三歲的 ataw 叔叔，第三天守靈夜，說著他記憶中的往事……。

「你們大伯從新幾內亞回來，彷彿縮小了尺寸的躺在擔架。深陷的眼眶、失神的雙眼、眼皮像失去彈性般，撩起來特別沉重。灑滿黃色消炎粉，纏著髒兮兮白紗布的皮膚，浮腫潰爛。聲如蚊蚋，斷斷續續道出高砂軍所親歷的一切：

擔任粗重的挑伕工作兼最前線的敢死隊員。部隊失去補給，缺糧而受命狩獵，分得的食物卻是日本人吃剩的獵物殘骸。還得如野狗搶食香蕉皮、甘蔗渣果腹。我們挖壕溝，背著火藥在封鎖線埋布雷管。有一次突襲轟炸，我被日兵推出擁擠不堪的防空洞而遭爆塵擊傷。當救援的日軍戰艦靠岸，接泊的小艇悉數將日兵載走，高砂兵必須自行游過去，當時傷口浸泡海水痛得幾乎昏厥。

不知道船艦停在哪裡？也不知道過了多久？只聽到哀號和慘叫聲，醒來又昏了過去。全身忽冷忽熱，有一天有人叫了我的名字，迷迷糊糊中被抬到船上，後來，好像聽到媽媽聲音，睜開眼，才知道……我回家了。」

你們大伯回來第三天傍晚，凸著血紅的眼球嚥下最後一口氣。我和你們父親被關在派出所，陪著你們祖父。

「為什麼？」我急切地問。

倒是健兄回答了我的詢問，他說：「阿公在派出所嚼裂了菸管，咆哮怒罵不聞不問的警察，爸爸和叔叔拚命搶下阿公手上的番刀，才免於被上了膛的警槍射殺。後來，五花大綁關在派出所一天一夜，再由耆老們簽保證書，領回辦喪。

「阿健說得沒錯，但是，日警用他們的方式潦草出葬，並沒有結束一切。有一天，部落巫師說，許多族人反映，綠繡眼異常鳴叫，總是飛撲阻斷去路，生活作息大亂，占卜得知有魂魄仍滯留部落，祖靈不願接納他。」

突然「轟」一聲！暫放父親大體的冷櫃抖了一下，大半夜的，著實嚇人一跳。叔叔輕輕撥了快熄滅的火炭，囑咐說：「再添些！」

起身到廚房拿些滿新式的無煙火炭。瞥見房間裡的母親，失魂落魄地把衣服從衣櫃裡，取出又放回，想找回什麼似地。而在房間牆角，迷迷濛濛枯坐著頭髮挽起的身影，是女性。我開始擔心了母親。

炭火，無聲無息地驅走凜冽空氣，客廳暖和多了。飲盡一大杯熱茶光景，聽完叔叔說，懇求日警，重新補做傳統喪葬儀式。但是，日警卻調動警力監督，攔截通知前來的親友族人參加，理由是日阿拐姻親家族，不能有十五人以上的集結，真是一朝被蛇咬，十年怕草繩。後來也草草結束補做儀式，部落日日夜夜籠罩在揮之不去，粗厲嘶啞的烏鴉叫聲。

黎明前，沉寂的村莊愈加寒冷，晨曦瑟瑟縮縮，從黑暗中被放逐的薄霧，輕盈的四處飄蕩。掀開圍帳，扶著母親探視冷櫃裡的父親，成了幾天來的晨課。母親拭去玻璃上凝結的霧氣，一樣的悲傷，一樣的語言，一樣的飲泣。隔著圍幕坐上半小時的祈禱，似乎為近七十年婚姻，了結在所有的過往與回憶。

「你們父親很少打小孩，倒是和你們祖父經常起衝突。」

「是不是為了教會問題？」

「除這以外，平時祭祖，教會禁止拜偶像、拿香和燒紙錢。」

「祭祖是拜偶像嗎？」母親思索良久，點點頭，說：

「有一次，你們祖父要祭祖用的竹杯，你們父親將竹杯交到他手上，他摸了半晌，突然大怒，指著被踩裂的竹杯說：你自己看！」

竹杯，每一次祭祖需要當場製作，鋸下竹管環節下方為底，取約十公分上方為口，注入酒即為祭杯。祖父大怒於環節下方為注口，父親不明就裡的祖父大吵，而真正製作的……。

「是我作的，你們父親一早就交代，要祭祖，妳先預備好。」母親望向圍幕裡頭，眼神似乎透露那寧願頂著挨罵，也不拆穿誰褻瀆了祖先！

「阿公眼睛是怎麼瞎的？」

我的問題，牽扯出活在時代夾縫裡，從「支配」的深淵爬上來，巨大的震盪又摔至「壓迫」的大澤中，懸宕在滅頂或奮力泅上岸的邊緣命運。

「你們父親在當兵，你們祖父幫漢人耕田，有一次眼睛紅腫的回家，說很痛，很痛！我和婆婆用水不斷的沖洗也沒用。第二天走了二小時到村莊，漢人郎中拿了藥膏和藥粉，一敷一飲。一週後眼睛完全看不到，瞎了。」

「怎麼發生的呢？這麼嚴重！」

「被牛尾巴掃的，當時要到新竹大醫院檢察治療，可是……」

「是沒錢？還是麻煩！」健兄問。母親搖搖頭，說：

「半人高的櫃子塞滿了錢，是你們曾祖父所遺留。但是，日本投降後，背半個竹簍的錢，只能買回五片豆腐、一斤餘的豬肉。要到遠地，還必須到派出所登記，那些新的警察動不動就罵：馬力嘎逼的，好兇！」

天哪！部落人總是突然被拉到不熟悉的舞臺，無法進入要扮演的角色而惴惴不安。龐大的奴役世界，敏銳地看見部落人用勞役體認無能和頹弱，但是仍將笨拙的在這塊土地上，出生和死亡。兩面旗幟裡埋伏的各種災厄，如此惡性循環。

二〇一三年十二月廿八、廿九日，白天，親友族人進進出出，每個人顯出了哀戚的神色。有遠道的友人，專程登門拈香致祭，隨即趕返；或有致送奠儀、花籃；也有人在遠地、不克分身而專電弔唁，這些寒冬中的溫暖，轉移了些許哀傷，得以不陷於食不下嚥、坐立難安的難過情緒中；也得以舒緩治喪事宜、長夜守靈的疲憊。

隆冬的黑夜，總是那麼漫長。想起看過《芬尼根的守靈夜》的翻譯書，看似簡單的故事架構上，作者以夢囈般的語言、迷宮一般的結構，構建了一個龐大繁雜的夢境，暗喻了人類循環往復的歷史發展。

父親簡易的、供人瞻仰祭拜的遺照下方，燭火如豆，閃爍著漫長的沒有標點的獨白。祖父中年被泛白了靈魂之窗，七十歲結束了漆黑世界。法醫說：腦溢血。沒有痛苦，沒有掙扎，如往常啣著菸斗，坐在床沿，雙腿晃著。

明顯的是上帝強過了祖靈，讓父親多活了十六年！然而，父親生前痛苦，豈非上帝所安排的一切。

兩年前，父親驗出大腸癌。初期的治療，醫院的往返，成了與健兒沉重的負擔。癌細胞蔓延，必須動手術的醫療，新竹馬偕醫院成了分期照顧、留守、付費，以及父子對話場所。

「當父親要被推進手術室時，兄弟倆緊緊地跟著推車，真希望能把他的痛苦移到自己身上，至少不要讓年老枯瘦的身體再受手術刀的切割，歲月的刀斧在父親身上已刻了夠多的傷痕。走到充滿濃烈消毒水的開刀房，我們被阻擋在一道玻璃門外，這一道冰冷的玻璃門，阻隔著一個生命的延續或結束，以及我們焦灼的禱告。只不過十來步的距離，竟像是好大的溝渠，跨都跨不過的阻隔啊！」

這個《背影》書裡生動的敘述，活生生的發生在我們身上。

「爸！還好嗎？」加護病房限定的探望時間，只能說這一句和握緊父親失去血色的手，看著護士們熟練的操作各式儀器，發現自己笨拙的毫無用武之力。

「阿弟，你自己身體不好，要保重呀！」

「我接近百公斤，夠重了，倒是你，瘦巴巴的。」兄弟倆相視苦笑起來。

「明天嫂子來，叫她帶竹杯、竹籤來，還有一點肉和酒，我們祭個祖。」

馬偕醫院草坪公園，生龍活虎的晨操市民，坐在輪椅上的病患，形成了強烈對比。也唯有在這個時段給初升的太陽，淡淡窄窄的一份清涼。日午的樹穿過風的低吟，享受無須焦慮的怡然。向晚的樹被襯托在溶金的落日，於是摘一片晚霞訴說。

「祖靈，因祢們的眷顧，父親已安然度過危險期，雖然生活步調遭受到考驗，我們仍堅持祢們所遺留的方式召喚，擦亮我們蒙塵的眼，讓我們的心，像遭受愈大的風雨愈緊緊相纏的苦籐，甘之如飴的面對苦難。我們軟弱的連小米都無法祭獻，不成敬意的供奉，請笑納！」

祭告完畢，返身望見馬偕醫院頂端的十字架，在深灰的天幕隱去，逐漸和星空混而為一。瞪了一旁的野狗，信步走入病房。

「爸！您說日本兵好當，中國兵為何不好？」

盡量與精神稍微好轉的父親攀談，轉移點滴挨針，腹腔「造口」的不適與疼痛。

他說：「起初，當日本兵除了種菜、養牲口外，平時卑躬屈膝的任憑驅使，語言通，還算是輕鬆自在。後來，日皇敗降的廣播，受命到高雄港口，協助搬運一艘大軍艦卸下的物資，穿梭在傷兵和死屍之間，終日面對血泊和死亡，呻吟與哀嚎。戰爭面貌，真是殘忍可怖，當時想起你們大伯的痛苦，心裡好難受。」

「很亂嗎？當時。」營長退役的健兄，頗有興致地問。

「何止亂，簡直是狂暴狀態。有一天，各軍種官兵陸續上岸，整個港口，如喪考妣的氣氛，滔浪般臨空撲下，不時傳出有軍官切腹自殺、有士兵跳海、還有情緒失控，拿著軍刀逢人就砍的瘋漢，也有磨刀霍霍想與老美再拼個死活的，軍紀蕩然無存。

大混亂後，識得路的早已擅離部隊走人，大部分不知天南地北，根本摸不著頭緒的想幹什麼，想去哪裡。受降一週後，終於有幾位日本軍官，各個垮著一張臉，下了一道復員命令。」

「爸！休息一下。」

用沾滿水的棉花棒，輕輕擦拭父親嘴脣，也讓他吸吮一些，這一幕突然回到父親遭受蜂螫場景。躺在極不舒適的折疊床，夜裡被放大的細微呻吟，血壓偵測儀器的蜂鳴聲，直覺魔魅的苦難，總是不斷盤旋與循環。

二〇一三年十二月卅、卅一日許多人認為，靈魂的存在是一個「信」的問題，信則有，不信則無。多年前，在加護病房曾經看見自己躺著，嘴鼻插滿管子，甚至浮在半空中看見妻子、姨子們在病房外坐著聊著，也看見走廊頂燈在自己旁邊。病癒，總認為那是夢境，後來在日常生活中發現，已往從來沒有經歷過的現象，一次比一次明顯，久而久之，不再像當初會眩暈和噁心。掃墓節看見蹲踞墓碑的影子；祭典看見傳說的人物，甚至在擁擠的電梯能感覺到非人類的存在……。

「叔叔，阿公的造口怎麼處理？」陪著守靈，大學剛畢業的姪兒問。

「喔！處理腹腔人工肛門真的很難過，排泄物隨時滿，傷口要處理乾淨。」就如此，叔姪談起遭護士及清潔阿桑白眼的處境，「這是你們家屬要做的，一名護士要照顧十來個病床……」「你們不會處理好一點嗎？滴得病房到處都是，衛生哪……」大男人的確笨手笨腳，嫂子要照應母親，妻子要照顧幼孫，只好由兄弟倆來輪值，請移民工卻苦於「錢」的問題，也不希望父親面對語言不通者來侍候。

「叔叔，聽說你們照顧期間，發生很奇妙的事情！」

「是呀！那是阿公手術後第三天的事。也是在草坪大樹下祭祖之後。」

「你看見的人影，確定是阿公的媽媽？」

「不確定！」回答姪兒當下，突然瞄見圍幕輕輕抖了一下。前晚看見母親房裡的「影子」，正襟危坐在堆放毛巾的角落，也許祂老早坐在那兒，似乎在提醒我不該多說，於是話鋒一轉，說著讓姪兒丈二金剛摸不著頭緒的一段話。

「在我們出生之前，即被賦予一個精確的法門，用以尋找真正的生命。如果我們忘了早已鋪好在我們內裡的路，將永遠被困在輪迴圈裡。若我們用內在靈魂的眼睛去看，這條路是非常真實又清楚。我們身體這個『罐子』是真我，並不輪迴。我們的靈魂，每當想要體驗新的事物，會把自己裝在一個容器裡面，然後必須習於原本的自己，倘被其他物質及資訊干擾而改變，很難穿越另一空間。」
愈晚，如白天親友族人進進出出的異象，愈來愈頻繁。看到一隻有很多翅膀的老鷹，嘴裡叼一個黑色的人；又看到寺廟裡，一尊尊佛像張著嘴，好似要說什麼似地！偶爾看到成排十字架，在室內飛舞……。長時間熬夜，真的累了！
「你們還好嗎？」拉高分貝，焦急地問。
「爸！我們都還好，只是車子要修一陣子，我們傍晚才會……」
再度返回守最後一夜靈的孩子們，在高速公路爆胎，讓人心驚不已。人安全比什麼都重要，尤其在這個節骨眼上。
最後守靈夜，告別式前一天晚上六點一直到半夜。九點完成父親人生最後追思禮拜。十點起，觀賞由孩子們聯合製作，父親生前照片及生活剪輯影片。邊看影片，由兄弟倆說明影片拍攝年代及內容，緬懷父親過去事蹟。由孫子輩一一說出對祖父印象及告別話語，而在○○：○○時，跨年鐘響，全擁抱一起，哭父親，哭祖父，哭著跨過歲月的、移徙的哀傷。
大殮前幾個小時，思緒仍停留在父親當國民政府兵的話語。
「同志們，現在是中華民國，在這裡不能聽見鬼子話。現在，我數到三，誰會說日語的請出列。一、二、三。」

新兵們你看我、我看你，沒半個站出來。後來全被拳打腳踢，父親說：「我們不是長官說的牛、欠打，而是從頭到尾完全聽不懂那些話！」

說起泰雅人尤命．馬賴的遭遇，激動地連咳不已。額頭、下巴的紋面可把他給害慘了，簡直把他當野物看待，凌虐復汙辱。叫他舔淨撈肥水的桶子；命令他穿著匪軍服裝當成活教材。宣布說：「這二天山地訓練作戰，誰把這個野蠻人抓回來，不論死活一律升為下士副班長。」

後來，泰雅人像人間蒸發一樣，再也沒看過他。

隔閡、疑懼和憤怒揉雜在弔詭情境中，幸或不幸的衡量標準，隨興於執行者的好惡或喜怒無常間，令人魂不守舍。

父親說，退伍後，認得了「努力建設、生產報國」牆面標語，也走進了教堂。發現賴以生存的土地上，強勢者以「開發」名義，進行著侵略式的「土地利用」。部落經濟結構改變，食物的獲得，似乎回溯到兩隻青蛙腿的原點。

教會，除了心靈得以依托之外，救濟品即便是一罐結塊的奶粉、泛黃的麵粉、微酸的牛油，以及長過膝的上衣，不無小補於生活上的空茫。

「跪！」迎進棺木，悲慟看著父親大斂，隨著移靈至告別式場，一步一淚！

冗長的告別禮拜，家人全套著胸前別著十字架的黑長袍，在黃白相間的花海中，顯得格外醒目。

釘棺前，突然發現場內空氣在扭動，彷彿想扭出個間隙，家人親友似乎像剪影般，別在扭動的布幕上，隱隱裂縫走出迷濛的拄杖影像，一前一後在棺前佇足良久。當遠處的狗吠狂起，景象恢復如常，而相處多日的婦人「影像」，消失前的對我點頭，究竟代表了什麼？

後來健兄問：「剛才撥我腳幹麼！」

我答：「讓路！」

溪流潺潺蜿蜒游走，丈量人生無盡的悲與愁；密摺蒼茫的山，深淺濃淡遠近高低，記錄著人生起伏際遇。

再見了，父親！相信您的國度，不會再有夾縫中的命運，無助的呻吟、隨聲附和、屈就他人的世界。

願您！捨棄世間所有的悲涼，捨棄記憶，平靜地以個人儀式，自由飛翔。

瑪阿露（謝謝）

「這路真難走呀！好累。」

「走慢些，來！換我背。」

一對大約四十餘歲的中年夫妻，從深山部落抱回了男嬰，蜿蜒曲折、上坡下坡如螺旋般的山徑，把一行教會人士折騰地唉聲嘆氣。而說話的這對夫妻，源於無子嗣之熱忱衝勁，協助部落教友因小孩眾多、食指浩繁的困苦家庭，領養下一名嬰兒。

「哇哇哇哇哇……」

嬰兒宏亮哭聲，拖緩了他們的腳程。

「我這熱水瓶還有些水。」

「教會的牛奶在哪個包包？」

其他教友過來協助這對夫妻，總算止住了嬰兒哭聲。然而，暗夜的簾幕輕輕地垂放下來，一夥人身穿禦寒衣裳，仍免不了讓夜霧浸溼。多只手電筒隨著步伐晃盪，在山徑間明明滅滅地照著，頗有遺世之感。

在稍微平坦的路邊，眾教友在簡易的搭寮，升起營火，禱告後以乾糧果腹。仰首張望天空歷歷的眾星，閃發著微弱光芒，如水晶般澄澈剔亮，彷彿一群稚童，眨著眼觀望寧靜的森林。夜更深，山巒如同萬頃波濤的海洋，深沉地顯出一股懾人心魄的墨藍。睡前禱告之後，益發顯現山林中的岑寂，群山、樹林、星空都已沉睡，唯徐徐晚風的輕輕呼嘯。

小男孩以受洗的名字光明，登錄教會檔案成為這個家庭的一員。

「光明，動作快點，不等你囉！」媽媽催促總是繫不好鞋帶的男孩。

「媽！我同學的媽媽都好年輕，妳……」

「小明，別亂說話。」坐在客廳的父親吼了他一句。

教會幼稚園，已不能滿足男孩的好奇。早上乾乾淨淨地送去，傍晚髒兮兮地回來，好動又不懂禮儀，半夜起來到廚房搜括食物，讓有了年紀的母親經常皺起眉頭，她無法埋怨，抱回男嬰主意是她所提出的。整日洗濯、打掃、煮食……在侍奉主的家庭，生活上除了有條不紊之外，外表和心靈絕不能蒙上一絲塵埃。

「師母！小明今天欺負同學。」

「師母！他偷拿別人的蠟筆，還打了告狀者。」

「師母！他像野人……」

當她走進學校辦公室，一些抱怨語言如強颱似地吹襲周遭。爾後，她只能低聲下氣地牽著小男孩走出校園，這種情況一直延伸到國中的校長辦公室，甚至到高中職校，一段冗長的叛逆歲月。

其實小明也有許多理由反駁、訴苦……。

「老師說我是剛進化的猴子，咬字不清晰也不流暢，唱起歌來結結巴巴。」

「出去，你這個小魔鬼，你的存在是多餘的。」在領聖餐的儀式，小明將切成薄片的麵包吐到地上，他們說那是「耶穌的身體」。因此被老師嚴厲地掌了一巴掌，咆哮地趕到走廊。

有一天，放學踏入家門，母親撲面地碎語碎念開始孕育風暴。接著，父親從房間衝出，閃電跟來了霹靂那樣地降臨到前廳。

「小明趴下！」頓時，皮鞭劃破空氣啪、啪、啪……間雜著嘶吼，「你這不知敬愛上帝的蠻人……」「你的靈魂令人蒙羞……」

「你打死他好了……打死他……打死他……」母親一面歇斯底里地尖叫，一面去搶父親手上的皮鞭。

牆上，無動於衷的耶穌，垂憐救贖世人的眼神，竟如此接近小明的哭號。

母親抱著抽抽噎噎的小明。剝除他的衣服，看到背後布滿淤青泛紅的鞭痕，暗道：

「天哪！下手這麼重。」

為什麼他們都不相信我，只相信老師的說詞？

麵包裡的小泥塊是他塞進去的、未出聲的祈禱文是在辱罵老師！敲破貴重的彩繪玻璃都是他……他百口莫辯。

「同學們說著我聽不懂的話，他們雖然也一樣說方言被處罰，但私底下在校外或操場，惡意地捉弄、圍毆、追打我……」

「這道傷口是怎麼來的？」年邁的母親用紅藥水塗抹，嚴厲問著。

「是一些工業區的工人，用木棒鐵條追打我們村裡的人，我只是路過……」

「好了好了……以後離他們遠一點。」

「小明，你要明白，我們提供好的教育，拯救你的靈魂……」

拯救靈魂！每當王先生把他介紹給教友，經常說上這麼一句。但小明從來都不明白這句話的意思。

無數次被父親拎小雞般丟到犬籠裡。他漸漸討厭了哭泣，一如討厭無助的感覺，並學會了沉思和自我反諷……。

——你們都是父母眼裡的寶貝，天上的星星。

——你們要懂得擁抱父母，親吻父母。

——你們要像鴿子一樣聖潔，成為上帝的使者。

不對！星星不會在烏雲中出現、父母親都避開他的親吻和擁抱、鴿子的糞到處都是，老師的話騙人。

喵！喵！喵！小花貓又跑進籠裡，挨著他的腿磨磨蹭蹭，親熱得什麼似地。此時，曠野的夜色愈來愈深沉，颳起的風也愈來愈冷冽。

母親不再帶他上街購物，也不再讓他靠近，甚至上教堂時，命令他坐得遠遠的。生活經驗告訴他，他是屬於另一個世界的人，「爸」、「媽」、「家庭」所代表的意義，既空泛又遙遠。

這個矗立成排的高大尤加利樹，圍著一間間連在一起、圍有短牆的房子，他們說是「瓦西狼」住的眷村，被外頭逐漸開發的工業區緊緊包著，殘弱老兵守著滿布歷史塵埃的眷舍，與興建中的工業區大樓成為強烈對比。

傍晚偶爾會傳出團契會家庭禮拜唱聖詩的歌聲，深夜在夜風翻動尤加利樹葉嘩嘩聲中，也傳出嘰嘰嘎嘎間雜著——操、放砲、胡了……音調各異的叫牌聲。只是操著學校正統語言的小小世界，也有著格格不入的地方。

「光明同學，你速度快體力好，參加我們學校田徑隊如何？」

我婉拒了體育老師的邀請，同時也推開一直想拉我進入「演講社」女社長同學的手，她說：「你國語講得很流利，滿口京片子，是我們學習的對象。」

從小跟著父母說的話，真的需要如此被另眼看待？倒是喚作府城臺南這個地方，只要走出短牆的房子，每一天就像一名觀眾突然被拉到舞臺，無法進入要扮演的角色而惴惴不安。

隔閡、疑懼揉雜在相互矛盾弔詭情境，在過多的「幹」聲中的對話，動不動驟然湧出的不安，內心積壓無可名狀的恐慌和怖懼，令人魂不守舍，胸腔疼痛難當，一股忿忿不平之火，在心底深處要燃不燃似地……。

高二，我參加了街頭運動，忠實扮演隨風搖曳的牆頭草角色，幫反政府的發發傳單，也混在軍警一方，小手小腳戳戳遊行者的身體。如此非凡經驗雖然非我獨嘗，巴結反政府標語小旗，逢迎執政者旗幟，源自於在對立的環境中，雙向式遭受生命無情打擊和生存條件備受威脅卻一般。打架，便成了有趣的遊戲，它帶給我尊敬、榮譽和別人的畏懼，也因而被列入轄區的黑名單裡。

在稀薄月光下，被五個朦臉黑影圍住，在對方的叫囂聲中「拿刀哇，幹！」、「乎伊死」、「乎伊斷手斷腳」……我抄起胯下的鐵馬防禦，搏鬥展開。頭上、頸後火辣辣的疼痛撕心裂肺，背脊、腿側挨了幾刀。

「馬里個巴子！」一聲含恨的、憤怒的，彷彿是一頭被逼入絕境的野獸所發出的大吼，一種野蠻不可抵擋的力量，衝撞、撕咬、扭打，像困獸一樣地左衝右突。良久……混戰場面靜止了，大口大口的喘氣聲、唉叫聲不絕於耳，那些人被只圖活下去的威勢所震懾，「走、快走！」如野狗般夾著尾巴跑了。沒理由地被攔截、被圍殺，意欲置人於死的清楚情節，卻搞不懂他們的恨意從何而生？為何而來！

「噹啷！」無從辯解地被關入看守所。罪狀洋洋灑灑二大張，寫我攻擊農村子弟，有人肋骨斷、鼻頭塌、眼半瞎，還加上一項莫名其妙的強暴案。一餐一回的毒打侍候，我堅實頑強地接受顛倒是非的折磨。我閉嘴，因為霸道已蒙蔽了事實，多說無用。

「出來！」警員敲著鐵欄杆、惡狠狠地吼。

「他是我夫妻倆在北部傳教區所領養的山地小孩……」

父親托著老花眼鏡，配合管區警員作筆錄。

「王大哥，我們自己人，這案子就壓在這兒，往後看好光明就好，別再惹是生非，你就帶回他吧！」

第一次，第一次聽見自己的身世，忍不住思考「我是誰」的空茫生命，愈想愈深，不可自拔，成了我成長中的盲點。

十八歲勉強獲得一只畢業證書，便開始四處流浪。發現自己能活在兩個不同的世界，做兩個不同的人。在街尾像垃圾般隨著風滾動在牆角，不及一年即提前入伍，更在新兵訓練中心被遴選為蛙兵。

「衝啊！殺、殺、殺……前面的當心，後面的倒楣！」訓練官站在土堆上大吼大叫。

被熱度侵襲得昏昏沉沉，四肢百骸喀喀作響，海沙黏著汗水布滿全身。

「你過來！」學長手勢和眼睛同時下著命令。罵、踢、揪耳朵、賞巴掌，似乎虐待我的時候，他們突出的胸會更壯、鐵般的拳頭會更硬似地。

「跪、跪好！沒命令不准起來。」

餿水桶旁，跪上一小時成了常修科目。光頭上的疤痕惹了他們？操練時總是處在「當心」的位置，紅了他們眼睛？還是天生就該被欺凌？

嗡、嗡、嗡……蒼蠅在身邊飛繞，心中咬牙切齒地吶喊：「我不是垃圾！」

「進來。」敲了門，走進輔導室。

「聽說有學長整你。」

「報告，沒有！」

「有事跟輔導長說，別隱瞞。」話鋒一轉，說：「你父親是老兵退役，曾在這個單位待過，他在電話中交代了一些事，你年少輕狂的紀錄我們都有。」

輔導長指了指桌上的一份資料。又說：「軍中是洗心革面的好地方，你好自為之。」

退出輔導室，耿耿於懷所謂的「紀錄」，這個印記是終生的？無法抹掉？心頭壓住的巨石，千斤般無比沉重。

大海波濤撞擊水濱礁岩，浪花飛散。遠處的一艘船回轉過尖銳的海角，在波濤洶湧中傾斜，彷彿紙屑一般嵌在深藍色的背景。

數週的海上浮游訓練，泡在冰冷的海水，仍冷卻不了心中的苦澀熱浪。忽而父親年邁的臉，忽而母親愈顯佝僂的身體，忽而「我是誰？」的情緒從焦躁逆轉成欲哭無淚，眼眶裡，溼潤著即將被高熱度熔化的眼珠子……。

連續六天五夜長跑、長泳、頂艇行軍、夜間操舟、沙灘競技、水上競技、基礎潛水、水域、陸上滲透操練、重裝行軍和偵察等科目，磨練精神、體力、耐力及服從性，最後去蕪存菁後，方邁向「天堂路」這一關。

天堂路，在五十公尺長的咕咾石上，考驗精英們的滾、爬、匍匐前進等技巧及蛙操動作，包括俯臥打水、仰臥打水、俯臥倒立、手足並齊，腿部運動、背部運動、跪臥挺腹與仰臥挺身等動作，每一個關卡有兩位監測教官，對於怕痛、退縮、動作不確實或服從性不佳者，都必須回到原點重測，備極艱辛，完全是意志力的考驗。

我通過了，沒掉半滴淚，蝌蚪蛻變成蛙人又如何！看著通過的同袍與家人抱頭痛哭，也深知年邁的父母是不可能來到這兒。

倒是一位婦人讓自己手足無措，緊張了起來。

「你不是達若的兒子嗎？你不是去當警察？在這裡……怎麼會？」

「對不起，我不懂妳的意思。」

對有些人而言，方言、口音腔調、具有重大的代表意義。外省人、閩南人、客家人、山地人，而那婦人帶著山地腔倒裝詞是一切不文明的象徵？有三分之二的同袍帶著這個腔調，也都遭受到歧視汙辱。起初我也是同等待遇，後來「京片子」讓我被分類開來。僅僅由於其身分或歸類，而非個人特質，給予不同且較差的對待。總覺得是以少數的利益為代價，提高及維護多數的利益，婦人的口音讓自己上了一堂課。然而，那一句不懂意思的話呢？

人！真的是能適應環境的動物？能慢慢習慣民族大熔爐的社會？而人與人之間的對立，更令自己習慣思考「我究竟是誰」的空茫生命，愈想愈深，不可自拔。

在諸多刁難、好說歹說中拒絕簽志願役。退伍，便一絲一絲、一步一步開啟尋根之路。

從有到無，再從無到有，這一段歷程都在超越時間，過去的似乎和未來已不相連接。組成歲月的片段，也似乎不像宇宙的星球，循規蹈矩依序進行著。

當應徵主管對你磨歪的鞋後跟沉思。乾脆的，把眉毛揚一揚、聳聳肩來代替結果。倘若對你的履歷表露出驚訝表情後，說「好吧！我們會通知你。」那無限期磨人的等待，令人沮喪之至。

「厲害喔！一次扛兩包水泥。」工地主任說。

「三包也可以。」

「你以前做什麼的？體力這麼好。」

「蛙人！」也只有這個光環可以回他話。

「我們工地也有和你一樣的山地人，很吃苦耐勞，只是愛……」

「愛怎樣？」

「喝酒！工作也喝，下班也喝。可是你的口音跟他們真的不像。」

「是呀！每個人都說我是蕃人身體、外省音調，雜種！」

「我沒有這個意思，沒有……」

在工地環境岐視的微慍中結束了談話。依個人的學、經歷，終究必須由底層做起，用勞力撐起逐漸頹傾的家。

在父母親逐漸失去了視覺與聽覺，細細微塵足以摧折地接近風燭尾聲，為人子必須克盡孝道。孝順必須是長期、實質、全面的，父母以畢生歲月辛苦奉獻，即使不能鎮日膝下承歡，也應該讓老人家在衣食住行上無虞匱乏，在生老病死上有所依靠，還要給予父母精神上的和樂，心理上的慰藉。雖然兒時情景偶爾會跳入腦海，但為人子的基本道理，我懂！

思及退伍時，父親有意安排我在教會工作的對話，似乎傷了他的心。

「你不再考慮了嗎？」父親用少有的神情問。又說：「你對我們一點都不留戀！」

父親語調雖然平靜，但是，我直覺地感到他聲音背後的東西——他的心似在隱瞞了許多事，在漩渦中無力地掙扎。

「不，我也有我所留戀的。」我面有難色地迎視父親目光。

「包括那些疼痛？」

「唯有痛苦，幸福才更顯出它的價值。」我用他的布道詞。

「嗯！」父親凝視著我，一層淚霧逐漸將他的衰老的眼睛變得溼潤而璀璨。

我也像父親凝視我那樣望著他，兩個人的目光卻不能透過對方的視網膜，看到深處的東西——彼此好接近，卻又好遙遠。

憑著鋼骨般的身軀，再粗重辛苦工作也熬得過來，板模、鋼筋、灌漿工作，在烈日汗水中逐漸由生而熟。更搭乘政府十大建設，為了改善基礎設施及產業升級進行的一系列國家級基礎建設工程，南北奔波工作接不完。

後來兼職工地的保全工作，防盜、門禁管控，以及指揮建築工地進出的施工車輛，並協助工地附近的交通指揮。

「喂!你過來。」一部官員乘坐的黑頭車後座，傳出叫聲。

「什麼事？」畢恭畢敬地趨前問。

「你瞎子呀!董事長的車卡在車陣，你不會指揮交通啊？」

順著她手勢看見一部更豪華的大車，卡在摩托車、腳踏車車陣裡，還有一些野雞計程車橫七八豎地攔阻去路。

「還我工作權」、「請支付薪水」、「草菅人命」、「董事長下臺」……不絕於耳的抗議聲由四周湧入。工地警衛、管區警員層層保護著那臺車，後來軍用卡車載來更多憲兵，強力驅散抗議群眾。後來才知道有部長級的中央官員在裡面的黑頭車、被解圍緩緩離去時，我發現自己站在抗議與被抗議中間，更驚訝地發現，在警察鎮暴隊伍中，看見一張熟悉的臉，彷彿由鏡子照見的自己!雖然匆匆一瞥，卻再度引發出「我到底是誰？」成了難以成眠的長夜習題。

「原來是你。」費了好大精神以及櫛風沐雨的所得，參與補習、考試欲更上一層樓的工地主任階級，口試碰見那天罵我是瞎子、年歲與我相當的女孩，在她高氣焰、揶揄表情的口試中，唯唯諾諾應答所有問題。

或許是沒白費的努力苦讀，也許是運氣好，取得了工地主任執照，受訓期間才知道那女孩是某營造業董事長千金，居要職的董事長祕書。

「先生，我是秋涵，父親請你到五樓A室。」

「你是山地人？」電梯裡，她盯著我問。

「不是。」

「你國語說得這麼好，是混血兒？」

我搖頭不語，對著電梯裡的鏡子冷冷地看著自己。

董事長居所兼辦公室，和室裝潢，潔淨樸素得完全沒有市儈氣息的感覺。正牆中央，斗大的「靜」字構成全室焦點，但牆角的一把關公刀卻主宰了全室。

「王先生，坐！坐。」我陷入沙發。

「你決定了嗎？修復核廢料工程。」董事長開門見山地說，又道：「我會安排你到臺電的人事。」

「由董事長您決定。」

「好說、好說，那就依你囉！」董事長轉頭交代他女兒，說：「涵兒，晚上弄個飯局。」

任何人都抵禦不了享樂的誘惑，生活在紛擾喧囂的世界，可以放飛自己，尤其獨處時，一杯在手，貧窮也富有，寂寞也溫柔，於是鋪陳了許多有趣的醉酒故事，彷彿在年輕的五臟六腑刮入了一陣一陣的春風。

「好自為之。」多年前，沒有藉口的離家，父親轉身丟給我的這句話。莫非他把一切都看透了，包括現在既窩囊又快樂的自己。

位於蘭嶼，喚作龍頭岩與象鼻岩之間的南方海岸，正如火如荼修復近十條塌陷壕溝，引進更多人力再闢建十餘條壕溝貯存場。手頭資料載明，將有更多的各醫療、工業和學術單位使用放射性同位素產生的廢棄物，陸續貯藏於此。

「他們怎麼沒穿防護衣？」我質問工頭領班。

「他們說沒有用啦！穿了等於沒穿一樣。」工頭壓低聲音，繼續說：「老大！當你感覺到暈眩，而後嘔吐、拉肚子、頭痛及發燒，那就遭到輻射汙染了。很多缺錢不要命的到這裡拿高薪工作，發病了，還是當作醫藥費還給政府。」

「還是有很多人來做呀！」我看過名冊裡，有好幾位六十餘歲的老伯。

「錢能使鬼推磨，一些遭輻射病死的，家人將死者埋葬，多年後撿骨時發現死者未腐爛，完好如初，你沒聽說過嗎？」

我非常震驚，但故作鎮定地回答：「不管如何，依規定一定要穿上防護衣，否則開除。」

在崩塌的壕溝、在斑駁毀損的廢棄物容器間，身先士卒地指揮、協助清理和搬運，就如此近半年看著從海上升起，又從海上落下的太陽。

「你管管呀！很不像話。」臺電高級主管要我管好那些工人。

建築工地的工作粗重辛苦，尤其是板模工、鋼筋工，休息時喝些補充體力、振奮精神的酒精性飲料，是低層勞動者小小的嗜好及福利，所以只要不是太過分，監工者也就半睜隻眼，有時也會主動買給工人，既能博感情又能提振工作士氣，而有這習慣者，以勞動為主力的山地人居多，喜歡在休息時用米酒配養樂多來消除些疲勞。我的置之不理，臺電主管非常不悅。

「你也跟他們一樣沒水準、沒文化、沒工作概念、沒價值觀的山地人，保護他們，還買酒給他們！」

「你知道他們和狗一樣的工作，除了賺錢養家，你們有提供給他們娛樂嗎？昨天要不是他們『同胞、同胞別生氣』擋在本島抗議群眾，安撫他們，與他們牽手跳舞，我看穿中山裝、西裝的你們，就回不了臺灣了。」

「反了，反了，你也造反了……」

「我沒造反，我只是想說，人的地位雖然有高低之分，但是人格不應該有貴賤之別，我很希望，當海上漂浮布滿血痕的尊嚴，白雲也觸摸得到的痛。瞞天過海將蝕骨毒物貯放部落腳下，原本忍不住想撫摸的熟睡羊群，乍醒而憤怒驅趕邪靈，協調又必須嘶吼之下，我們大家可以學會懂得怎麼去互相尊重才是！」

這一段話，在半年後收到「不適任」的公文，帶著輕咳返回臺灣臺南。

我沒丟了工作，而是增加了更多工作，我參與了社會街頭運動——還我土地、更改山胞稱呼、修改姓名條例、恢復傳統領域等等，一場場遊行隊伍，幾乎有我的身影與聲音。

在因緣際會下，知道了我是誰！在會說「瑪阿露」的昔日軍中同袍介紹下，成了短暫的開發、鋤草、撫育的山林工人，體會到最失意時，最能領悟真實生活的原貌。

喘吁吁地從一個山頭翻越至另一個山谷，天際方露魚肚白。全身毛細孔在溼冷的晨霧中，似缺氧般失控地縮張，即便裸露了上身，攝氏十度晨溫依然止不住流淌的汗水，背脊冒出的熱氣與冷冽的晨霧交融，迅即滴落草叢化為露水。隨著汗水的孤獨與日俱增，猶如困獸，凝結心靈的茫然益發沉重。

然而，再度聽見「你是達若的兒子」的話兒，以及開口閉口說的「瑪阿露」，成了瑪先生。

「瑪先生早、瑪先生今天帶鋤頭和鋸子、瑪先生杉苗不能種在石堆裡……」

「是，瑪阿露、是，瑪阿露、是，瑪阿露……」

清晨，連綿峻嶺約在半夢半醒之間。山脈裹覆在一片濛濛水氣中，似近還遠，恍如隔世。

「轉個彎就到了。」輕描淡寫的一句話，卻得耗上一個小時的腳程，踩不盡的晨露，隔著長統膠鞋腳踝也發麻。無奈地遷就跋涉那毫無時間與距離的路，如同引向漫無目地的人生際遇一般。

費力開拓新山近三個月，披荊斬棘地整地，堆疊的灌木荊棘似編束梳理的粗狀長髮迤邐至山麓。杉苗將植栽髮際間不斷茁壯，也將被呵護地持續壓抑排除其他植物的生命。山頂的遠眺，猝然質疑起每個生命包藏了太多的遺憾，杉木只有二十餘年的生命，卻能巧妙地把庸庸碌碌、利益薰心塞給人類。

篝火旁，與會說國語的中年人，轉譯老人所說的，我們聊了起來。

「你應該還有一個兄弟。」

「我看過一個很像我的人。」我說了那段街頭抗議的經歷。

「部落人傳統上是不接受雙胞胎、認為是不吉利徵兆，只能留下其中之一，另一個必須掩埋或送給他人領養。」

「這……這……這有些殘忍吧！」

「很多事，傳統上是不可違逆的，不像你們，不滿就可以遊街、抗議……」後來，他接著說的，真正開啟了我被歲月塵封、追溯源頭之尋根之旅。

「那老人家說，達若家族有過雙胞胎，他也親眼看過其中一個男嬰被送走，其中一個當了警察。你看見的應該不是巧合，改天我帶你到……你親人家。」

任何人都會相信命運，但命運之神都在撥弄每一個人。一場浴室跌倒意外，父親的脊椎嚴重受創，九十歲蒙主寵召。

葬禮那天，感受到強烈的情緒張力，終於淌下人類最頑強也最柔弱的淚，從臉頰無聲地滑落。

我剝掉執著的面具，露出孺子之情；我解開心中的桎梏，聽到牧師祈禱：「在旭日未升之前，不能看見天上的彩雲。必須明白為什麼雨露可以使烈日下的花草，獲得滋潤後的舒快，這就是愛的賜予。沒有愛，便失去愉快，失去生命的意義。敬愛的上帝，請接納祢的子民……塵歸塵、土歸土……」

葬禮後，在眷村逗留數日。記憶中成排的尤加利樹依舊，斑駁矮牆依然。

「媽！到我那兒吧！我有能力……」我說出肺腑之言。

「唉！孩子，我這樣不是很好嗎？」

短短一句話，沒有流露她的孤獨、她的寂寞，以及對過往的無限感懷。

「小明，你進來。」母親領先走入有著兩張老藤椅的書房，「這是你父親一再提及要把這個交給你，拿去吧！我不識字。」

一本裝訂成冊的本子，捧在手上猶如千斤般沉重。冊子上有父親小楷的簽名，首頁寫著：

醒著的鴿子，在手上沉靜乖巧，牠的羽毛伏貼，就像天鵝絨般細柔，彷彿上面撒了細粉似地。牠的眼睛閃耀著智慧的光采，正是人們奉為信仰的象徵。

陸續在冊子裡看到父親的過去鞭打我的心境、布道的感受、變賣金飾的無奈。字裡行間令人鼻酸。

一張泛黃有皺褶的紙張從冊子裡滑落。當我閱讀上面的字句時，心臟突然縮收起來，脹大的神經暴跳，眼珠子幾乎脫出眼眶。

當我們走入山中部落，發現這裡是被上帝遺忘的地方，神靈訊息十分貧乏……與妻子受託一名出生大約一週的男嬰，我們不知道這個部族名稱，僅知他們說的「瑪阿露」是謝謝的意思。

看完這一段，闔上冊子，對已知的身世並不激動，只是以確定、感恩的眼神投向母親，她的微笑得到一種有力的感覺。這個感覺，讓我和養父母的關係，鍍上一層康乃馨的暖色。

夕陽豔麗染黃靜仰躺著的大地，帶著寒意的風翻過一座又一座的山頭，在谷間撩起部落老人沙啞而堅定的話：「你就是達若的兒子……」

一戶竹林掩映的房舍，在幾近靛藍天空襯托之下，愈發顯得輪廓鮮明。微風習習，竹竿上的衣裳和籬笆上的醃菜，各自滴著不同色澤的水珠。大甕旁，雞群忙著啄食一地的飼料。

婦人不忙不迭地挪開屋裡散放的農具之後，客氣地說「請進！」進得屋來，婦人就盯著我瞧，直到我開口。

「我從臺南來，請問……」

「你是雙胞胎，沒有那個名字的小弟。」突如其來的回答，把我怔住了。從她激動的神情，以及似曾相識的眼睛，我確認了一個事實——她是我的至親。

我不動聲色，她便迫不及待地說：「我帶你們到媽媽那兒。」

老婦人，開始發出像玻璃杯破掉似地叫喊，喊她熟悉的名字，喊她心中的至親。那雙上下轉動的眼睛，好像搜索著記憶中的樹，以及樹旁深深河流似地。女兒們在她耳邊說話，她們在淚中說話，她顫動的嘴脣，吐出喃喃的、夢囈般的呻吟：「弟弟、小弟弟。」

當我坐到她身旁，她停止呼喚。凸起的血管近乎透明、心痛地顯出脆弱的那雙手，摩撫我的頭、臉、肩胛……我的心劇烈狂跳著，好像自己的靈魂要被勾出來似地。

「媽！」

我抱住她，觸著了親情沸點；突然間，眼淚像斷了線的珠子落下。一股股的欣慰逐漸從母親的淚光後面湧出。過了半晌，沒擤掉鼻涕的大姊，淚流滿面地扶起我。

而確認我身分的長老，紅著眼眶說：「唉！我們幾乎忘記了這件事情。」

「要殺豬，打米糕祭祖。」

長老語重心長、鄭重其事地為這禁忌戒律的破解，以及骨肉分離的重逢說了話。

「茲事體大，我們得請巫師和各姓氏長老，商討化解事宜。」

蘊含力量的一席話，氣氛變得凝重。為即將蜂擁而至的事情緊張起來，紛紛擦掉了眼淚。

「你們怎麼遇見的？」大姊指著我們雙胞兄弟。

「群眾在遊行抗議，長官要我們強力鎮壓工人和學生，勸離不走的要用……」沒我壯碩的哥哥，話兒停頓了一下，撫摸我肩胛，說：「還疼嗎？」

我搖頭。

「其實警備隊裡傳出『以番制番』的口號，讓我很不舒服，那天勞工陣線抗議衝突中遇見了小弟，當時我著實嚇了一跳，怎麼有一個我與自己對立！」

「我也一樣啊！其實我參加多起的抗議事件，是要證實眼中所見到你存在的事實，到底是真是假，挨打的那一棒，我也知道是你在救我，因為我看見你的幾位同仁目標對著我，其中有拿利器的。」

哥哥睜大眼睛、露出驚訝的神色。

「你家人還好嗎？」大姊轉開話題，問道。

於是我大略說出養父亡故、養母目前由教會養老單位照顧，以及目前的工作狀況。在「結婚沒？」、「有女朋友了嗎！」的詢問，慚愧地滿臉通紅了起來。

連續的儀式，眾長老輪番帶領我向祖靈祭告。小溪旁，豬隻的慘嚎懾人魂魄，祭師對著粼光閃閃的猩紅溪水，疾徐有致地念詞，直到溪流回復清澈，完成了繁複而緊湊的習俗，心情不由開朗了起來。

而我自始至終，喉頭打轉著瑪阿露三個字，沒說出來。

曾經搭著十大建設的列車，也不斷地變換工作，卻也遷徙著一樣的疲累和愁苦，在被支使被操縱赤裸裸的命運，愁苦近日經常性感覺到噁心、嘔吐，以及嚴重下痢、頭痛和發燒症狀。

「痛啊！痛……」我的背拱離床鋪。

臺大醫師先給我注射幾枚針藥，疼痛似乎略減，但我仍呈半昏迷狀態，一直想閉上眼。不知過了幾天，只覺得週身失去了重力，什麼都變得輕飄飄。

「先生，我們必須作進一步的檢查治療，你的神經血管系統以及明顯的血球減少，白血球和紅血球感染，導致血小板減少而讓消化道內的細胞受到侵害，易發生出血症狀。」醫師附在我耳朵說著。

「醫得了嗎？」我問，醫師沒回答。

「瑪阿露。」嘴唇咬著這三個沒聲音的字。其實自己早已得悉罹患人類力量無法治癒的絕症。

如果悲傷讓生活失了控，彷彿人生就此斷裂、了無生趣……未免過於承受不可承受的重。只有曾經「走過」，將悲傷的經歷包含在生命之中，感受這段不可抹滅的過往，讓生命繼續前行。

假如只願意「走出」悲傷，那些不堪、脆弱、無助的記憶將留在原地，悲傷也會無預警的再度影響生命，唯有「好好活著」，才能了解在某個時空、某個年代，必須被鞭策、歸納、移動的存在現實。

「哥哥，告訴他們，我哪兒都不去，我要回家……。也請你幫我照顧我養母，這些……你拿去，瑪阿露！」

我遞上接近七位數、省吃儉用的存摺。我終於傷心地哭了，雖然哭得那麼低沉，但此刻感情激動得厲害。我代養母可憐，也代生母可憐。心裡充滿了悲、痛、哀、恨所混合的情緒，似溪流般嗚咽，像江潮似澎湃。

歷史不可逆，爭辯孰為勝者、孰為敗者的意義不大。因為活著，也就不忍再讓自卑者沉默，不再讓新生代失憶的荒謬戲碼延續，存活下來的有權利也有義務講述困厄顛沛時代發生的故事，或許不再遷徙那徬徨無助和輾轉反側的悲傷。

我看見一座新墳，寫著：武茂．達若的新名字。看見抱著我遺物痛哭的兄弟姊妹。遺書一遍又一遍閱讀的雙胞手足，讀一遍哭一場。而遺書，其實是養父夾在《聖經》裡的一首詩篇。

我們在時間的琴聲中入睡，
在上帝的沉默中醒來——如果我們曾醒過。
然後，當我們醒來面對永恆的深岸，
當眩目的黑暗掩蓋了時光的遠坡，
這正是拋卻一切的時機——例如我們的理智和意志；
然後，該是我們為回家而努力的時候。

除了思想，除了心思堅定轉動、心靈緩慢學習該去哪裡、該愛誰之外，沒有其他事物。其餘都只是蜚短流長，以及留待他日的故事。

夏曼・藍波安

〈黑色的翅膀〉【節選】（一九九九）

Syaman Rapongan，一九五七年生，臺東縣蘭嶼鄉紅頭部落（Imaorod）達悟族。畢業於淡江大學法文系，為國立清華大學人類學研究所碩士，曾就讀國立成功大學臺灣文學系博士班。

早年擔任過計程車司機、國中小學代課老師等職位，現為專職作家、島嶼民族科學工作坊負責人，與家人在蘭嶼生活、寫作，傳承造舟及海洋文化。海洋是夏曼・藍波安創作的源頭，也是他內心的信仰與依歸。透過返回原鄉，用「身體」去經驗海洋的美麗與豐饒，夏曼・藍波安重新尋找到自己與島嶼、文化之間的連繫。透過作品中真摯深情的文字，展現了達悟族的內在精神，不僅引領讀者探索海洋民族的大海，也傳承了達悟文化的核心。

夏曼・藍波安文學創作豐碩，風格獨具，且獲獎無數，曾獲吳濁流文學獎、時報文學獎、吳魯芹文學散文獎、九歌年度小說獎、吳三連文學獎、全球華文文學星雲獎貢獻獎、國家文藝獎等文學大獎。他的作品被翻譯成英語、日語、法語、捷克語、俄語、義大利語和馬來語等多國語文出版，蔚為世界級的海洋文學大家。

著有《八代灣的神話》、《冷海情深》、《黑色的翅膀》、《海浪的記憶》、《航海家的臉》、《老海人》、《天空的眼睛》、《大海浮夢》、《安洛米恩之死》、《大海之眼：Mata nu Wawa》、《我願是那片海洋的魚鱗》、《沒有信箱的男人》等書。

黑色的翅膀【節選】

Syamamo, yama cikeirai jinamo an.

「你的爸爸啊，不是跟你媽媽睡覺嗎？」

哈……哈……哈……其他的正在刮鱗地跟著大笑了起來。吉吉米特看著卡斯瓦勒，卡斯瓦勒也看著吉吉米特臉的表情，四目對視了一會，哈……哈……大笑了起來。月亮、星星好像也笑了。

「天上的星星，達悟人死了之後，靈魂會在那兒安息，如果去當海軍，我的靈魂不知是否會回來。今天，卡洛洛的父親小小的調侃自己，胸中有股衝動，不去當兵，寧可留在部落。日後成為部落最會捕飛魚的男人，如此，也給父親爭點面子。」卡斯瓦勒如此幻想。

漸漸地，在這個時候，這樣的月夜以及長輩們八、九不離海的故事被黑色翅膀的精靈迷惑住了，在很深的腦裡翻騰著「快快長大」的思想，「快快代替」不太擅於看潮水捕飛魚的父親。

然而，到臺灣當海軍忽強忽弱的心願，也不斷地浮現在腦海。這不是因為那個大陸來的老師的緣故，更不是有強烈的「愛國心」想去打死共匪；而是，祖父的祖父的祖父在這個小島上，一出生就看海、望海、愛海的遺傳基因遺留在自己的血脈裡。對海的熱愛可說超過其他的玩伴，並且可以說，是近乎「狂戀海洋」的。

如果，卡洛洛和賈飛亞不跟他一同逃學的話，他也可以在部落附近的礁岸浮潛找貝類充飢，直到學校放學為止。他非常不喜歡吃學校的營養午餐，也非常不喜歡枯坐在教室像個Malmamong（棘前孔魨）一樣的笨，獵人來了只有躲進洞裡而不游走遠離。老師在課堂上講的內容沒有比海裡形形色色的魚類、礁石來得豐富，除了對算術有點興趣外，其他的課不知如何營造興趣，也許腦海裡全是海的、飛魚的影子吧。倘使，不是為了跟隨好朋友，卡洛洛、賈飛亞，還有經常被人家欺負的吉吉米特需要他保護外，學校的意義在他的腦海，甚至在這一生是不具有任何功能的。

在皎潔的月光下，一船接一船陸陸續續地返航了。飛魚非常地多，令他想得更多、更遠。念海軍學校或成為強壯的達悟人，一個很遙遠，一個就在眼前，但終究他還是一個六年級的小學生，要達成兩者其中之一的心願，至少也要六年以上的時間，厭惡學校的書，就無法實現當海軍的宏願，需要天天上學就看不到鬼頭刀魚漂亮的、雄壯的魚身，看不到海的律動，聽不到浪悅耳的潮聲。

眼睛看著卡洛洛刮除魚鱗，心中想的卻是很複雜的事情和迷茫的未來。還有那「乘風破浪、遨遊汪洋大海」的宏願。好美好美的，於是激動地顫抖了起來。

「當上海軍，可以由一個島到另一個不認識的島嶼。如果以後沒有共匪和臺灣的戰爭，那該多麼多麼的美好。對，這就是我想要的。」他幻想著。

月光照射的影子此時已在左邊了。西邊的月光投影在銀白的海面粼粼波光，隱隱約約仍可以目視，仍在八代灣海上捕魚的黑影船隻，父親真的還沒回來，卡洛洛的飛魚鱗也刮得沒剩幾尾了。

躺在沙灘上，月逐漸往西下沉，同時柔光由潔淨的銀色漸漸轉移成淡淡的黃色。卡斯瓦勒享受月色、沉醉在不知能否實現的夢。原來，夢就是策動理想的動力。

於是「築夢的繪畫構圖」滿滿地如浮動在腦海紋路內，或許是整個頭殼吧。想著學校教師之辦公室，在被處罰的時候，就面對世界地圖站立。不知道是不是那位大陸來的老師刻意令他在此面前仔仔細細地看大陸地圖，還是要讓他明白，人之島在這個世界地圖裡是不存在的，更何況是，這些「山地同袍」呢！

被處罰鞭打的短暫疼痛，是不會令他痛哭。沒有人之島，其實沒有多大重要，而臺灣也沒有很大。「雖然還沒去過，但當了海軍就可以去了。」他想，可是，大陸真的很大，難怪臺灣會被共匪打敗。這點他可以從地圖上了解的。

他仰望他們的星星，莞爾一笑。

「築的夢希望能實現。」他說。

Kaswal, woyto rana syamamo. kwana ni Kaswal ipasarai nasya.

「卡斯瓦勒，你的爸爸回來了。」卡洛洛叫喊，安慰看來無聊的卡斯瓦勒。

Yama!

「爸爸！」

Heng!

「嗯！」

Kamango moka tongiyanan do taw ya.

「幹麼，一直在海邊。」

Ko panalahen imo mo yama. maharek o cireng na.

「等你啊，爸爸。」聲音低沉地說

Heng!

「嗯！」

Miratateng am, manireng pa am:

過了一會兒，又說：

Jikakaha si mangay ka do gakko.

「你會想睡覺的，你去學校的話。」

Kakaha ko.

「不會啦。」

他明白，父親並不是很會捕飛魚的男人。

如果別人捕一百條，他的父親可能只有五十條。如果三百多條，也只有一百多條，而且比別人回來得晚。基於此，幫父親一點忙即可減少他的疲倦。

即便如此，坐在潮間帶波浪拍不到的地方，欣賞船隻的返航在有月光的夜晚，如斯之天然之絕頂美景，是能讓他忘記在學校的受辱窘樣，增添自己愛海的情感。尤其，在Yama 回來之前，剛剛構思的理想，右手刮魚鱗，心想著他未來的美夢，於是沒有一絲倦怠。他也正準備講給卡洛洛和賈飛亞聽，如果吉吉米特能來更好。他想。

Kaswal, namen moli rana. kwana ni Ngalolog.

「卡斯瓦勒，我們要回家了。」卡洛洛說。

賈飛亞、吉吉米特跟著走回部落。

Citahen nyopa o mata-no-angit tam, jyata mangai ko do vahai no si maraw.

「好的，看一下我們的星星，明天早上，我會去你家。」

No...won.

「哦……好的。」

「學校辦公室的世界地圖。」他突然想去看看，一個人去看。

條條魚鱗就快刮完了，淡黃的月色垂掛在夕陽沉沒水平線上，約十個人的高度，他知道，天就快要破星月而明了。

Tana manga-nako.

「走吧，孩子。」

Heng...

「嗯……」

父親背兩個滿滿的網袋，自己扛一個尚未裝滿的，在月色逐漸褪去柔美和諧、宜人之美景的同時，父子二人，一前一後地邁向部落的家。

這時，卡斯瓦勒眞有些疲累了。但是，他不能睡，一睡沉，他構思未來的夢便不能和好朋友分享。於是就和母親一同把父親殺好的魚取掉眼睛、魚鰓、魚膘和魚卵等繁瑣的後續工作。

Itkeh rana manga-nako.

「去睡吧，孩子。」

Sya.

「不要。」

Jikangay do gakko si pezak!

「清晨要去學校啊！」

Ori jiko ngitkeh i mo ina.

「所以，才不能睡呀，依那[1]。」

Cyata, imo yajingitkeh an.

「好啦，是你自己不要睡啊！」

Ko katengan mo ina.

「知道啦，依那。」

Yama yokai rana si wari, mo ina.

「妹妹起來了，依那。」

Apei si warmo, kangai nyo do tagakal miwalam.

「去抱妹妹，到涼臺上休息。」

月亮消失在夕陽沉入海平線上不遠的地方，惟遜色於夕陽之光彩奪目的豔麗色澤。

但對卡斯瓦勒來說，一份談不盡說不完的夢想，就快快實現一些似地，看著依偎在自己胸膛的妹妹，一邊專注看著正在殺魚的爸爸。他的心在跳動，一整夜沒睡依然精神飽滿。

「天啊，拜託，快點放光啊，天神。」他想。

想什麼事情，他的父母親是不知道的，認為這件事是他這一生最大的祕密，當然亦為最大的願望，只想說給卡洛洛聽，賈飛亞、吉吉米特也可以。

好多的人，提著自製陶壺或外來的鋁製水桶，不論是老人、婦女、青少年男女來來回回於水源處和家的路段。大姊和二姊亦不例外到水源處去提乾淨的水。把Sasawodan（飛魚專用的木槽）的濁水換成清潔的水，木槽裝滿清水後，二姊坐在涼臺上，大姊幫父母親的忙。

Kas, igei si warta.

「卡斯，妹妹給我抱。」

1　依那：意指母親。

Pei...

「嗯……」

卡斯從涼臺跳下來，走向父親旁說：

Yana in Mazaneg rana o yakan ta?

「飛魚已經煮熟了嗎？」

Ala yana mazaneg.

「可能快好了。」

Mikopa do gakko, cyata makeikayi ko mayi an?

「我去一下學校，很快就回來，好？」

父親點頭表示同意。

於是卡斯瓦勒猶如柵欄的小迷你豬似地飛奔往學校跑。

Kas, kamangai jino? miyavit so praranom si Gigimit tomawag jya.

「卡斯，去那裡？」吉吉米特提著陶壺喊叫著他說。

To neiked si Kaswal a, kwanam, keiyanong.

卡斯停下來喊道：「快點來啦。」

Nowon, iseiked mopa yaken.

「好的，稍等一下。」

沒一會，吉吉米特賽跑來了，在教室辦公室前趕上卡斯，並且說：

Jikwangai do gakko, si cyaraw kwan mo?

「你不是不要上學，今天的嗎？」

Nan, mo galagal.

「是啊，閉嘴。」

很快的，卡斯爬上榕樹，然後腳踩枝幹地走。在鐵皮屋頂旁雙手抓緊枝幹，再放下身子地懸在半空中，看準已開了三分之一的、最上面的窗口，把腳尖放進去，用腳背推移窗戶直到全開。

踩著窗之橫木條，右手拉下枝幹，俟左手抓緊窗戶上的另一橫木後，慢慢地鬆下右手，猶如猴子似的動作，很快的臀部坐在橫木上，雙手貼在外牆，然後仰而翻身地將腹部貼在橫木。從二公尺的高度，跳下辦公室內，即刻鬆開一個窗戶的螺鎖。說：

Asdepei.

「快進來。」

Ka mango ya.

「你在幹什麼啦。」

Keiyanong.

「快啦！」

吉吉米特抵不住卡斯信心十足似的命令，而由外跳進室內。

Ka mango ya.

「幹什麼啦，你。」

卡斯呼了好長好長的一口氣，走到世界地圖前，說：

Gimit, toranei jyaken o cya-pi no sinsi ta.

「米特，去拿老師的鉛筆給我。」

A... pei.

「哦……給你。」

卡斯在臺灣的東南方畫上一個小黑點說：「這是蘭嶼，這個是臺灣，下面是菲律賓。」鉛筆一直往右方很多數不清的小島的位置，說：

Gimit, do wanjin ya?

「米特，這兒是哪裡？」

Astahen ko pala.

「我看看是什麼字。」

Do jiya, woito, mo pazdep.

「這裡啊，那個字，傻瓜。」

Parama ni...

「幹×祖母。」

「大……洋……洲，美拉尼西亞、玻里尼西亞……嗯。」米特說。

卡斯再把鉛筆指向蘭嶼、臺灣……到玻里尼西亞……到南美洲。表情始終不變，可是筆停在南美洲末端時，就不再移動了，且沉默思考了一會，說：

Tana, Gimit.

「走吧，米特。」

吉吉米特完全搞不清楚卡斯在做什麼、在想什麼，神情不解地說：

Kas, ikongo mo naknakmen ya!

「卡斯，你在想什麼啦！」

Tanam yam! Kwana pa a:

「哎呀，走啦！」又說：

Si macieza ka jyken nam,ori pancyan ko nya sawnam.

「如果你跟我一起逃學才會跟你講。」

Ikongo o vazai mo?

「到底什麼事情啦？」

Si jika ngayim, ta panci ko jimo.

「你不來，就不跟你說。」

Kas sitayi, avyasan tapa o isis no among, ta masta no kong-yo.

「卡斯，等一下，把魚鱗掃一掃，那個工友會看到哦。」

Nowo,...makagza ta.

「對，……快點把魚鱗掃起來。」

離開了學校走到部落中央的公共石子路這段時間，吉吉米特一直注意卡斯的動作和表情，但不得任何更進一步的回應。

Gimit, mayi ka yan jika ngayi ya.

「米特，你到底要不要來嘛。」

米特裝做不理不睬，若無所聞地走在後面假裝看看天、看看海，還有來來往往的族人。

Kas, aryag ranam. Kwana ni nana.

「卡斯，回來吃早餐。」媽媽喊叫。

卡斯停下怒視米特再一次地問，說：

Mayi ka yan!

「來不來！」

Nowon！

「好啦！」

握著米特的雙手彎腰移動急跑著說：

Si teika ka koman am, mangap ka so wakai a kano soli a kano among a, kanagi mo do makarang da si Ngalolog, kapanci mopa si Jyavehai an?

「吃飽後，帶兩個地瓜或芋頭，還有一條魚，在卡洛洛家的 Makarang（比主屋高的房子）那兒集合，順便通知賈飛亞哦？」

Ikongo mo ina?

「依那，什麼事？」

Kei, ta yana mavaw o yakan mo, am mavanaw kappa.

「快點，魚涼了不好吃，先去洗手。」

○…

「哦……」

一面吃，一面看爸爸串飛魚晒在橫木條上。

左手的中指、食指及大拇指抓著仍溫溫的魚肉往嘴裡放，同時咬一口地瓜，咀著嚼著，而後放下右手裡的地瓜，雙掌夾著陶碗咕嚕咕嚕地喝魚湯。

Yama, Yakan Ko o apya da yan.

「爸，我吃這些魚卵，好嗎？」

Yakanan.

「就吃嘛，我的孩子。」

囫圇吞下十幾條飛魚卵，接著又大口大口地喝湯。

Ama-kong Ina-kong ko mabsoy rana.

「感謝爸媽，謝謝你們我已吃飽了。」

Ina mangap kopa so wakai a kano among an?

「依那，我拿兩條地瓜及一條飛魚，好嗎？」

Pangap. Kekehen mo no rawon.

「就拿啊，用姑婆芋葉包著。」

Jika mamakbak do gako an?

「不要去打人在學校，好嗎？」

Nowon,mo Ina, mo Yama, Mikonan.

「好的，媽、爸，我要走了。」

Jika manbakbakan. Kwana pa ni nana.

「你不要打人，好嗎？」

「好的，」卡斯邊跑邊回答依那的話。

卡洛洛坐在涼臺抱著哥哥的小孩，爸媽和祖母正在木槽那兒工作。

木椿枝架上吊 很多很多的飛魚，取下來一堆堆的平放在木板上，從屋內捧著鹽巴的大嫂看著卡洛，說：

Pakastahen mo si warmo, ta manginanawa...

「看好小妹妹，別讓她亂爬亂趴啊……」

Nowon!

「會啦！」

Lolog, Lolog.

「洛洛、洛洛。」

卡洛洛轉頭看著涼臺後面身子黝黑的卡斯瓦勒又說：

Lolog, amyan ko do dobo an.

「洛洛，我在涼臺下的倉庫等你啊！」

Nowon, ka jimo galagalan sawnam.

「好啦，不要吵就好了。」

Nowon.

「知道啦。」

倉庫裡堆放著一些舊的木柴，七、八根的槳的支架還很多飛魚季不用的東西。

卡斯瓦勒躺在一綑綑的乾茅草上，並從板與板之間的縫看卡洛洛的大哥夏曼·拉烏那斯晒飛魚，用手指算橫桿，一、二……三十三根，算來昨夜捕的魚共計三百三十多條，爸爸只有十二根橫桿，只有一百二十多條。

Si yamamo am, mo Lolog? Toma kazyak.

「洛洛，你的爸爸呢？」小聲地說。

Yanani mangai mataw.

「已經去釣鬼頭刀魚了。」

Yani mataw syamamo?

「你的爸爸有去嗎？」

Jyabo wo.

「沒有。」

Yaro o yani mataw a tatala?

「很多嗎，去釣鬼頭刀魚的船？」

Katenga an.

「不知道啦。」

Kana niromyag?

「你吃飽了嗎？」

Nowon.

「吃了啊！」

Ikong kanen nyo si cyaraw ya.

「你家今天吃什麼？」

Soli sawnam.

「吃芋頭啦。」

O...

「哦……」

Sitayim, yamayi si Gigimit a kani Jyavehai.

「等一下，那個吉吉米特和賈飛亞會來。」

Ta da yayi.

「幹什麼。」

Sin-ci-lyo si cyaraw, yajyangan so man-to do gak-ko.

「今天星期六，學校沒有做饅頭啊。」

O...

「哦……」

Ori...miratateng am, manireng si Kaswal pam:

「所以……」卡斯停頓。接著又說：

Kwan tamo no kakyab syo, yangai do gak-ko kwan tamo syo.

「昨天，不是說不要上學嘛！」

Ko jyatengi！

「知道啦！」

Nowon, panalahen tapa si Gimit a kani Jyavehai.

「好，我們先等米特和賈飛亞。」

Nowon!

「好啦！」

Si masta da imo no cyo-sta-toy, agcin jam.

「你下來嘛，糾察隊會看見你啊，在涼臺。」

Nowon!

「好啦！」

Nani tawazan nyamamo ya.

「你爸爸捕的飛魚，這些。」

Abo, si kaka.

「不是，我的大哥。」

Katenetenen ni kaka mo.

「那麼厲害啊，你的大哥。」

Nonan, si rako ko ranam, namen mamareng so pikavanga.

「很厲害啊，我長大以後，我們要做二人四槳的船呢。」

談到這兒，卡斯停止了談話，躺在茅草上不知不覺想起事情來了。今天的想法已經和昨天完全不一樣了。原來長大後，卡洛洛、賈飛亞各自做船，一起出海捕飛魚，尤其釣鬼頭刀魚更是他們三人最大的願望。在海上划著木船盪過來盪過去釣鬼頭刀魚，去體會如現在的壯年男人釣到兩、三條鬼頭刀魚走在部落中央的石子路，顯現那份屬於男人的驕傲的氣概，男人臉上露出既有傲氣又浮出謙虛的神情。昨日之前，是很令他興奮的，尤其，他的父親偶然釣到鬼頭刀魚時，他也沾上和父親同等的喜氣，男人專利的笑容。他想著。

現在到底要不要先和卡洛洛談起他新的、高遠的願望，內心裡一直有那股衝動想與卡洛洛交換意見，也希望能聽他的想法。況且卡洛洛是他三個人裡頭視為最好的朋友，可是，一說出來，吉吉米特和賈飛亞就聽不到他新的志願，而且又要重複地說，確實有些麻煩。

Lolog, ikong mo naknakem?

「洛洛，你在想什麼？」

Nanakem...o yako kawojib ka bakbak na jyaten no sinsi ta.

「在想……星期一會被那個大陸來的老師打幾下屁股，我很害怕呢，卡斯。」

Tana bakbakan dam makong, alikei sawnam meingen.

「打幾下而已，很短而已，那個痛。」

Am jiengen en.

「可是還是會痛啊。」

Cyahan, cyahan, Ngalolog.

「對不起啦，對不起啦，洛洛。」

Ko jykwan jimo, no yamakas ta so ya mataw am, yatongiyan do wawa o pahad ko.

「我也是跟你一樣，看到釣鬼頭刀魚的船在海上，心好像就在海上一樣。」

Nonan, ala apiya mataw do wawa!

「對呀，在海上划船一定很舒服哦！」

Lolog, yana nimayi si Kaswal? Kwana ni Jyavehai.

「洛洛，卡斯瓦勒來了嗎？」賈飛亞問。

Oito rana.

「已經來了啦。」

Pangonong do how-myan am. Kwana ni Kaswal.

「從後面進來啦，你們。」卡斯喝道。

又說：

Kani mangap so wakai a kano libangbang.

「你們有沒有帶地瓜和飛魚。」

Jingyan. Kwana ni Gigimit.

「有啦！」吉吉米特回道。

卡洛洛抱著小妹妹走出去，說。

Kaka, apei si mei-mei, ta mangai ko na do gak-ko.

「大嫂，小妹妹給你啦，我要去學校了。」

Angayan ji nata.

「那給媽媽。」

O!

「哦！」

四個人把八、九個地瓜、芋頭放在一起，用姑婆芋葉包起來，四條飛魚，還有一些魚卵也用姑婆芋葉包在一起，分別裝在兩個Karay（小網袋），吊在涼臺下的橫梁，然後一同躺在乾的茅草上。

Yani mataw syamamo, Ngalolog?

「卡洛洛，你爸爸有去釣鬼頭刀魚嗎？」吉吉米特說。

Amyan!

「有啊！」

Ha, si yamamo am?

「啊，你爸爸呢？」

Jingyan an!

「有啊！」

Yani mataw syamamo, mo Jyavehai.

「你爸爸呢，賈飛亞。」

Yani mangai a.

「也有去啊。」

Ho!

「哦！」

「噹……噹……噹噹噹……噹……噹……噹噹噹。哦，要升旗了。」卡斯說。

三民主義……。

又說：

Mitkeh tampa, si tayim, mangai tamo dotaw mapanala so ni mataw a tao an?

「我們先睡覺，第三節的時候，我們起來去海邊玩，等釣鬼頭刀魚回來的人好嗎？」

Nowon, mitkeh tamo pa.

「好啊，我們先睡。」

Pangayin tamo o wowo do jito, ta ikapya no lag tamo. Kwana ni Ngalolog.

「我們的頭朝太陽升起來的地方，會比較長命。」卡洛洛說。

Kas, kwan mo rim yamyan so mo ipanci a vazai kwan mo. Kwana ni Gigimit.

「卡斯，你不是說有事情跟我們講。」吉吉米特問。

Jinyan, si mangai tamo dotaw do kamalig a mapanala so ni mataw a tao am,mangononong ko an?

「有啊，我們到海邊的船屋等回航的船的時候，我再說，好嗎？」

Ikong o vazai mo ya! Kwana pa ni Ngalolog.

「到底是什麼事！」卡洛洛又問。

Mitkeh tampa, simyan dotaw am, panci kom.

「先睡啦，到海邊再說。」卡斯顯然是因為一整夜沒睡，精神不佳的回道。

Ikong vazai na mo Gimit. Kwana ni Ngalolog.

「什麼事情，米特。」卡洛洛問。

「那是一大早卡斯拉我到教師辦公室去他經常被罰站在前面的世界地圖啦。」又說：「那個爪哇，卡斯唸成『瓜哇』，我差點笑出來了。」

「對呀，卡斯又不上學，從一年級就常逃課，到現在，認識的字當然少啊。」賈飛亞說。

三個人同時看卡斯眼睛緊閉的表情，嘴巴露出白牙地笑，看出是沒有力氣說話似的。

Ayoy, ta noyatamo ni mitkeh do tagakal dam, jyabo naka jinimyasan so veleleng ta, ni yakes na ni Kaswal a. Kwana ni Gimit.

「還好昨天我們沒睡在他家涼臺，否則會被他的祖母摸生殖器，哦。」米特說。

Am, yajyapiya no yana zamosen. Jingkakab ni Ngalolog.

「但是，很舒服呢。」卡洛洛大笑著回道。

這時，卡斯的嘴咧開，咯咯地在笑。

Kas, asyo syakes mo teimakei mamyas so veleleng namen ri? Mamying si Jyavehai a mapacici si Kaswal.

「卡斯，你的祖母為何愛摸我們的呢？」賈飛亞笑著問卡斯。

Itkeh kamna. Mamying si Kaswal a.

「睡覺啦，你們。」卡斯又咯咯地笑著說道。

除了吉吉米特外，三個人幾乎都沒睡，整個夜晚，可以很快地就睡覺了。米特由於沒有說話的對象，加上在海邊遊戲也很累，便加入一早睡覺的行列。

不知過了多久，班長來到卡斯瓦勒的家，問他的媽媽，說：

Kwana no sinsi namen am, yajini mangai do gak-ko si Kaswal, si sin-ci-yim, manozataza sira kajina sipzotan jira.

「卡斯沒有去學校，星期一去上學的話，要帶十多隻青蛙，就不會被打。我們的老師說。」

Yajini mangai si Kaswal do gak-ko?

「沒有去學校嗎，卡斯？」

Yabo o mo kamnan.

「沒有啊，阿姨。」

學校在第三節的時候，就開始勞動工作，老師派班長到部落找卡斯瓦勒他們，班長雖然很同情卡斯經常被拉到司令臺公眾鞭打，而很刺傷卡斯的自尊心。

從另一方面想，卡斯並不是很壞的小孩，更不是很笨的人。只是，在三年級之前，就經常一個人逃學到海邊玩，尤其是飛魚季節的期間，把海邊當做是教室，所以「國語」說得不流利。但說起自己的語言，班上所有的同學是無人能出其右的。

Ngalolog, Ngalolog...Kwana no pan-chang.

「卡洛洛，卡洛洛……」班長喊叫。

Ana! Ana! Nakalahen yaten no pan-chang. Kwana ni Gigimit.

「喂！喂！班長在找我們呢。」米特說。

Mo yawkwa na sya!

「不要管他啦！」

Mo kalan si Ngalolog, manga poko. Kwana ni nana ni Ngalolog.

「為何找卡洛洛，孫子啊（長輩對晚輩的稱謂）？」卡洛洛的祖母回道。

Yabo mo yakes.

「沒事啦，祖母。」

夏本．拉烏那斯[2]對學校老師的看法是屬於負面的。臺灣來的老師不是老人就是愛打小孩的，至於孩子們在學校能學習什麼樣的事情，她是不知道的，固然是可了解，但總認為孩子是不該打的。當然，她在日據時代偶爾也有被打的時候，但覺得日本人比中國人明理，被打有時是項榮耀。可是，現在臺灣來的老師打小孩沒有分寸，有時不是孩子的右手不能握地瓜，就是左手不能抓飛魚來吃，要不然屁股不能坐在地上。於是，孩子的班長來找，可能是孩子沒去上學的緣故吧，她想。

Inawoy no ya tongyan jya o ip-pong. Kwana a tomita so wawa.

「為何日本人要走呢？」她看著海輕輕地溜了嘴說。

部落旁七、八十個水芋田及旱地，面積和族人居住的村落還大兩倍以上的地，臺灣的軍人要占就占，包括自己五、六個水田。被強占還好，不講道理那才令人厭惡這些中國人的做法，而賠償一分錢更是難上加難，這些人眞是沒有天良。

Pakayazo o sinajing. Kwanapa a.

「八卡亞路，西那令（王八蛋，中國人）。」又脫口而出地說。

2　夏本：意指祖父母輩。

用手指算算自己的田地，分別要分給四個小孩，每個小孩分不到三塊水芋田。

這怎麼辦呢？她想。眼睛瞇成一條線，看看海平線上正在釣鬼頭刀魚的男人，深深的紋溝，皺紋明顯展現了長年勞動的有力證據。但如此氣勢，確鑿是無法抗抵霸道的中國人的。

不知是惱怒，還是有說不出的，對現在的中國人來了之後，逐漸增多的煩惱令她陷入苦思。

卡洛洛是她最小的男孩子，現在讀中國人的書，長大之後是不是成了中國人，而達悟又算什麼呢。眞希望卡洛洛留在身邊跟他祖父學習造船、捕飛魚，做這個島上男人該做的工作。她想。

唉……長嘆又能如何呢？

四個小孩，從她坐的涼臺下一一地走出來。

Ngalolog.

「卡洛洛。」

O, ikong mo ina.

「哦，依那。」

Kanyo jini mangai do gak-ko?

「四個人沒去學校啊？」

Nowon.

「嗯。」

Makaha kamo koman, ikazovo nyo!

「多吃飛魚，身體才會強壯哦！」

Nowon! Miratateng am, kapa layo da mangai dotdaw.

「知道啦！」

四個人飛奔似地往海邊跑。

很多小孩在海邊游泳、衝浪。已經國小畢業的學長七、八個人在船屋等著釣鬼頭刀魚回來的人。遠的逐漸地近了，他們相互較量認船，猜對的便可享有 Wotowan（地瓜、芋頭，等同便當的意思），猜錯的人只好挨餓，等親戚來施捨 Wotowan。

Mitamo do asa ka a kamalig, an? Kwana ni Gimit.

「我們找另一個船屋休息，好？」米特說。

Nowon, ta bakbakan da yaten no rarakrakeh. Anodan na ni Ngalolog.

「好啊，否則會被那些年長的人欺負。」卡洛洛附議地說。

他們坐在船屋裡頭，望著海平線內汪洋大海逐船逐船返航的人。

卡洛洛心裡頭並不是非常渴望聽卡斯想要談的新理想，此並不是在腦海裡有意藐視卡斯孩子王的領導能力，也不是怕他會揍人，而是在這些船隻裡頭，有一條船是父親。非常企盼有草綠色帶淡黃色的鬼頭刀魚在船上，跟在父親的後面走，正好在眾多的孩子面前宣示釣到大魚的驕傲，並可擄獲這些人青睞的羨慕的眼神，尤其，有自己心儀的小女孩，那更展現他豪邁的神情。

不過對吉吉米特而言，鬼頭刀魚的魅力和男人隱而不顯的傲氣，已不足為傲了。因他的父親在這方面的技巧是部落裡所有男人的第一把交椅，每次返航未曾空船過。所以，心坎想的正是卡斯新發現的事情，而且非常得有興趣。畢竟，從一年級到六年級進出教師辦公室是不曾注意有什麼世界地圖發黃地貼在牆壁上的。

今天一早，卡斯和他像是小偷似地，甚至不顧被發現後被抽打的疼痛。他暗笑卡斯把爪哇念成瓜哇，心情期待卡斯新的故事，就要來到了，其亢奮樣宛如西南季風掀起的小浪花一樣，不敢停止片刻。

然而，卡斯的爸爸因一整夜沒睡，而沒有出海釣鬼頭刀魚，腦海想的全是如何吸引這三個同年夥伴的心，全心投入傾聽他的新理想，使他減少父親沒出海的失落感。

Kas, kwan mo syo am, amyan so cireng mo jyamwn kwanmo syo. Pangayin na o lima na do pisagatan na ni Kaswal.

「卡斯，你不是說，有新的事情要跟我們講嘛，卡斯瓦勒。」吉吉米特把手搭在卡斯的肩上，說。

Amizngen nyo mo Ngalolog mo Jyavehai.

「卡洛洛、賈飛亞，你們要不要聽。」

Ikongo o mo panci jyamen. Maharek o cireng na ni Lolog.

「什麼樣的故事。」卡洛洛輕聲地問道。

Ko i...ilamdamen na ni Kaswal sira.

「我的……」卡斯停了一會，試探他們的反應。

Tomo ngonongi ranam! Kwan na ni Ngalolog.

「什麼事，你就說嘛！」卡洛洛說。

Amizngen nyo.

「要不要聽嘛，你們。」

To ngonongi.

「好啦，你就說嘛。」

於是四個人並排面對海，米特和卡斯坐在中間，洛洛和賈飛亞分別坐在他倆的外側。卡斯如是分配位置，主要防止他倆談鬼頭刀魚的事而分心聽他的新理想。

於是，卡斯學著老人說故事的神情，說：

「事情是這樣的，在逃學的前一天，也就是星期三，我被老師叫到辦公室罰站的時候，剛好面對那一張世界地圖，可是世界地圖沒有我們達悟的島嶼，我就查社會的課本看看我們島在臺灣的哪一邊。結果，是在臺灣的東南方。

「今天早上，工友還沒有起床之前，我和米特爬窗進入辦公室，專心地看世界地圖，並用鉛筆在臺灣的東南方，畫上一個黑點，那一點表示，我們的島嶼已經存在於世界地圖了。但這不是我要說的『新發現』。

「上次，除了米特外，我們三人都希望長大成人有孩子，變成夏曼（為人父）以後，要成為海上的勇士，划船往返於部落和力馬卡伍得島（小蘭嶼）的航道，表現眞正男人在海上捕魚的氣魄，養家餬口外，更鍛鍊自己的體格，體驗豐收的榮耀，享受被人稱為釣鬼頭刀魚的高手，使自己的兒女以父親為榮。

「我恨那個大陸來的老師，咒罵我們達悟為『鍋蓋』，恨他說我們的民族是『全世界最懶的民族』，恨他說我們『又笨又髒』全身滿是魚腥味的醜小孩，恨他說我們的老人愛穿丁字褲不穿褲子遮掩生殖器。（四人咯咯地笑）。更恨他教育我們長大後去當兵殺共匪。要殺人，中國人殺自己中國人就好了啊，為什麼叫我們殺中國人，我們又不是中國人。眞的很討厭那個大陸來的老師。

而那些臺灣來的老師，不是命令我們捉青蛙、鰻魚，就是叫我們幫他們撿木柴給他們燒飯，哎呀……反正很多啦，我的討厭。但這也不是，我眞正要說的『新的志願』。」

Ko panci im...

「我要說的是……」

卡斯把頭往前向後看看三個好朋友的表情，看來是很專心地在聽，心裡頭遂高興了起來。

Ko pancim, si komaro do ko-chong am, koykakza mangay do hai-chin.

「我要說的事情，就是國中畢業後，我想去當海軍。」

「當海軍去打共匪嘛！」米特調侃地說。

Ori rana, si mateika ko do hai-cin nam, mangai ko...

「不是啦，當完海軍之後，我就……」

卡斯又把頭向前忽右忽左地看著三個人的表情。

Ori o mo panic, Kas. Kwana ni Gigimit.

「就怎樣嘛，卡斯。」吉吉米特又問。

Ka toko da atawan do...wawa.

「我就在海上漂……漂流。」

Mangai ka jino!

「漂到哪裡去呢！」

Ma...oya oyako panci jinyo.

「漂……這就是我的新的理想。」

「划船不是在漂嘛，而且愛漂到哪裡就漂到哪裡，而且還有鬼頭刀魚呢，哦，賈飛亞。」卡洛洛以為卡斯做不到而刻意地嘲諷，說。

Aiya,kajya hen-pen mo Ngalolog.

「哎呀，很笨啦你，卡洛洛。」

Mo katengan, si matei ka ko mi tang-pin nam, mikala ko so vazai, a rakwa avang a omlivon so se-ci ya.

「你不知道，當兵完了以後我就去找工作，找那個到世界各地釣魚的大船啊！」

吉吉米特回想今早卡斯瓦勒為何那麼認眞地用鉛筆畫著航線的基本原因，這個時候，他稍稍地了解了卡斯「新志願」的想法了，並且把頭往後側面地注視卡斯看來煞有其事的認眞樣。於是說：「爪哇都把它唸成『瓜哇』的人，還想去國外流浪，你除了我們話說得很好外國語你又不太會說，況且要說那個英國人的話，你會嗎？」

Aiya, simi tang-pin kom,jiko macinanawo?

「哎呀，難道在當兵的時候，不能學嗎？」

Aiya, kami hai-lwan-syang ya, ta ipanci pyaw-lai-pyaw-ci ri. Ikong a ipanci syo mo Jyavehai syo. Kwana ni Ngalolog.

「哎呀，你，只是愛亂想，那個不叫『漂來漂去』，那個叫做……怎麼說了，賈飛亞。」卡洛洛問道。

Panci ri yan-yang, mitang shui-sow. Kwana ni Jyavehai.

「那叫做遠颺、當水手。」賈飛亞回道。

Ori mitang shui-sow, mangai do se-ci keti! Kwana ni Kaswal a masarai.

「對啦，去當水手，遠颺到世界各地啦！」卡斯瓦勒拉高嗓門高興地說。

Ori sui-sow, mitang sui-sow, kangai do se-ci keti...kwana ni Kaswal.

「就是水手啦、水手啦，到世界各地去玩啦……」卡斯興高采烈地又說。

米特，雖然不是卡斯最好的朋友，但他知道卡斯比他們三人更愛海，一游泳不是潛入海裡玩，即是在「千瘡百孔」的礁石不停地找可吃的貝殼或章魚。這一點，也是承認卡斯的能力和能耐比他們好。

但是要去當水手，也許沒有那麼容易，他想。

Manireng pa si Kaswal am:

卡斯接著又說：

「在那張世界地圖，有很大的海叫大洋洲，哦，米特。在那兒，有數不清的小島，其中一定有比我們的島漂亮的小島的。如果能實現心願的話，每一個島都去給它Tomaci（尿尿），哦，米特。」

Ha...Ha...tosira mimina mamying.

哈……哈……哈……。四個同時放出笑聲。

Yana miyan so tatala. kwana ni Lolog a omengbeng so ngongoy na.

「有船來了。」卡洛洛搗嘴說。

Ji tamwangai ta yaji nimivaci. kwana ni Jyavehai.

「不要去啦，又沒有Mivaci[3]。」賈飛亞說。

Oeito so yasa, yadwa a yamivaci. kwana ni Ngalolog.

「那兒有一條，二條船正在Mivaci。」卡洛洛說。

說畢，興奮地衝出船屋，飛奔到浪花宣洩的潮間帶，把被石頭燙痛的腳掌快快地浸在海裡。一種巨大的、難以形容的，孩子們對湛藍海洋和Mivaci的船隻的渴望，就在一槳又一槳地翻攪海面的浪，形成扇狀的白浪花是他們最喜歡觀賞的。

被老師抽打被罰站，捉青蛙再累、再痛都沒關係，就是不能錯過部落的男人釣到鬼頭刀魚就要抵達港澳前，使盡全身的力氣，把海面用槳攪湧翻白這一短暫的時間。前後仰、向前曲彎，結實的划姿，更是這些孩子們長大後，要在這樣的大海訓練自己的體格。畢竟，體格健壯的青年男子，往往會被許配一個漂亮勤勞的少女的。

Wa, sino paro o nyapwan ya. yakai ya. kwana ni Ngalolog a tomodo so tatala.

「哇，不曉得這是誰的父親、祖父。」卡洛洛把手抬高指著船說。

為了更清晰地欣賞及分辨是何人，四個人便游到離海岸約五十公尺處的、凸出海面的一塊礁石上。全身赤裸的，無視炎熱灼燙的正午陽光的存在。愈來愈近了。

---

3 Mivaci：一仰一臥用力的划姿，表示有釣到大魚的意思。

Kas, yakmei syakai na no pan-chan! kwana ni Ngalolog.

「卡斯，好像是瑪烏米斯的祖父哦！」卡洛洛問道。

Nan, akmei tatala na nyakai na no Mawomis.

「嗯，很像是瑪烏米斯祖父的船。」

Yapa mowyat ya rakwa rarakeh.

「那麼老了，還那麼有力。」

Yapiya yana pivavaci!

「很漂亮哦，那個被船槳打的海花，哦！」

No yaken nam, iyabo kaji kowyowyatan na magzagza kani ya. kwana pa ni Ngalolog.

「如果我的話，一定划的比他更有力，划的比他更快。」卡洛洛又說。

Ta syakai na no Mawomis ri, ta iya. kwana si Ngalolog ni kaswal.

「不是瑪烏米斯的祖父，不是他。」卡斯把臉貼在卡洛洛的耳朵說。

Bekena syakai nawri ni Jyavehai. Na yatei ma li-hai.

「那是賈飛亞的祖父啦，哇！真厲害。」

愈來愈近了，三個地瓜田、二個地瓜田的距離，到了眼前。

Manoyong ta yakai nani Jyavehai, syaman. Kolalahen. kwana ni Kaswal.

「真的是賈飛亞的祖父，夏曼．古拉拉恩。」卡斯說。

Simyano so wakai kano solim, vonongen tamo an.

「如果有地瓜、芋頭的話，我們平均分，好。」

Jina ngana ni marang kano yajingyan so mavaw tamo a wakai.

「我的小叔叔會吃呀，而且，我們還有早上的飛魚和地瓜呢。」

Yakai...kwana ni Jyavehai a omlolos.

「祖父……」賈飛亞喊叫。

我們再比賽游到岸上。

吉吉米特是他們之中最會跑的，游泳也是。他們扶著雅蓋（祖父）的船尾，並且把海裡、岸上的孩子們因 Mivaci 而全部吸引過來圍著船身，集體地把船推到沙地上。

呼……好的一口吐氣，且說：

Nyo zongohan do arayo ko, kazei kamo manga koinyo.

「小鬼們讓開，不要圍在我的鬼頭刀魚。」夏曼．古拉拉恩喊道。

kwana nyaman. Kolalahen.

他這樣說，並沒有惡言轟走孩子們，只是覺得氣喘喘的，而臉部的紋溝是汗水，也是海水，顯示十足得高興和散發屬於男人在海上的難於言表的榮耀和桀驁。

他們注視著雅蓋用銳利的小刀宰殺鬼頭刀魚，背著海奮力丟棄魚鰓，動作是那樣的酷。然後，沖洗心臟，動作又誇張塞進口裡，「嗯……」的一聲咀嚼仍在跳動的心臟。這樣的動作，卡洛洛和卡斯瓦勒煞是羨慕萬分地瞪著夏曼．古拉拉恩的臉部表情。

Yakai, yapya aksemen ri? Kajina mingangayan rana ni Jyavehai.

「雅蓋，很好吃嘛，那個？」賈飛亞口水就要掉落似地問道。

Si makaveivow ka rana a kapa ngarayo mo am, ipakataham mo sya kapay na.

「你長大以後，釣到鬼頭刀魚時，你就會明白的。」

Yakai, apya kaksem ko sya so nayi kadwa to?

「雅蓋，我可以吃另一條的心臟嗎？」

看看好像就要流口水的賈飛亞說：

Makanyaw manga pako pan.

「不能給你吃的，這是禁忌呀！孫子。」

動作俐落地殺了第二條鬼頭刀魚，同樣地把鮮紅的魚心臟塞進嘴裡咀嚼。

被切斷的尾巴、脊椎不斷地流出鮮血。夏曼．古拉拉恩雙手各一條的提高，讓鮮血大量地滴落在鵝卵石上，然後用木槳從大魚的嘴巴串起來，一前一後地扛在肩上。

除了一條丁字褲遮住令人看到的那個「不好意思」沒被太陽照到外，全身的膚色盡是被太陽終年直射的黑皮膚。臀部一上一下地上緊下鬆和著有節奏的走姿，在海邊草綠色的藤蔓襯托下，此幕還眞的令他們羨慕無比，尤其垂懸擺盪的鬼頭刀魚，好像抓走了孩子們的靈魂。